La Déesse Mère

Cavanna

La Déesse Mère

ROMAN

Albin Michel

Photo de couverture :
Il nous a été impossible de joindre l'auteur ou ses héritiers
pour solliciter l'autorisation de reproduction.
Nous avons cependant pris la responsabilité de la publication de cette œuvre,
persuadés qu'en ce faisant, nous suivons la mémoire de l'auteur.

22, rue Huyghens, 75014 Paris

ISBN : 2-226-08903-9

J'ai écrit ce livre
parce que j'avais envie de l'écrire.

C.

Avant-propos

L'histoire se passe il y a assez longtemps. A peu près dix mille ans. C'est-à-dire à l'époque charnière où l'ère des silex taillés, de la suprématie du mâle chasseur et guerrier sur la femelle cueilleuse de baies, déterreuse de racines et glaneuse d'épis sauvages commence à céder la place à l'ère de la pierre polie, de l'asservissement à la glèbe de l'homme devenu fermier et éleveur, du règne de la femme, fourmi prévoyante et organisatrice.

Désormais dépendant de la fertilité du sol et du caprice des éléments, le couple sédentarisé délaissa les sanglants dieux de la chasse et du pillage pour se vouer aux dieux aimables de la fécondité et de l'abondance. Ces dieux ne pouvaient être que femelles, à l'image du ventre où germe mystérieusement l'enfant comme germe le grain dans la terre, à l'image du sein d'où jaillit le lait nourricier, à l'image du corps féminin : accueil, délices, accomplissement, consolation, refuge... Et donc le couple humain adora la Déesse Mère, c'est-à-dire la terre, dispensatrice de toute vie comme de tout bien, supérieure même au soleil et à la pluie, qui ne sont que les accessoires de sa fertilité.

Il en fit des représentations dont quelques-unes, traversant les âges, sont parvenues jusqu'à nous. Il y exaltait la féminité, ou, pour mieux dire, la femellité, unissant dans une même ferveur l'amante et la mère. Tout ce qui fait la femme y est poussé à l'extrême : seins, flancs, ventre, hanches, fesses, cuisses, sexe. Tout y est abondance et générosité. Les résultats de ces exagérations voulues sont des figurines fascinantes, harmonieusement difformes. Il en émane un puissant appel sexuel qui n'a rien à voir avec le « sex-appeal » standard hollywoodien. On n'a pas envie de conter fleurette à ces ampleurs, mais bien de s'enfoncer en elles, de s'y dissoudre.

L'archaïque culte de la Déesse Mère a traversé les millénaires obscurs pour se perpétuer, plus ou moins en filigrane, dans toutes les religions de l'Antiquité. Les Égyptiens aussi bien que les Celtes, les vieux Germains comme les Slaves, les Mésopotamiens, les Grecs, les Romains... rendaient hommage à la Déesse Mère. Les Grecs avaient institué à Éleusis un imposant culte initiatique à la « Bonne Déesse », Rhéa (la terre), et à sa fille Koré, déesse des germinations et du jaillissement printanier, concurremment à celui de la mystérieuse Cybèle, la « Grande Déesse » venue d'Asie qui devait prendre place aux premiers rangs du panthéon romain.

La dévotion à la Déesse Mère, expression de la suprématie de la femme, reflet lointain d'une ère de matriarcat, s'est réfugiée dans l'ésotérisme après que le mâle eut reconquis la prééminence.

L'importance sans cesse croissante, dans le christianisme populaire, du culte de la Vierge Marie, véritable dieu femelle, pratiquement quatrième personne de la Trinité (beaucoup moins « abstraite » que le grisâtre Saint-Esprit !), montre combien le besoin de la Déesse Mère persiste dans l'inconscient collectif.

Je n'ai pas cru devoir faire s'exprimer mes « primitifs » par des grognements plus ou moins articulés ou en un « petit-nègre » pittoresque. Tous les peuples, aussi « sauvages » aient-ils pu être – certains encore à l'âge de pierre –, qu'on a découverts avaient un langage très élaboré. On n'a jamais trouvé une langue à l'état d'ébauche. On peut même presque poser en règle qu'une langue est d'autant plus complexe qu'elle est parlée par un peuple moins « civilisé ». En effet, les langues évoluées ont été l'objet d'une prise de conscience par ceux qui les parlent, lesquels en ont dégagé les règles de fonctionnement (grammaire) et en ont étudié, épuré, précisé le vocabulaire. Une langue devenue littéraire est une langue relativement simplifiée. Une langue à l'état brut (et non écrite) fourmille d'exceptions, d'illogismes apparents, d'archaïsmes, d'allusions, de métaphores...

Mes personnages parlent donc comme vous et moi : c'est une traduction fidèle ! Les avoir fait parler « petit-nègre » aurait été aussi stupide que de traduire Goethe ainsi : « Ach, ma gère Markeride, gomme moi êdre gondent foir fous ! »

Encore ceci : les femmes du clan de l'Élan se nourrissent de « choses immondes ». Vous aurez bien sûr décelé le clin d'œil à Flaubert. Sans me l'imputer à plagiat, j'espère ! Voyez-vous, j'ai été, encore enfant, amoureux de Salammbô. Ces « mangeurs de choses immondes » ont vivement frappé mon imagination... Disons que c'est un hommage.

C.

1

Ghal se retira de dedans la femme. Elle l'avait reçu à quatre pattes, il n'avait eu qu'à la pousser en avant, il l'avait trouvée en train de couper à poignées de ces herbasses jaunâtres qui ondulaient à perte de vue au flanc des collines, portant au haut de leurs tiges raides des graines en épis serrés, des graines bonnes à manger une fois que les femmes les avaient débarrassées des saloperies barbues et coupantes qu'il y avait autour et, les ayant grossièrement broyées entre deux pierres épaisses, les mélangeaient à de l'eau et faisaient cuire des galettes de cette boue sur des pierres plates chauffées juste à point dans les flammes du feu commun. Ripaille de femelles, dédaignée par les mâles. Les mâles emplissaient leur panse de la chair sanglante de l'aurochs et de l'ours.

La femme emplit son ventre de choses immondes. L'homme tue et mange. S'il ne tue, il ne mange. C'est la Loi. Seule, la chasse est noble. Seule, la chair tuée de sa main convient à l'homme.

Ghal revenait de la chasse, un chevreuil en travers des épaules. Ghal était content. Ç'avait été une petite chasse, une chasse-promenade en solitaire. Les Puissances de la chasse avaient été avec Ghal. Le chevreuil est menu gibier, mais le goût en est délicat. Quand Celui qui parle aux

Puissances en aurait prélevé la part qui revient aux Puissances, quand Celui qui marche en premier en aurait prélevé la part qui lui revient de plein droit, quand les hommes trop vieux auraient prélevé la part qui revient à Ceux que la mort a oubliés, il en resterait encore assez pour que Ghal emplisse son ventre à le faire éclater, et aussi les frères de sang de Ghal, et aussi Ogh, le frère d'amitié de Ghal.

Le chevreuil sur les épaules de Ghal était une bonne chose, une chose de nourriture et de fierté. La fente offerte de la femme était aussi une bonne chose, beaucoup moins bonne que le chevreuil mais bonne chose quand même. Une grosse bonne chose et une petite bonne chose font une vraiment très grosse bonne chose. Ghal avait posé le chevreuil à terre.

Dans cette position de cueilleuse d'herbe, le cul de la femme se déployait en majesté, offrant d'abord l'étoile rose serrée serrée, et puis, entre la double toison, toute la longueur de la fente dodue d'où pendaient deux lèvres sombres et humides comme les babines d'un cheval. Ghal avait posé ses deux mains sur le dos de la femme et l'avait poussée. Elle avait plongé du nez dans les chaumes piquants, présentant sa béance à la pénétration du mâle, et le membre de Ghal s'était enfoncé jusqu'à la racine dans la bouche aux lèvres de cheval, et la rude toison du ventre de Ghal s'était écrasée contre la double toison de la fente de la femme, et le ventre musclé de Ghal était venu buter contre les fesses osseuses de la femme.

Ghal était en sa triomphante jeunesse. Il avait cherché son plaisir avec vigueur, avec fureur, boutant de terribles coups dans les entrailles résignées. La femme avait dû raidir ses bras afin d'opposer aux assauts une fermeté satisfaisante. Enfin Ghal avait gémi, Ghal avait hurlé le grand hurlement rauque de l'extase, il avait soupiré le soupir comblé de l'assouvissement, et puis il s'était arraché, avait ramassé son chevreuil et s'était remis en route.

La femme n'avait pas gémi, pas hurlé, pas soupiré. N'avait même pas tourné la tête. Celui-là ou un autre... Elle s'était dit, fugacement, que ce devait être un jeune, les jeunes en finissent plus vite. Elle s'était remise à sa moisson.

Ghal, tout en cheminant, un peu flageolant, jouait avec des choses qu'il avait dans sa tête. Ces choses étaient telles :

L'aurochs, le cheval, l'ours, le loup, le renard, l'onagre, le cerf, le chevreuil, enfin tous les vivants que Ghal connaissait, même les oiseaux qui volent dans l'air, même les poissons qui nagent dans l'eau, même les papillons, même les scarabées, et même des vivants encore plus petits, eh bien, tous ces vivants sentaient les saisir le besoin du cul de la femelle une fois seulement en cinq lunes et cinq lunes et encore trois lunes [1], et cela justement aux jours fleuris où les Puissances font revenir le Soleil de son long exil dans les Cavernes Froides. Seuls les hommes éprouvaient en toute saison, à chaque instant, le puissant besoin de s'enfoncer dans le ventre de leurs femelles, qui sont les femmes. Cela réjouissait Ghal, mais aussi cela l'étonnait.

Ces choses d'étonnement n'étaient pas les seules qu'il y avait dans la tête de Ghal. Ghal mettait dans sa tête toutes les choses qu'il voyait ou que d'autres disaient avoir vues, il les mettait l'une à côté de l'autre, tantôt celles-ci, tantôt celles-là, il les rangeait ensuite dans les cavernes secrètes du fond de sa tête, et parfois il les faisait revenir devant les yeux du dedans de sa tête, et c'était comme si elles étaient

1. Ghal et ses contemporains ne savent compter que jusqu'à cinq, mais ils se débrouillent. (Cinq + cinq + trois = treize.) Treize lunes font une année.

là de nouveau, et Ghal les contemplait, et il se demandait pourquoi ceci, pourquoi pas cela.

Cette vie des choses dans sa tête donnait parfois à Ghal l'air de ne pas être tout à fait là où il était. Certains respectaient Ghal pour cela. D'autres se méfiaient de lui.

Ghal franchit bientôt le passage étroit qui perçait la première rangée de pieux entremêlés de souples branchages aux épines féroces. Trois de ces enceintes protégeaient le village de toute surprise venue de la plaine. Comme il passait la troisième enceinte, Ghal vit venir à lui Ogh, son frère d'amitié.

Ogh arrêta sa course à dix pas devant Ghal et tendit vers lui ses deux mains, ouvertes paumes en l'air, afin de bien montrer qu'il n'avait au poing aucune des choses qui donnent la mort. C'était le Geste rituel de paix, d'accueil et d'hommage. Ghal lança le chevreuil sur les avant-bras tendus d'Ogh, laissa tomber à terre l'épieu à la pointe ensanglantée et, les mains vides, esquissa lui aussi le Geste.

Ogh soupesa le chevreuil. Il rit. Le chevreuil était lourd de beaucoup de bonne viande, bien qu'encore dans sa tendre jeunesse. Ogh voulut replacer le chevreuil sur les épaules de Ghal, afin que devant tous il eût la gloire de sa chasse, mais Ghal dit :

– Tu rigoles ? Toi et moi, c'est pareil, non ?

Et bon, Ogh porta le chevreuil, et Ghal porta l'épieu.

On approchait des cavernes. C'étaient, au flanc d'une falaise abrupte, des trous profonds et sûrs percés dans les temps d'avant les temps par les Puissances amies afin que ceux du clan de l'Élan pussent se protéger de l'eau du ciel et des vents glacés, ainsi que l'enseignait Celui qui parle aux Puissances. Et donc ceux de l'Élan n'avaient pas à édifier de précaires huttes de branches et de feuillage comme avaient dû le faire les pères des pères de leurs pères, qui suivaient l'aurochs dans ses migrations de pâturage en pâturage.

Tandis qu'ils parcouraient les steppes et les savanes et traversaient les déserts en prélevant sur la horde aux sabots fendus de quoi garnir leur panse, les Ancêtres rêvaient du pays fabuleux à eux promis par les Puissances, du pays où l'herbe épaisse est toujours verte et tendre, où abondent non seulement l'aurochs énorme mais aussi l'élan, le cerf, le daim, le chevreuil, la chèvre, l'antilope, le sanglier, tant d'autres viandes succulentes et moins terribles à vaincre que l'aurochs aux cornes sanglantes. Autour du feu, sous les étoiles, Celui qui parle aux Puissances leur rappelait sans cesse cette promesse des Puissances, et ceux de l'Élan allaient, trottant derrière la horde nourricière, espérant à chaque instant voir surgir de derrière l'horizon toujours fuyant les vertes frondaisons du pays merveilleux.

Et les Puissances avaient exaucé les fils de l'Élan ! Le pays d'abondance, ils l'avaient atteint. C'était le pays de la falaise aux cavernes profondes, avec ses grasses pâtures, ses bois aimables, ses collines, ses clairières fleuries, sa rivière, ses lacs bleus... Tout cela regorgeait de viande timide et bien nourrie, de gibier qui ne migrait pas car il trouvait là en tout temps l'herbe, les feuilles, les fruits et les racines qu'il entassait dans ses panses innombrables. Ce jour-là, les pères des pères de ceux de l'Élan rendirent grâces aux Puissances et prirent possession des cavernes ainsi que des territoires de chasse qui leur étaient destinés depuis le commencement des temps.

Et, depuis, ceux de l'Élan méprisaient ceux qui dressent à grand'peine des huttes de branchages qu'il leur faut abandonner dès que la horde d'aurochs dont ils tirent leur vie s'ébranle en meuglant formidablement et fait se lever sous son galop la lourde poussière jaune des terres desséchées afin d'aller rejoindre, par-delà les horizons, les amples prairies non encore broutées à ras que les sens aiguisés et le sûr instinct de Celui qui marche devant la horde ont su déceler.

La falaise, d'un blanc éclatant, s'élançait d'un seul jet, à pic, jusqu'aux nuages, semblait-il. Les cavernes s'y ouvraient, ici ou là, par des fentes avares, car les hommes avaient entassé des blocs massifs pour en rétrécir les gueules béantes. Des ébauches d'escaliers taillés dans la roche tendre zigzaguaient, des gosses piaillards sautaient d'une saillie à l'autre, agiles comme des singes.

Un filet d'eau sourdait d'une de ces cavernes et tombait en cascade au pied de la falaise, où il s'épanouissait en un bassin rond patiemment creusé par l'eau dans la roche depuis les temps d'avant les temps, et puis il s'échappait, suivant la pente, en un ruisseau bavard, pour s'en aller arroser les grasses prairies. Des enfants nus s'y ébattaient à grands cris. A quelque distance, là où l'eau redevenait limpide, des femmes la puisaient dans des outres de peau cousues avec soin. D'autres, groupées autour du feu commun, attisaient les braises afin de hâter la cuisson des galettes de grains grossièrement concassés qu'elles y avaient mises à cuire sur de larges pierres plates. Les hommes permettaient aux femmes de cuire leurs cochonneries sur le feu commun entre les moments où eux-mêmes y faisaient rôtir leur chasse.

Trois hommes très vieux, accroupis dans l'ombre d'un bouquet de noisetiers, mâchonnaient le vide en branlant la tête. Les hommes d'âge viril étaient partis pour une battue à la grosse bête. Ghal, ce matin-là, n'avait pas eu envie de chasser en groupe. C'est pourquoi il s'en était allé seul, au risque de n'avoir pas de part de viande s'il ne rencontrait pas quelque gibier facile à tuer sans aide. Et voilà, les Puissances avaient été avec lui, elles lui avaient fait rencontrer le jeune chevreuil et avaient bien dirigé son épieu, et Ghal rentrait au village avant tout le monde, et chacun pouvait voir que sa chasse était une honorable chasse.

Car nul ne s'y trompait : le chevreuil était sur les épaules d'Ogh, mais ce n'était pas Ogh qui l'avait tué. Ogh en aurait été bien incapable. Ogh était d'une maladresse qui faisait rire ceux de l'Élan à en tomber sur le cul. Une maladresse qui s'était révélée à l'âge où les petits garçons s'exercent à tuer avec de petits épieux et de petits arcs. Ogh s'était montré absolument inutilisable. Il était donc un poids mort, et ceux de l'Élan ne pouvaient nourrir un poids mort. Sa mère avait proposé de lui faire manger de ces choses immondes que mangent les femmes. Justement, il aimait ces nourritures et elles lui profitaient. Mais Celui qui parle aux Puissances avait dénoncé cela avec des paroles terribles : les Puissances s'offenseraient du sacrilège et abandonneraient ceux de l'Élan. Celui qui marche en premier avait donc décidé qu'il fallait fendre la tête d'Ogh avec la Massue de Justice, car il était aussi Celui qui porte la Massue de Justice...

Le sort d'Ogh était réglé, mais voilà que la mère d'Ogh avait osé intervenir dans ce débat d'hommes. Elle n'avait pas parlé, elle avait seulement répandu à terre des choses qu'Ogh avait faites dans le secret de la caverne des femmes, et c'étaient des lames de silex fort habilement taillées, tranchantes, légères et bien en main, et aussi des haches, et aussi des choses aiguës, des pointes de flèches... Ogh faisait cela pour s'amuser, personne d'autre que sa mère ne le savait. Celui qui marche en premier avait examiné ces choses, et puis il avait pris Ogh dans ses mains puissantes, et il l'avait élevé haut en l'air en poussant le grand cri de la victoire joyeuse, et tous ceux de l'Élan avaient crié aussi, sans savoir pourquoi.

Or c'était en effet une grande et joyeuse victoire. Car ceux de l'Élan étaient des chasseurs fort experts, mais ils ne savaient pas fabriquer ces armes qu'ils utilisaient avec tant d'efficacité. Ils devaient se les procurer chez des hommes étrangers, habiles à tailler le silex. Et ceux-là habitaient des lieux lointains, ils exigeaient beaucoup de bonne viande, beaucoup de fourrures et de peaux préparées en échange de leurs silex travaillés. Souvent ceux de l'Élan manquaient de haches, de lames affûtées ou de pointes de flèches. Ils devaient alors se contenter de la massue et de l'épieu de bois durci au feu, armes précaires, mal adaptées à la plupart des chasses.

Et voici que Ogh, du clan de l'Élan, se révélait aussi habile à façonner le dur et capricieux silex que ceux d'au-delà des quatre fleuves ! Ceux de l'Élan n'auraient plus besoin d'envoyer au loin des expéditions de troc lourdement chargées ! Il leur suffirait d'apporter à Ogh les silex ronds qui abondaient en certains endroits des berges de la rivière, et des mains magiques d'Ogh surgiraient en abondance les lames tranchantes et les pointes aiguës qui transforment l'aurochs en viande et la faim en satiété.

De ce jour, Ogh fut respecté à l'égal des plus respectés chasseurs. Mais il n'eut pas à chasser. Sa part de chasse fut réservée aussi bien que celle des Puissances et que celle de Celui qui marche en premier. Des femmes allaient le long des berges ramasser des silex et les rapportaient à Ogh. Ogh frappait le silex sur le silex, les éclats se détachaient exactement selon ce qu'avait décidé Ogh, et peu à peu apparaissait l'outil qu'avait vu Ogh dans le dedans de sa tête, il apparaissait tel qu'Ogh l'avait vu alors qu'il n'existait pas, qu'il était encore caché à l'intérieur de ce silex rond... Ogh contemplait l'outil terminé dans la perfection de sa forme, et alors un grand contentement était en lui.

Ogh œuvrait tout le jour sur le seuil de sa caverne. Il

frappait assis, le silex bien serré entre ses pieds musculeux. Son œil discernait la ligne invisible selon laquelle la pierre serait obligée de se fendre par l'action du coup sec appliqué au bon endroit. Cela faisait rire Ogh que les choses obéissent ainsi à son désir. Il bourdonnait à mi-voix une suite de sons guillerets, rythmés par la cadence de ses coups. Il ne savait pas que cela s'appelait « chanter ».

Ghal lança un bref appel. Chacune des femmes qui se trouvaient là délaissa sur-le-champ ce qu'elle était en train de faire et tourna vers Ghal un visage de crainte et de soumission. C'étaient des créatures misérables, hâves et décharnées, le corps déjeté par les enfants qui mûrissaient dans leur ventre, l'un suivant l'autre, depuis bien avant que le poil ne leur ait poussé, les seins déroulés en outres vides, la tignasse nouée en botte afin de ne pas leur tomber devant les yeux. Qui eût pu penser que ces animaux terreux, ces larves informes, étaient les femelles des arrogants chasseurs au corps puissant ?

Ghal prit le chevreuil et le lança à une femme, celle qui se trouvait le plus près de lui. C'était une fille trapue, assez jeune encore. Un bébé femelle, agrippé de ses deux avides petites mains au sein déjà flétri, tétait goulûment. Le chevreuil tomba sur l'enfant, l'arrachant à sa tétée et renversant la mère sur le dos. Elle eut pour Ghal un regard éperdu de gratitude, c'était un grand honneur qu'il lui faisait. Et puis, preste, elle se releva, cala le bébé sur son bras, ramassa le chevreuil qu'elle se balança sur l'épaule d'un coup de reins et, ployant sous le faix, gagna l'aire commune où se dépeçait le gibier.

L'arrivée de Ghal avait éveillé l'intérêt des trois vieillards accroupis sour les noisetiers. L'un d'eux, se cramponnant aux troncs graciles, réussit à se mettre debout. Il boitait bas. Il clopina jusqu'à la fille, palpa le chevreuil en poussant de petits cris gourmands, puis il vint vers Ghal et bredouilla de sa bouche sans dents :

– Tu l'as tué tout seul ! Pas à dire, tu es le meilleur.

Il ajouta, comme en extase :

– C'est rien que du bien tendre, cette viande-là.

Il en bavait d'avance. Son regard se perdit dans le passé.

– Moi aussi, j'étais un bon. Tiens, je me rappelle la fois de la laie géante et de ses dix marcassins...

Ghal dit promptement :

– Tu es toujours un bon d'entre les bons, grand-père. Je suis désolé, je dois tout de suite aller annoncer ma chasse à Celui qui parle aux Puissances. C'est la Loi.

Le vieux acquiesça :

– Va, petit gars. Tu as raison. D'abord les Puissances.

Il cligna de l'œil :

– Quand on fera le partage, tâche de mettre les couilles de côté pour moi. Je les ai vues : elles sont mahousses. Peut-être bien que je pourrai encore tirer mon coup ce soir !

Celui qui parle aux Puissances occupe une très grande caverne. Seule la caverne des femmes est plus vaste, car il faut beaucoup de place pour loger toutes ces femmes et leurs petits enfants. Mais la caverne des femmes est tabou. Nul homme fait ne peut s'en approcher. Elle se trouve à l'écart des cavernes des hommes, c'est la plus haut perchée de toute la falaise, on y accède en se cramponnant des doigts et des orteils aux creux et aux saillies. Les femmes trop vieilles ne pourraient pas y parvenir, elles devraient donc rester tout le temps là-haut, dans cette tanière noire où stagne la puanteur de la pisse et de la merde des tout-petits. Mais, de femmes trop vieilles, il n'y en a pas, chez ceux de l'Élan. La femme, c'est fragile, ça ne vit que peu de saisons. Et celles qui ne crèvent pas toutes seules, elles tombent un jour ou l'autre en descendant de la caverne, et leur tête éclate sur les durs cailloux.

La caverne de Celui qui parle aux Puissances n'a pas d'escalier. Elle n'en a pas besoin. Elle s'ouvre au bas de la falaise, presque de plain-pied avec le sol environnant.

Ghal et Ogh se tenaient debout à l'entrée de la caverne, dans l'attitude de respect qui convient devant le lieu sacré où Celui qui sait converse avec les Puissances et accomplit les Gestes qui les rendent favorables aux hommes du clan.

Assis sur sa queue au milieu de l'entrée, un grand loup gris les fixait de ses yeux obliques. Il se tenait immobile et silencieux, mais Ghal et Ogh savaient que, s'ils franchissaient la limite assignée, le loup gronderait, signalant ainsi à son maître le manquement aux usages. Et c'était comme si l'œil du loup était l'œil de Celui qui parle aux Puissances, et cet œil voyait là où le maître du loup n'était pas. Or cela impressionnait l'âme de ceux de l'Élan, car seul Celui qui parle aux Puissances savait comment faire alliance avec le loup. C'était même la première des épreuves qu'il avait eu à subir lorsque, le moment étant venu de succéder à son prédécesseur, il avait dû montrer à tous qu'il était porteur des Signes.

Et donc Ghal et Ogh, debout, attendaient, le regard perdu dans les ténèbres de la caverne consacrée. Ils savaient que Celui qui parle aux Puissances connaissait leur attente. Ils savaient aussi que la déférence due aux Puissances voulait qu'il ne se montre à eux qu'après un temps convenable.

Il parut enfin. C'était un homme parmi les plus vieux du clan, peut-être même le plus vieux. Son crâne était rasé, mais les fils blancs semés dans sa barbe disaient qu'il avait traversé plus de soixante hivers. Pourtant il n'était pas réduit à un sac d'os perclus comme étaient Ceux que la mort avait oubliés et dont aucun n'avait atteint les cinquante hivers. Sa face était large, ses pommettes hautes, ses joues rouges, son air bienveillant. Il émergeait de l'ombre à pas mesurés. Son vaste ventre marchait devant lui.

Ghal et Ogh firent le Geste de paix. L'Ami des Puissances répondit de même. Nul ne parle en premier devant lui, car l'esprit des Puissances est en lui, il *est* les Puissances. Il parla donc :

– Tu viens m'annoncer le chevreuil que t'ont donné les Puissances. C'est bien.

Ghal demanda ce qu'il était courtois de demander :

– Tu sais déjà ?

Il lui fut répondu la réponse qu'il attendait :

– Les Puissances savent tout.

– La part due aux Puissances te sera portée.

– Avant le partage, n'est-ce pas ?

– Je sais ce qui est dû aux Puissances.

– Tu es un bon fils. Les Puissances sont avec toi.

– Alors, fais sur moi le Signe. Et aussi sur Ogh, mon frère d'amitié.

– Qu'as-tu besoin de demander ? J'allais le faire. Vous le méritez.

Il fit sur chacun d'eux le Signe auquel les Puissances sont censées obéir. Et puis il dit :

– C'est un chevreuil jeune, mais adulte et bien formé en toutes ses parties, n'est-ce pas ?

– C'est un beau mâle, très bien pourvu.

– Dans ce cas, mets les couilles dans la part des Puissances.

Ghal s'étonna :

– Les Puissances ont-elles donc besoin de...

– Tu questionnes sur les Puissances ?

– Non, non ! C'est que... Non, rien. D'accord. Les Puissances auront les couilles du chevreuil.

Ghal et Ogh attendaient les mots du congé. Ce n'était pas à eux de les dire. Celui qui parle aux Puissances se taisait. Son front se plissait comme se plissait le front de Ghal lorsque Ghal mettait l'une à côté de l'autre les choses qu'il voyait dans le dedans de sa tête. Il parla enfin :

– Les temps sont venus où les choses doivent être dites. Suis-moi, toi. Et suis-moi, toi [1].

Ghal et Ogh pointèrent chacun l'index vers sa propre poitrine et dirent ensemble :

– Moi ?

– Toi, oui. Et toi, oui.

Ghal regarda Ogh. Ogh regarda Ghal. Personne, jamais, n'avait franchi le seuil de la caverne des Puissances. Il y avait un tabou. Les offrandes dues, viande, fourrures, bois, fillettes, étaient déposées devant le seuil au coucher du soleil, Celui qui parle aux Puissances disait sur elles les Mots, et, au matin, elles n'étaient plus là. Les Puissances aimaient la viande rouge et les fillettes intactes.

Celui qui parle aux Puissances s'impatienta :

– Eh bien ?

Ghal dit :

– C'est que...

– Ah, le tabou ? Il n'y a pas de tabou pour moi. Il n'y a pas de tabou pour celui sur qui je lève le tabou. Il est levé pour toi, et pour toi. Venez.

Cependant, ils ne bougeaient pas. Ghal, d'un mouve-

1. Ceux de l'Élan ne se dépatouillaient pas encore très bien avec les formes du pluriel. Ils ne savaient pas dire : « Suivez-moi, vous deux. »

ment de la tête, désigna le grand loup gris, toujours immobile au milieu du passage, ses yeux d'or fixés sur eux.

– Et lui, il sait que le tabou est levé ?

– Il sait qui décide du tabou. Regarde.

Celui qui parle aux Puissances esquissa un geste de sa main levée. Le loup se rangea sur le côté. Ghal et Ogh franchirent le seuil.

Une terreur sacrée glaçait leur âme et figeait leur sang. Mais bientôt l'orgueil puissant d'être les premiers, d'être les seuls, dilata leur poitrine.

L'Ami des Puissances marchait devant, portant haut une torche de bois résineux. La caverne leur parut immense par-delà toute immensité. La vacillante lueur rougeâtre s'y perdait comme une pâle lune d'hiver dans l'infini du ciel. Ghal s'était attendu à il ne savait quelles choses de prodige et d'épouvante, or il ne discernait que le vide sonore, et il s'étonnait de cela. Des chauves-souris, dérangées, émirent leurs cris suraigus, presque inaudibles. Une aile de velours frôla la joue d'Ogh. Cela le fit rire. Il connaissait les chauves-souris et il les aimait. Il fut content parce que les Puissances les aimaient aussi.

Ils marchèrent ainsi jusqu'à un mur de roc qui était le fond de la caverne. Dans ce roc colossal s'ouvrait une fente étroite. Celui qui parle aux Puissances s'engagea dans cette fente, après leur avoir fait signe de le suivre.

Ils avançaient maintenant dans un couloir fait de deux masses rocheuses appuyées l'une à l'autre par le haut. Leurs épaules touchaient ces rocs qui se rejoignaient au-dessus de leurs têtes. Quelque cataclysme formidable, dans les temps d'avant les temps, avait jeté ces moitiés de montagne l'une contre l'autre, et elles étaient demeurées ainsi, s'arc-boutant l'une contre l'autre, ménageant entre elles cette étroite fissure.

Ils montèrent, ils descendirent, ils rampèrent sur des blocs impossibles à mouvoir, et soudain, comme ils venaient de franchir un coude à angle serré, il y eut une lumière, loin devant eux, une lumière jaune, plus claire que la flamme fumeuse de la torche. Ils marchèrent vers cette lumière. Le roc s'écarta, l'étroit boyau s'épanouit en une petite caverne ronde, et c'était, dans cette douce et chaude lumière jaune, comme s'ils avaient débouché à l'intérieur du soleil.

Ils virent que cette lumière provenait de drôles de petites torches, des espèces de galets plats avec une tige qui dépassait, et au bout de cette tige palpitait la flamme jaune. Ces choses de lumière étaient disposées en rond sur une grande pierre plate, plus plate qu'aucune pierre qu'ils eussent jamais vue. Sur cette pierre, au milieu du cercle de ces flammes, se trouvait un objet qu'ils discernaient mal. Cette couronne de flammes autour de cette chose mystérieuse réveilla la terreur dans les âmes de Ghal et d'Ogh. Ils sentirent qu'il y avait là quelque rite imposant qui touchait aux mystères sacrés des Puissances.

D'instinct, ils prirent la posture de respect qui convient lorsque Celui qui parle aux Puissances prononce sur les hommes du clan l'appel aux Puissances pour la bonne chasse. Un temps passa dans le silence. Mais la curiosité mordait Ogh au ventre. Il demanda :

– Quelle est cette chose au milieu des lumières ? Et quelles sont ces torches si petites et qui brûlent sans s'éteindre ? Et quel est ce lieu ? Est-ce là qu'habitent les Puissances ? Et...

Celui qui parle aux Puissances leva la main, sourit et dit :

– Tout te sera expliqué.

Il dit encore :

– Mais, avant que les oreilles entendent, les yeux doivent avoir vu. Que vos yeux voient donc.

Ayant dit, il frappa deux fois dans ses mains. Et soudain une fillette fut là. Elle n'avait certainement pas connu beaucoup plus de deux fois cinq hivers. Le bas de son ventre était dépourvu de tout duvet, sa fente menue était comme deux lèvres closes sur un sourire moqueur et ses mamelles n'étaient encore que deux piqûres d'insecte semblables à celles des enfants mâles. Ses yeux restaient baissés en signe de respect et de soumission, mais elle se tenait bien droite et n'avait pas l'attitude sournoise et terrorisée qui est celle de toute femelle en présence d'un homme. Ghal fut très étonné de cela. Les cheveux de la fillette n'étaient pas noués en botte mais tombaient droit sur ses épaules graciles et ruisselaient jusqu'à ses blanches fesses. Ogh crut vaguement reconnaître une des fillettes consacrées au service des Puissances. Mais qui se soucie de distinguer une femelle d'entre les femelles ?

L'Ami des Puissances dit :

– Apporte-nous de la lumière, petite. Une grande lumière.

Sa voix n'était pas la voix qui convient pour parler aux femmes et aux filles. Il s'adressait à cette graine de femelle comme s'il parlait à un être humain complet, à un chasseur d'entre les chasseurs. Ça, alors... Et la petite femelle répondait ! Elle osait !

– A ta convenance et pour mon plaisir, Youg.

Or c'était la formule de courtoisie d'usage entre chasseurs quand un jeune répondait par l'hommage et l'obéissance à un ordre donné par un aîné. L'étonnement, puis la réprobation, puis le mépris naquirent dans les âmes de Ghal et d'Ogh et parurent sur leurs visages. Ogh ne savait pas taire les choses qui émouvaient son âme. Il dit avec violence :

– Tu parles à cette fille comme un petit enfant à sa mère. Ton âme n'a donc pas grandi dans ton corps ? Tu n'es pas un homme fait d'entre les hommes faits ? Et quel est ce nom que la petite vermine t'a donné ? Tu as donc un nom, comme n'importe qui, toi, l'Ami des Puissances ?

– Tu poses toujours beaucoup de questions à la fois. Elles se bousculent pour sortir de ta bouche comme une horde d'aurochs quand l'incendie dévore la savane. Tout te sera expliqué, je te l'ai dit. Cependant, je vais répondre tout de suite à tes deux dernières questions. Eh bien, oui, j'ai un nom, et ce nom m'a été donné, comme à tout autre, par celle qui m'a porté dans son ventre, qui m'a nourri de son lait puis de ses bouillies de grain jusqu'à ce que je sois arraché à la caverne des femmes et confié aux chasseurs, comme n'importe quel petit homme. Et ce nom, tu l'as entendu : Youg.

– Mais Celui qui parle aux Puissances n'a pas de nom ! Il n'en a pas besoin. Il n'a jamais à répondre à un appel, il n'a pas de place assignée dans la conduite de la chasse. Nul n'oserait l'interpeller, ni même lui parler en premier. Il est au-dessus du nom !

– Tous ont oublié que j'ai un nom, car, ce nom, nul ne doit le prononcer. Il y a un tabou sur lui. Tu dis vrai : Celui qui parle aux Puissances est au-dessus du nom. Le tabou vaut pour tous les hommes du clan, même pour Celui qui marche en premier.

– Mais alors, cette petite femelle ? Une femme ne doit parler à un homme que pour répondre à ses questions. Et celle-ci te parle en face et t'appelle par ton nom, ce nom qui est tabou pour tous, ce nom que je ne devrais pas avoir entendu et que je vais faire sortir de ma tête !

L'homme nommé Youg dit alors :

– Ne suis-je pas Celui qui fait et défait les tabous ? N'ai-je pas levé le tabou qui vous laissait hors de la caverne des Puissances ?

Cependant, la petite était de nouveau là, portant à deux mains une de ces torches semblables à un galet plat, mais cette torche-là figurait un très gros galet, il en sortait plusieurs de ces tiges sommées d'une belle flamme jaune, et cela faisait une puissante lumière qui éclairait d'en dessous le visage de l'enfant. Youg saisit cette torche, ou quoi que ce pût être. Ogh remarqua qu'il avait soin de ne pas la pencher. Il vit aussi que le dessus du galet était un trou, par ce trou il aperçut le dedans du galet, lequel était creux comme une grosse noix, et dans son ventre stagnait un liquide huileux.

Youg dit :

– Je vois que ta curiosité est toujours vigilante. C'est bien. Sache que cet objet est une torche meilleure que nos torches. Il est fait d'une certaine terre qui fut façonnée puis cuite dans les temps d'avant les temps. Ces tiges que tu vois en sortir par ces trous en forme de becs d'oiseaux sont des fibres de poils de mouflon tressées ensemble. Elles trempent dans la graisse fondue qui les imprègne et monte pour venir brûler au bout de chaque tige.

Ogh s'écria :

– C'est une très belle lumière ! Et qui ne crache pas une sale fumée noire comme nos torches de résine !

Puis, plissant le front, il demanda :

– Mais pourquoi gardes-tu cette bonne lumière pour toi ? Pourquoi n'en donnes-tu pas le secret aux hommes du clan ?

Youg hocha la tête et dit :

– J'attendais cette question. Alors je te réponds que je ne la garde pas pour moi, mais pour honorer les Puissances. Cette lumière est un des secrets qui touchent aux Puissances. Cela doit te suffire.

Il sourit, et il ajouta :

– Tout à fait entre nous, je serais bien incapable de retrouver le secret merveilleux dont procèdent ces choses... Une terre assez molle pour se prêter au travail de la main, puis que le feu rend dure comme le silex et fige à tout jamais dans la forme que lui a donnée la main...

– Qui donc, alors, a façonné ces objets ? Les Puissances elles-mêmes ?

Youg eut un geste apaisant.

– Tout sera expliqué, mais en son temps. Patience.

Il se dirigea vers le mur de roc, leva la chose de lumière et ordonna :

– Approche, toi. Et toi aussi.

Ils approchèrent. Et alors, ils virent.

Et leurs yeux s'écarquillèrent, et leurs bouches bèèrent, et leurs cœurs bondirent dans leurs poitrines, et leurs mains cherchèrent autour d'eux l'épieu durci au feu et le javelot à la pointe de silex meurtrière... Car il y avait là, de l'autre côté de ce roc qui n'était pas un roc puisqu'on voyait ce qui se trouvait au-delà de lui, il y avait de la viande vivante, beaucoup de viande, qui courait en tous sens, défiant le chasseur à l'œil prompt. Ça, alors...

L'antilope aux longues cornes bondissait en troupe, l'aurochs puissant affrontait l'aurochs, l'ours massif se dandinait de son allure d'ours, l'élan et le cerf portaient haut leur ramure splendide. Il y avait aussi de la viande que Ghal et Ogh ne connaissaient pas : de lourdes bêtes taillées, semblait-il, dans l'écorce des arbres, certaines portant une seule corne sur le nez, d'autres, gigantesques, dont le museau s'allongeait en serpent entre deux cornes recourbées qui leur sortaient de la bouche.

Mais bientôt ils virent que toute cette viande vivante et

belle ne courait ni ne bondissait vraiment. Elle restait sur place, figée dans la course ou dans le bond, immobile comme de la viande tuée... Mais la viande tuée ne se tient pas sur ses pattes dans l'attitude de la course ou du bond ! La viande tuée gît allongée sur l'herbe, alors que cette viande-là était debout dans l'espace, sans contact avec le sol, comme les oiseaux qui volent dans l'air. Or ceux-ci n'avaient pas d'ailes pour voler...

Ogh, le plus curieux des deux, tendit timidement la main vers un de ces vivants, un qui ne saurait lui faire aucun mal, un élan, totem du clan. Il hésita, se tourna vers l'homme nommé Youg. Celui-ci approuva de la tête et dit :

– Je lève pour l'homme nommé Ogh le tabou de l'élan.

Il fit le Geste. Alors Ogh se tourna vers l'élan et dit :

– Ô Élan, je suis ton fils Ogh, du clan de l'Élan. Tu ne seras jamais pour moi viande et gibier, tes ennemis sont les miens, tes amis sont les miens. Permets à ton fils Ogh de toucher ton flanc avec respect.

Youg dit :

– C'est bien. Maintenant, vas-y. Touche.

Ogh toucha. Et voici : au lieu du doux et chaud contact du flanc de l'élan, ses doigts éprouvèrent la froide rudesse du roc. Sa main bondit en arrière, comme mordue par la flamme. Ogh regarda sa main et dit :

– Tout est possible aux Puissances.

Youg riait. Il prit Ogh et Ghal par le bras et dit, redevenu grave :

– Le moment est venu.

Ils s'accroupirent sur la terre durcie, face au mur des prodiges. Et Youg parla ainsi :

– Ce roc est un roc comme tous les rocs. Vous ne pouvez pas voir au-delà de lui, et les vivants que vous voyez ne se trouvent ni de l'autre côté du roc, ni de ce côté-ci.

Ghal s'écria :

– Ça, c'est pas possible, ça ! Mes yeux voient les vivants. Il faut bien qu'ils soient là !

– Et pourtant, ils n'y sont pas. Ce que tes yeux voient, ce sont des semblants de vivants.

Ghal plissa le front.

– Ça veut dire quoi, « des semblants de vivants » ?

Sans mot dire, Youg, du bout de l'index, traça dans la poussière du sol un trait à peu près droit, long comme un bâton. Il demanda :

– A quoi ressemble ce que je viens de faire ?

– Euh... A un bâton ?

– A un bâton, mais oui ! Pourtant, ce n'est pas un bâton. Tu ne peux pas le prendre dans ta main. C'est un semblant de bâton.

Ogh sentit une lumière briller dans sa tête. Il rit et s'exclama :

– Et les vivants sur le roc sont des semblants de vivants ?

– Voilà. Ils ont été faits sur le mur comme j'ai fait le semblant de bâton sur le sol.

– Mais un semblant de bâton, même moi je peux le faire ! Tiens, vois ! Et tiens, un autre ! Et encore un ! Et encore ! Autant que je veux ! Mais je ne pourrais pas faire des semblants de vivants ! Personne ne pourrait !

– Pourtant, ceux-là ont été faits.

– Par toi, peut-être ? Avec l'aide des Puissances ?

– Non.

– Par qui, alors ?

Youg regarda Ogh, puis Ghal, longuement.

Enfin, il parla.

– Voilà. Il est dit que, dans les temps d'avant les temps, les pères des pères de nos pères erraient sur des terres lointaines, vivaient de la viande de l'aurochs, dormaient sous des abris de feuillages et se déplaçaient sans cesse à la suite de la horde quand, ayant tondu toute l'herbe d'un lieu, les aurochs s'en allaient vers un autre lieu où, entre-temps, l'herbe avait reverdi.

« Il est dit aussi que les Puissances avaient promis à ceux de l'Élan de les conduire à la terre d'abondance et de sécurité qui leur était due de par la bienveillance des Puissances pour ceux de l'Élan. Or les lunes s'ajoutaient aux lunes, les hivers aux hivers, les hommes naissaient, grandissaient et mouraient, et toujours Ceux qui parlent aux Puissances rappelaient à ceux de l'Élan la promesse des Puissances.

« Il est dit encore qu'un jour fut où la promesse devint vérité. Ceux de l'Élan arrivèrent enfin à la terre de bénédiction où la viande est innombrable, les cavernes spacieuses et l'eau partout bondissante.

Ogh l'interrompit, impatient :

– Je sais tout cela ! Chaque enfant sait cela. Les mères le leur racontent pour les endormir, et, plus tard, les pères-chasseurs les éduquent dans le respect des souffrances des Ancêtres et de la bienveillance des Puissances.

Youg attendit qu'il eût parlé, puis il reprit :

– Tu sais ce que sait tout un chacun. Tu vas maintenant apprendre ce que je suis seul à savoir.

Ghal s'écria :

– Ce que je ne sais pas, c'est que je n'ai pas à le savoir ! Je suis un chasseur d'entre les chasseurs, cela me suffit. Pourquoi veux-tu dévoiler pour moi les secrets et lever les tabous ?

Ogh dit :

– Moi, je veux connaître les secrets. Mais je dis comme Ghal : pourquoi lui, et pourquoi moi ?

Youg eut le visage de celui qui met les choses à côté des choses dans le dedans de sa tête. Longtemps. Et puis il parla :

– Lorsqu'on t'a sorti de la caverne des femmes, Ghal, et toi aussi, Ogh, j'étais déjà depuis beaucoup d'hivers Celui qui parle aux Puissances. Or il ne passera plus autant d'hivers sur ma tête. Le temps est venu où je dois trouver parmi ceux de l'Élan celui qui viendra après moi afin de lui enseigner comment parler aux Puissances et comment faire descendre leurs bienfaits sur ceux de l'Élan. J'ai donc tourné mes yeux vers les jeunes chasseurs, et j'ai remarqué Ghal. J'ai vu que les yeux de Ghal savent voir plus de choses qu'il est nécessaire pour la chasse, que ses oreilles savent écouter ce que nul ne songerait à écouter, et aussi qu'il met les choses dans les cavernes bien closes de sa tête pour les en faire sortir quand il en a besoin et les poser l'une à côté de l'autre devant les yeux du dedans de sa tête afin d'en tirer des enseignements. Or ce sont là les marques que les Puissances mettent sur ceux qu'elles veulent pour leur service et leur amitié... Ghal, tu portes la marque des Puissances. Tu seras après moi Celui qui Leur parle. Tu ne peux te dérober.

– Mais alors, je ne chasserai pas ?

– Tu n'auras pas à chasser. Tu partageras le repas des Puissances.

– Attends, attends... Tu veux dire que tu manges la part de chasse réservée aux Puissances ?

– Les Puissances nourrissent leur serviteur.

Ghal dit :

– Je suis un chasseur. Un bon chasseur. Je veux chasser.

– Ta place est ici.

– Mon nez veut flairer la piste, mon œil veut épier, mes jambes veulent courir, mon bras veut frapper.

– Ta place est ici.

– Alors mon âme se flétrira, mon cœur se desséchera, mon œil, mon bras, mes jambes seront semblables à l'œil, au bras, aux jambes de Ceux que la mort a oubliés.

– Suis-je comme cela ?

Ghal regarda le ventre de Youg.

– Mes tripes enfleront dans ma panse et me tireront vers le bas.

– Ta tête deviendra agile et s'emplira de merveilles. Le monde ne te sera plus un mystère. Les Puissances t'écouteront. Tu seras au-dessus des chasseurs. Au-dessus même de Celui qui marche en premier.

Ogh dit alors :

– Et moi ?

Youg prit les mains d'Ogh dans ses mains, la paume tournée vers le haut. Il les considéra avec respect, un long moment. Puis il dit :

– Toi, tu es le bien-aimé des Puissances. Tu vois dans ta tête ce qui n'existe pas encore, ton œil guide ta main et ta main fait naître ce que tu as décidé qui devait naître. Aucun de ceux de l'Élan n'a jamais eu ce don. Et voici que les Puissances te l'ont donné ! Cela signifie qu'Elles ont des vues sur ceux de l'Élan, des vues d'amitié et de préférence. Tu as retrouvé, tout seul, le secret du silex tranchant. Tu retrouveras tous les secrets perdus.

– Même celui des semblants de vivants sur le roc ?

– Rien n'est impossible au bien-aimé des Puissances.

Youg dit encore :

– Ce qui vient des Puissances doit s'accomplir sous l'aile des Puissances. C'est pourquoi désormais tu tailleras le silex ici. Ce n'est pas la place qui manque. Tu auras toujours abondance de nourriture, quelle que soit la chasse. Et moi, au nom des Puissances, je distribuerai les silex tranchants aux chasseurs, et les chasseurs donneront en paiement aux Puissances des peaux bien préparées, et aussi des colliers de coquillages, et aussi des pierres aux belles couleurs, et aussi des fillettes intactes.

« Allez donc chercher vos affaires et vos trophées. Et toi, Ogh, rapporte tout ce qui t'est nécessaire pour tailler le silex. Il va sans dire que le tabou est sur tout ce que vous avez vu et entendu ici. Allez !

2

Lorsque Ghal et Ogh reparurent au jour, le disque rouge du soleil descendait lentement vers ses cavernes de repos. Les chasseurs étaient rentrés. Sur l'aire du partage, les femmes s'activaient au dépeçage d'un aurochs de belle taille, cependant que Celui qui marche en premier procédait à l'attribution des parts. Les femmes, ayant dépouillé l'énorme bête et séparé tout d'abord ce qui revenait de plein droit aux Puissances, à Celui qui marche en premier et à Ceux que la mort a oubliés, s'activaient de la lame de silex pour découper les parts et les déposer aux pieds des chasseurs désignés. Chacun alors ramassait son morceau de belle viande rouge et s'en allait le faire rôtir sur le feu commun. Les femmes jetaient dans le brasier les fagots qu'elles étaient allées glaner dans les bois. La flamme bondissait vers le ciel, la braise s'amassait et rayonnait sa bonne chaleur.

Celui qui marche en premier héla Ogh :

– Qu'est-ce que je te mets ? De la cuisse ? De la joue ? Ou peut-être le foie ? Je sais que tu aimes la langue, mais je l'ai prise pour moi, une envie qui m'est venue...

– Ça va. Je donne ma part. Je mangerai sur le chevreuil de Ghal.

– Comme tu voudras, mon gars. Ça fera un petit rabiot pour chacun.

La fille à qui Ghal avait confié le chevreuil vint vers eux, portant sur sa tête, dans une corbeille plate d'osier tressé, la viande en morceaux proprement découpés. Calé sur son bras, l'enfant tétait en couinant de dépit, mordant et tiraillant le sein vide qu'il frappait avec colère. Elle posa la corbeille à terre, aux pieds de Ghal. Elle se retirait, mais Ghal dit :

– Fais rôtir cette viande.

Ce n'était pas la coutume. Les chasseurs aimaient présenter eux-mêmes leur chasse à la flamme et mordre bouchée après bouchée bien croquante et dégoulinante de graisse fondue sans attendre que la pièce de viande fût cuite en son entier. Tout en mastiquant, ils regardaient la flamme dorer à point la bouchée suivante. Ils tenaient la viande plantée sur un bâton que leur main faisait tourner à leur caprice. Le feu chauffait leur ventre par en bas, la viande l'emplissait par en haut. C'était un moment de grand bonheur.

Mais l'âme de Ghal était troublée. Tant de choses stupéfiantes étaient entrées dans sa tête par ses yeux et par ses oreilles ! Tout cela se bousculait et s'entrechoquait à grand vacarme, rejetant bien loin le doux plaisir de la viande rôtissant au bout du bâton, et même tous les plaisirs... Il voulait vite remplir son ventre, et puis regagner avec Ogh leur caverne commune pour parler de ces choses qui allaient changer leur vie, à tous deux.

La femme glissa la lame de silex dans l'épaisseur de la viande, qu'elle sépara en tranches assez minces. Elle écarta les braises en un certain endroit, découvrant des pierres plates chauffées au rouge. Sur ces pierres elle posa les tranches de viande. Il y eut un grésillement. L'odeur délectable de la viande du chevreuil en sa jeunesse emplit les narines des chasseurs. Des regards d'envie rampèrent jusqu'à Ghal.

Ogh cependant n'était pas tourmenté en son âme. Chaque chose en son temps. Et la chose du temps présent était la viande du chevreuil ! Ogh, maniant habilement le racloir, amena à lui une tranche rissolée, la saisit de ses mains que le travail du silex avait blindées d'une corne épaisse et mordit à belles dents la viande savoureuse.

Il dit, la bouche pleine :

– Tu ne manges pas ?

Ghal secoua la tête et saisit à son tour une tranche de viande. Il avalait sans presque mâcher, le regard perdu dans les flammes. Quand son ventre fut plein, il dit à Ogh :

– Allons-y.

Ogh rassembla ce qui restait du chevreuil, car souvent la faim se mettait à crier dans son ventre et chassait le sommeil loin de ses yeux. Il aimait savoir que la viande se trouvait là, près de sa main.

La femme qui avait préparé la viande marchait derrière Ogh, portant sur sa tête, dans la corbeille, les restes du chevreuil. L'odeur de la viande grillée affolait sa narine et faisait hurler son ventre vide, pourtant elle ne se serait pas permis de quémander un morceau de cette viande, pas même d'en ramasser la moindre de ces bribes que recrachent les hommes parce qu'elles leur agacent les gencives. La viande de chasse est tabou pour les femmes. Si Ogh ou Ghal lui en avaient offert, elle l'eût refusée avec horreur, et eux-mêmes eussent été livrés à la vengeance des Puissances. D'ailleurs, cela ne leur serait même pas venu à l'idée.

L'enfant s'était endormie, le sein dans la bouche.

Sans s'aider des mains, car l'une maintenait l'enfant, l'autre la corbeille, la femme, en trois bonds de chamois, escalada la falaise jusqu'à la hauteur où s'ouvrait la caverne. Elle posa la corbeille de viande sur le seuil et redégringola prestement. Elle fit pour Ghal et pour Ogh le signe de la soumission respectueuse, puis s'en retourna à ses affaires de femme.

La plupart des chasseurs avaient fini d'emplir leur ventre. Ceux qui avaient eu dans leur part un os long le faisaient éclater en le frappant d'un gros galet afin de sucer avidement cette moelle qui donne au chasseur force, courage et virilité.

Comme elle passait tout près d'un homme très vieux, un de Ceux que la mort avait oubliés, la femme vit que la bouche sans dents de cet homme ne parvenait pas à mastiquer la viande, et alors il avalait tout entiers les lambeaux qu'il avait réussi à arracher, et voici qu'un morceau trop gros s'était coincé dans le passage de la vie, et le visage de cet homme noircissait, ses yeux sortaient de sa tête, il était en train de mourir.

La femme s'agenouilla, plongea la main dans la bouche béante, fouilla de l'index au fond de ce trou, et soudain le vieux expulsa un énorme morceau de viande. Il respira un grand coup, son vieux visage reprit son habituelle couleur grisâtre. Il dit :

– Nourris-moi.

La femme mordit dans la portion de viande, mâcha longuement et, lorsque le morceau fut réduit en bouillie, elle approcha sa bouche de la bouche grande ouverte du vieux et fit passer la nourriture dans cette bouche. Le vieux avala, ouvrit de nouveau la bouche et attendit la becquée suivante, comme l'oisillon au nid. La femme, déjà, s'était remise à mâcher. Ainsi nourrit-elle ce vieillard.

Quand elle eut terminé, elle voulut courir jusqu'au bassin d'eau claire afin de se purifier la bouche. Elle avait tout au long pris bien soin de ne pas avaler la moindre goutte de sa propre salive, imprégnée des sucs de cette nourriture tabou.

Le vieux l'arrêta net :

– Reste !

Les seins de la femme agenouillée pendaient à hauteur du visage du vieil homme accroupi. L'enfant, réveillée, s'était remise à téter. Ses yeux souriaient, le lait était revenu. Le vieux, de ses mains d'ossements, empoigna l'enfant, l'arracha au sein, la jeta à terre et se mit goulûment à téter.

Un chasseur d'entre les chasseurs vit cela. La massue pendait à son bras. Il interpella le vieux, rudement :

– Hé, toi !

Le vieux, les lèvres bien serrées autour du mamelon généreux, un filet blanc lui coulant du menton, haussa ses maigres épaules. Le chasseur dit à la femme :

– Et tu laisses faire ça, toi, salope ?

Un homme l'interrogeait, elle devait répondre. Tête basse, elle murmura :

– C'est une fille.

– Tu m'en diras tant !

Il posa son vaste pied sur la bouche hurlante du bébé. Cela le fit rire. Une idée lui vint. Une idée amusante. Il passa derrière la femme, l'empoigna par les hanches, la souleva à bonne hauteur. Il cria au vieux :

– Ne t'arrête pas, grand-père ! Bois tout ton saoul ! Ce que tu lui prends par-devant, je le lui rends par-derrière !

Son rire le secouait tellement qu'il eut peine à s'introduire dans l'orifice de la femme.

La fatigue de la longue traque rendait lourdes les jambes des chasseurs. Ayant rempli leur ventre et lancé haut vers le ciel, en hommage aux Puissances nourricières, le rot puissant de la satiété heureuse, ils gisaient çà et là, bavardaient avec indolence, plaisantaient, tandis que les femmes s'activaient aux tâches ignobles, ramassant les os sanguinolents, poussant au loin, de leurs balais de genêt non emmanchés, les débris et les excréments, car souvent les chasseurs déféquaient en mangeant, la position accroupie favorisant la chose.

Presque toutes avaient un ou deux enfants pendus à leurs mamelles, beaucoup en traînaient des grappes geignardes cramponnées à la toison de leur bas-ventre, car elles allaient nues, la saison ne nécessitant pas qu'on s'entortille de fourrures.

Elles évoluaient ainsi entre les chasseurs vautrés, devaient parfois les enjamber, livrant aux regards leur fente humide, et alors un frisson courait dans le membre de l'homme, et ce membre dressait la crête. Le chasseur saisissait la cheville de la femme. Elle s'immobilisait, soumise, quelle que fût l'urgence de sa tâche. Le désir du mâle passait avant toute autre chose. S'y refuser était tabou. Tuer une femme n'était pas crime.

Cela allait très vite. L'homme courbait la femme devant lui, la pénétrait à la manière des bêtes, s'activait en grande vigueur jusqu'à ce que le sperme jaillissant lui fît pousser le râle du triomphe. La virilité se prouvait par la rapidité. Quiconque parvenait trop lentement à la satisfaction se faisait mépriser. Pendant ce temps, la femme, chancelant sous les coups de bélier, s'efforçait d'empêcher ses enfants à la mamelle de choir à terre. Ceux en âge de tenir debout attendaient en se chamaillant.

C'était un soir d'entre les soirs.

L'impassible lumière jaune adoucissait d'ombres légères les rudes visages des deux jeunes hommes. Celui qui parle aux Puissances et qui avait Youg pour nom secret commença ainsi :

– Je suis ici pour vous transmettre la science cachée des choses et des événements anciens telle qu'elle me fut transmise à moi-même par celui d'avant moi et à lui-même par celui d'avant lui. Il y a sur tout cela un tabou. Le plus terrible des tabous. Vous êtes dès maintenant liés par ce tabou, car vous ne pouvez pas faire que vous n'ayez pas entendu et mis dans les cavernes de vos têtes ce que je vous ai déjà dit.

« Toi, Ghal, tu seras après moi Celui qui parle aux Puissances. Toi, Ogh, tu es le frère d'amitié de Ghal, sa vie est ta vie, son secret sera ton secret. Et tes mains sont habitées par les Puissances. C'est pourquoi je t'ai choisi, toi aussi, ce qui est contraire à la Loi, car un seul doit détenir le Grand Secret. J'ai demandé aux Puissances de m'éclairer. Elles l'ont fait. Qu'il en soit selon Leur volonté.

Il se tut. Yeux baissés, il regardait ses mains jointes, mais ne les voyait pas. Il arrangeait les choses dans sa tête afin qu'elles sortent de sa bouche en bon ordre et soient admises telles quelles dans la tête de Ghal et dans celle d'Ogh. Car c'étaient des choses surprenantes, en vérité.

Les deux jeunes hommes attendaient, muets, fortifiant leur âme pour le choc de la révélation.

A ce moment, la fillette aux longs cheveux apparut, comme l'autre fois : soudain elle était là. Elle portait à deux mains une vaste coupe creusée dans la pierre. Dans cette coupe miroitait de l'eau, mais cette eau n'avait pas la couleur de l'eau. Ogh remarqua que la pierre avait été si habilement creusée que ses bords n'avaient même pas l'épaisseur du petit doigt d'un enfant. Youg vit l'étonnement dans les yeux d'Ogh. Il dit, prenant la coupe des mains de la fillette :

– Ceci n'est pas une pierre grossièrement creusée par la morsure du silex. De même que les torches à la lumière jaune, cette coupe fut pétrie et façonnée dans une terre merveilleuse, puis durcie au feu. Le secret, je vous l'ai dit, en est perdu.

Ogh s'écria :

– Je le retrouverai !

– Les Puissances t'entendent !

Youg porta la coupe à ses lèvres et but longuement. Il la tendit à Ghal :

– Bois !

Ghal prit la coupe et but. Il fut surpris.

Cette eau avait la douceur du jus que les mouches qui piquent amassent dans le creux des vieux arbres, et aussi l'acidité des baies que les enfants cueillent dans les buissons épineux. Et puis il en sortait des bulles qui couraient sur la langue. Très agréable. Il demanda :

– Est-ce là l'eau que boivent les Puissances ?

– Bois !

Ghal plongea la tête dans la grande coupe et but comme boit le cheval sauvage qu'altère une longue course. Il aurait vidé la coupe si Youg ne lui avait posé la main sur l'épaule. Ghal passa la coupe à Ogh.

Avant de boire, Ogh flaira la surface du liquide, à petites aspirations qu'il faisait voyager dans les labyrinthes de son nez et de son arrière-bouche, comme lorsqu'on flaire la piste fraîche d'un gibier. Puis il tâta du bout de la langue. Youg s'amusait beaucoup. Il demanda :

– Que crains-tu ?

– Je ne crains pas. J'aime savoir. Ceci est nouveau. Je fais connaissance.

– C'est donc fait. Bois.

Ogh, d'un trait, vida la coupe. Il rit.

– C'est l'eau du bonheur !

Et puis il dit :

– Quelle médecine est-ce là ? Mon âme devient légère, elle veut s'envoler comme un oiseau. Je sens des cavernes de lumière s'ouvrir dans ma tête, avides d'avaler tous les secrets du monde.

– Cette eau aussi fait partie du grand secret. Mais chaque chose viendra en son temps.

« Et maintenant, je commence.

Ainsi parla Youg, l'Ami des Puissances :

– Il est enseigné que lorsque les Ancêtres atteignirent cette terre d'abondance à eux promise depuis toujours par les Puissances, le pays était vide d'hommes. Or ceci n'est pas la vérité.

Ghal sursauta.

– C'est la parole des Puissances !

Youg leva la main de l'apaisement.

– C'est la parole des Puissances telle qu'elle doit être enseignée aux chasseurs et aux femmes. Je vous enseigne maintenant une parole plus haute. Et toi, cesse de m'interrompre !

Il reprit :

– Donc, ce pays n'était nullement vide d'hommes. Une race vivait là, une race belle et vigoureuse, beaucoup plus avancée que nous dans les choses qui se font par le travail de la tête et l'agilité des mains. C'est cette race qui sut plaquer sur le roc les semblants de l'élan, de l'aurochs, de l'antilope, et aussi ceux de ces bêtes formidables qui ont aujourd'hui disparu mais qui ont existé, je vous montrerai leurs os.

« Ces gens-là découvrirent le secret de la terre qui se laisse façonner à volonté par la main et devient dure comme le silex par l'action du feu. Ainsi purent-ils faire des choses creuses comme l'est la coque de la noix ou de la calebasse, et ils les firent aussi grandes qu'ils le désiraient, de diverses formes suivant leurs divers besoins, et ces choses creuses allaient au feu sans laisser fuir l'eau qu'on mettait dedans, si bien que l'eau pouvait y chauffer à gros bouillons comme l'eau qui sort de terre aux sources brûlantes, et la viande y cuisait, mêlée à certaines herbes, plus savoureuse qu'exposée à la flamme.

« Ils surent polir les armes et les outils de pierre...

Ogh leva la main :

– C'est quoi, « polir » ?

– C'est rendre la pierre aussi lisse qu'une fesse d'enfant. Ainsi la hache mord-elle mieux dans le bois et en suit-elle plus aisément les fibres. Ils savaient faire cela, et bien d'autres choses encore.

L'eau magique chauffait la tête de Ghal et y faisait naître l'audace. Il s'indigna :

– Ceux de l'Élan seraient-ils moins capables que cette race que tu dis ? Qu'avaient-ils donc de plus que nous, ceux-là, pour savoir faire tant et tant de belles choses ?

Youg le regarda bien en face.

– Calme-toi. Ce que je vais t'apprendre te semblera incroyable, révoltant, immonde. Mais c'est la vérité. Sois prêt à l'entendre.

Ghal dit :

– Je crois que je préfère ne pas l'entendre.

Ogh dit :

– Quelle qu'elle soit, même monstrueuse, je veux l'entendre !

– De toute façon, vous ne pouvez plus ne pas l'entendre. Voici.

– Le secret de la haute valeur de ces gens tient en un mot : les femmes.

Ghal et Ogh, bien que prévenus, eurent un sursaut. Cependant ils surent garder le silence. Youg continua :

– Voyez-vous, ces hommes ne tenaient pas les femmes en mépris. Certes, elles ne chassaient ni ne faisaient la guerre, mais, élevant leurs enfants et se livrant à leurs travaux de femmes, qui étaient la cueillette des fruits sauvages, la pêche aux écrevisses, la vannerie, la préparation des peaux, l'entretien du feu, elles remarquaient des choses que les hommes, pris tout entiers par la passion de la chasse, ne voyaient pas.

« Les femmes d'ici se nourrissent de choses réputées immondes, par exemple les grains de certains épis sauvages qu'elles écrasent entre deux pierres et font cuire mêlés à de l'eau. Savez-vous que ces herbes redevenues sauvages sont ce qui reste des plantes nutritives que faisaient pousser les femmes d'avant les temps sur de vastes espaces qu'elles défonçaient avec leurs outils de pierre et de bois et d'où elles arrachaient avec soin toute plante autre que ces herbes ? Elles faisaient cela tandis que les hommes étaient partis à la chasse, ou bien, le ventre plein, dormaient à l'ombre.

« Elles savaient quand il fallait semer, et quand récolter. Elles recueillaient tant et tant de grain mûr qu'elles l'enfermaient dans de grands silos de terre cuite afin de le conserver au long des saisons maigres, d'une récolte à l'autre. Et les chasseurs ne dédaignaient pas cette nourriture.

« Sachez encore que les femmes avaient inventé ceci : elles attrapaient de menues bêtes, du gibier qu'un chasseur eût méprisé, des lapins, des rats, des mulots. Elles les enfermaient dans de grands pots de cette même terre cuite, les faisaient se reproduire et engraissaient leurs petits jusqu'à ce qu'ils soient bons à manger...

Ghal ne put se tenir de crier :

– Ignobles ruses de femmes ! Ces hommes n'avaient donc pas de couilles, qu'ils enduraient cela ?

Youg dit seulement :

– C'est la dernière fois, Ghal.

Ghal baissa la tête, mais son œil étincelait, ses poings étaient prêts à broyer. Youg reprit :

– Les chasseurs se moquaient des femmes, mais ils mangeaient ces nourritures en plus de leur chasse, car elles étaient accommodées avec des herbes odorantes dans ces coques qui allaient au feu. Et ils les regardèrent avec respect lorsqu'elles eurent capturé des mouflons, des chèvres, des sangliers, qu'elles enfermèrent dans des enclos de pieux solides, et eurent ainsi de la viande sans avoir recours aux chasseurs.

« Mieux encore : ces habiles créatures inventèrent de tuer le nouveau-né des femelles afin de dérober leur lait. De ce lait elles surent tirer maintes nourritures délectables dont nous n'avons plus la moindre idée.

« Peu à peu, les chasseurs prirent le goût de ces choses de facilité et de douceur. Ils continuaient à chasser, parce que la chasse est le haut plaisir, le privilège et la fierté du mâle, alors que faire mûrir le grain et engraisser les bêtes captives n'est que besogne vile, besogne de femmes. Mais leur chasse n'était plus nécessaire à la survie du clan. Et ils n'allaient plus chasser poussés par le besoin, mais seulement pour le plaisir de la traque et l'excitation du combat. Quand l'envie de la chasse n'était pas en leur âme, ils restaient à ne rien faire, à jouer aux osselets ou à se battre à mort entre eux, pour l'honneur, ou pour devenir Celui qui marche en premier.

« Et puis ils inventèrent d'aller porter la guerre chez les clans du voisinage afin d'agrandir leur territoire de chasse, de tuer tous les hommes et les enfants mâles et de rapporter des femmes jeunes, car l'idée des femmes étrangères rafraîchissait leur envie de copulation, et aussi il leur fallait beaucoup de femmes, désormais, pour faire le travail de la terre.

« Les femmes prirent l'habitude d'être souvent privées des hommes, de plus en plus souvent. Elles virent alors que la vie continuait très bien ainsi. Elles découvrirent même que leur besoin de copulation pouvait s'assouvir entre elles, sans mâle, pas aussi bien, certes, mais, faute de mieux... Et quand les hommes revenaient – ceux qui revenaient ! –, le pouvoir était entre les mains des femmes, la vie du village était leur affaire, les mâles n'avaient pour eux que la tradition imposée par les Puissances, et aussi la force de leurs poings.

« L'homme n'est pas l'aurochs stupide. A l'épieu il oppose l'épieu, au nombre il oppose un plus grand nombre. Beaucoup de chasseurs, devenus guerriers, ne revoyaient jamais leur village. Parfois, aucun ne revenait. Parfois, l'ennemi à son tour attaquait le village, pillait les récoltes, emmenait le bétail et les femmes.

« Alors les femmes apprirent à manier les armes. Et aussi elles inventèrent des ruses de défense pour protéger le village. Elles dressèrent tout autour des enceintes de troncs et d'épines, elles creusèrent des fosses invisibles garnies de pieux aigus, elles se forcèrent à monter la garde... Pour tout cela, il fallait un commandement. Et voilà comment il y eut Une qui marche en premier. Celui qui parle aux Puissances ne s'y opposa pas, trop heureux qu'il existât une protection pour les objets du culte et pour lui-même lorsque les hommes n'étaient pas là.

« Jusqu'à ces temps, les Puissances protectrices du clan avaient été des Puissances mâles, telles que les nôtres, des Puissances faites à l'image des chasseurs, des Puissances qui, lorsqu'on se les était rendues propices, amenaient la proie à portée de la flèche, de la sagaie ou de l'épieu, et guidaient l'œil et la main du chasseur. C'est pour se rendre ces Puissances favorables que furent mis sur les murs de la caverne des Puissances les semblants des proies. Des hommes à l'œil clair, à la main agile, étalèrent sur le roc des pâtes de couleur dont le secret s'est perdu et leur donnèrent la forme et l'élan des vivants en plein bond.

« Vinrent les temps où les soins de la pousse du grain et de l'élevage de la viande captive étaient devenus plus importants pour la survie du clan que le produit de la chasse. Les femmes, sur qui reposait tout cela, eurent des soucis très grands. L'orage en une nuit anéantissait le travail d'une année, les bêtes sauvages dévoraient les couvées, le grain pourrissait dans les silos... A soucis de femmes ne pouvaient convenir que des Puissances femelles.

« Ainsi naquit le culte des Puissances femmes, des Puissances de l'abondance, des Déesses Mères.

Youg se tut, afin de bien faire sentir la solennité de ses dernières paroles. Ghal contenait avec peine sa colère et son dégoût. Il dit :

– Ceux-là et leurs femelles étaient puants plus que la merde du sanglier malade ! Mais les Puissances n'ont pas toléré de telles ordures. Les Ancêtres sont venus et ont massacré cette racaille, c'est ça, hein ?

– Tu vas trop vite. Donc, les chasseurs-guerriers n'étaient plus guère utiles au clan, même ils étaient une charge et une nuisance car leurs équipées de guerre ruinaient les ressources et ceux qui en revenaient sans jambes ou sans bras étaient devenus des bouches inutiles. C'étaient en somme des parasites, mais ils ne le savaient pas. Ils étaient toujours les mâles superbes, les seigneurs portant fièrement leur bâton de commandement au bas de leur ventre. Et les femmes restaient soumises aux maîtres, alors qu'en fait elles étaient les maîtresses.

« Les chasseurs continuaient à vénérer les Puissances mâles, tandis que les femmes apportaient leurs offrandes aux Déesses Mères, à celles qui font revenir le soleil de l'exil et pointer les tiges vertes hors de la terre nue, à celles qui emplissent les silos et les ventres, à celles qui chassent la peur de la faim.

« Or les hommes eux aussi commencèrent à trembler pour la récolte, pour le trop de pluie ou le trop de soleil, pour la malédiction qui fait crever en masse les bêtes captives, pour la pourriture et pour le rat, pour le ver et pour l'insecte... Alors eux aussi se tournèrent vers les Déesses Mères, et peu à peu ils oublièrent les antiques Puissances, ils négligèrent leur culte, et les Déesses Mères devinrent les Puissances suprêmes.

« Et, de la même façon que les Déesses Mères avaient supplanté les Puissances mâles, les femmes, tout naturellement, en vinrent à dominer les hommes. Ce fut le règne de la femme.

Comme Youg marquait une pause, Ghal en profita :

– La femme n'est utile que pour porter les garçons dans son ventre. Encore que, bien trop souvent, il en sort des filles. Les Puissances sont injustes. C'est dans le ventre de l'homme que devraient mûrir les petits mâles. Les femmes ne serviraient que pour le plaisir de se vider les couilles... D'ailleurs, même pour cela, l'homme peut se passer de la femme.

– Tu blasphèmes les Puissances, mais cela n'a plus d'importance. Je dois maintenant vous enseigner la chose la plus étonnante de toutes.

« Je vais d'abord vous poser une question. La voici : comment les enfants viennent-ils dans le ventre des femmes ?

Ghal haussa les épaules et dit :

– Hé, ils y viennent comme leur viennent les cheveux sur la tête, comme le gland mûrit sur l'arbre : par le caprice des Puissances.

– Une autre question. L'un de vous a-t-il déjà eu connaissance d'un enfant qui serait poussé dans le ventre d'une fillette qui n'aurait jamais encore été pénétrée par l'homme ?

Ghal plissa le front comme celui qui peine à ouvrir les cavernes de sa mémoire. Ogh dit :

– Quand une petite fille atteint l'âge où elle s'échappe de la caverne des femmes, aussitôt, bien sûr, un homme ou l'autre la remarque, et la pénètre, par un trou ou par l'autre, et si le trou est trop petit elle saigne, elle crie, et parfois elle meurt. Chacun sait cela. Quant à l'enfant dans leur ventre, c'est un grand mystère, mais il est vrai qu'on n'en voit guère pousser avant que le poil ne leur soit venu au cul, au moins un petit duvet... Mais pourquoi ces questions ?

– Sachez que les enfants sont plantés dans le ventre des filles par le membre de l'homme.

Ghal ricana :

– Je t'assure que ce ne sont pas des petits enfants que je leur crache dans le ventre !

Ignorant l'interruption, Youg continua :

– Cette eau blanche et épaisse qui sort du membre quand éclate le haut plaisir, c'est de la graine d'homme. Elle mûrit dans la femme, et quand l'enfant est à point, il sort. Une femme ne peut avoir d'enfant si elle n'a été pénétrée par l'homme.

« Cette race qui était ici avant nous savait cela. Chez eux, un enfant n'était pas seulement le fruit du ventre de la femme, mais aussi celui du membre de l'homme qui l'avait mis dans la femme. La femme d'où ils étaient sortis était leur mère, comme chez nous, mais en plus ils avaient un « père », c'est le nom qu'ils donnaient à l'homme.

« Tu as envie de parler, Ogh. Pose ta question.

– Toute femme est pénétrée par beaucoup d'hommes,

et beaucoup de fois. Pourtant, elle ne mûrit qu'un seul enfant dans son ventre, quelquefois deux. Cela fait beaucoup de – comment dis-tu ? – « pères ». Or, tu parles d'un seul père.

– C'est la question que j'attendais. En ce temps-là, une femme n'était pénétrée que par un homme, toujours le même. Si elle se laissait pénétrer par un autre homme, son homme la tuait et, s'il le pouvait, il tuait aussi l'autre homme, et alors il prenait les femmes de cet homme et il les mettait avec les siennes. Car il y avait plus de femmes que d'hommes, à cause des guerres et des accidents de la chasse, et aussi parce que les hommes s'entretuaient pour se voler les femmes, justement.

« L'homme qui possédait beaucoup de femmes et d'enfants était honoré, car c'étaient les signes éclatants de sa virilité. Ses femmes étaient aux petits soins pour lui, il devenait gras et arrogant. Il aimait se montrer, entouré d'une parure de femmes amoureuses et de beaux enfants... En vérité, les femmes menaient les affaires et décidaient de tout.

« Chaque foyer rendait hommage à une Déesse Mère. Quand un homme tuait un autre homme, il prenait aussi en butin sa Déesse Mère et la mettait chez lui. Plusieurs Déesses Mères dans un foyer étaient un grand honneur pour la famille. Les femmes étaient fières d'appartenir à un homme vaillant.

Ghal fit de la main le signe qui demande la parole. Youg acquiesça. Ghal dit :

– Tu racontes beaucoup de choses et elles embrouillent ma tête. Comment ces gens-là pouvaient-ils avoir dans leurs cavernes ces Puissances que tu nommes Déesses Mères ? Comment pouvaient-ils se les voler comme on vole une arme ou une part de viande ? Nos Puissances sont les Puissances, elles séjournent quelque part dans la caverne des Puissances, en un lieu secret que toi seul connais, personne ne les a jamais vues, sauf toi, peut-être.

Youg soupira, puis il dit, gravement :

– Tu en as vu une.

– Une Puissance ?

– Une Puissance.

– C'est impossible ! Je serais mort.

– Tu n'es pas mort, et tu l'as vue. Veux-tu la voir encore ? Viens.

Youg prit Ghal par le bras. Il le conduisit, le traîna, plutôt, jusqu'à la grande pierre plate où la couronne de lumière brillait doucement autour de l'objet mystérieux.

– Regarde cette chose. Regarde-la bien.

Ghal, malgré sa terreur, dirigea ses yeux sur l'objet. C'était une espèce de galet vert tout boursouflé de bosses, terminé en pointe vers le bas, et qui tenait debout, planté dans un socle de bois. Rien de remarquable. Ghal osa s'approcher tout contre. Il mit sa force dans son regard, comme quand il déchiffrait l'empreinte presque invisible d'un gibier sur l'herbe... Et, peu à peu, ce galet prit forme. Ghal voyait maintenant naître une femme, une femme plus que femme, glorieusement, outrageusement femme, fesses, ventre, mamelles, hanches, rondeurs et plis, une femme fendue haut, large et profond, une femme sans regard et sans bouche parce que sans visage, une femme sans mains, sans pieds, sans rien d'autre que de la femme, de l'exubérance de femme dans la gloire de sa femellité débordante, de la femme délectable et maternelle, montagne de chair, gouffre de délices, qui eût digéré cent mâles et nourri mille enfants.

Ogh s'était approché aussi. Il regardait. Et il ressentait ce qu'il n'avait jamais ressenti. Cette femme-là, on n'avait pas envie d'enfoncer son membre dans son trou et de se vider dedans comme on pisse contre un arbre. Cette femme-là, on avait envie... Ogh n'aurait su dire de quoi... De la dévorer et d'être dévoré par elle... De plonger dans cette douceur, de s'y fondre, de tout oublier... On avait envie... Non, Ogh n'arrivait pas à savoir. Le visage sans yeux et sans bouche le fixait du plus bouleversant des regards, l'appelait du plus impérieux appel...

Youg frappa dans ses mains. Et ce fut comme si Ghal et Ogh revenaient d'un lointain exil. Ils virent alors qu'ils s'étaient laissés aller comme si cette femme n'était pas un semblant de femme à peine plus haut qu'une main déployée. Youg n'eut pas à leur expliquer qui elle était. Ghal constata :

– C'est donc une Puissance ?

Ogh affirma :

– C'est une Déesse Mère.

Youg conclut :

– Tu as raison, Ghal. Et tu as raison, Ogh. Nos Puissances sont les Déesses Mères.

Ghal gronda :

– Les Déesses Mères étaient les fausses Puissances du peuple des esclaves des femmes ! Les Ancêtres de ceux de l'Élan ont massacré ces couilles molles. Il n'en est rien resté. Nos Puissances ne peuvent être leurs Puissances !

Youg joignit le bout de ses doigts. Il dit, lentement :

– Ils ont tout tué, oui. Tout.

Il planta ses yeux droit dans ceux de Ghal et ajouta :

– Sauf les femmes.

– Et alors ? C'est normal. Les femmes sont butin bon à prendre. Ça s'use vite.

– Tu oublies ce qu'étaient ces femmes-là.

« Mêlées aux femmes du clan, traitées comme elles, elles tentèrent d'abord de se montrer arrogantes. Beaucoup moururent. Les hommes veillaient. Ils détruisirent avec soin tout ce qui avait fait la supériorité de ces femmes. Les grands silos furent cassés, ainsi que tous les objets creux de terre cuite, les réserves brûlées ou éparpillées, les précieux outils brisés. Le tabou fut mis sur le travail de faire croître l'herbe à grains, et aussi sur celui d'engraisser des bêtes captives, de traire le lait, de le battre et de le faire cailler... Ces femmes devaient être à tout moment ouvertes à qui avait envie. Leurs enfants n'eurent plus de père. Il leur fut interdit de manger la chasse des hommes et elles durent se nourrir de choses immondes, comme les propres femmes des Ancêtres.

« Et les Ancêtres cassèrent les semblants des Déesses Mères, et ils mirent dessus le grand tabou de mort.

Ghal fut pour parler, mais Youg leva la main.

– Attends. Tout était donc tel que cela devait être, tel que le voulaient la tradition des Ancêtres et la loi des libres chasseurs. En apparence. Seulement, ces femmes, durement matées, n'avaient au fond pas renoncé. Elles avaient réussi à enterrer quelques Déesses Mères et leur rendaient un culte secret. Et elles transmirent ce culte aux autres femmes. Elles leur racontaient comment était la vie sous la protection des Déesses Mères. Elles leur apprirent à récolter le grain sauvage, à le concasser et à le cuire en galettes. Elles leur montrèrent comment accommoder et rendre délectables les sauterelles, les grenouilles, les rats, les vers, les lézards, les champignons, les baies, les herbes et toutes les choses immondes que ces femmes, jusqu'alors, avaient toujours dévorées crues, et même vivantes, sur le lieu où elles les trouvaient.

« Tout ce qui vient de la femme est mauvais. » Telle est la parole des Puissances, transmise par la bouche de Celui qui Leur parle. Et Celui-là veilla à l'observation de la Loi et des tabous afin que jamais les femmes ne puissent relever la tête.

« Les Puissances des Ancêtres vainqueurs avaient choisi d'habiter dans les vastes cavernes où nous nous trouvons en ce moment même. Or ces cavernes avaient été auparavant habitées par les Puissances des vaincus, c'est-à-dire par les Déesses Mères. Ces hommes pieux et habiles s'étaient plu à façonner dans la pierre aux riches couleurs des figures des Déesses Mères telles que celle-ci. Ils aimaient aussi mettre sur le roc les semblants des vivants qu'ils se proposaient de chasser afin que les Déesses Mères soient favorables à leur chasse. Mais il est visible qu'ils prenaient en même temps grand plaisir à tracer ces figures, car nous avons nous-mêmes grand plaisir à les regarder.

« Beaucoup d'hivers passèrent. Beaucoup de choses furent oubliées. Les chasseurs menaient leur vie de chasse, les femmes leur vie de femmes. Seuls, Ceux qui parlent aux Puissances n'oubliaient pas. D'une génération à une génération ils se transmettaient la mémoire des choses d'avant les temps.

« Il arriva que l'un d'eux trouva, cachée dans une fente du roc, la Déesse Mère que vous voyez ici. Il sut aussitôt ce que c'était. Il tomba à genoux. Plus jamais il ne put copuler avec une femme de chair. Car aucune femme ne pouvait être femme autant que celle-là.

« Il sut alors que les Déesses Mères et les Puissances étaient une seule chose. C'était là un signe qu'elles lui envoyaient. Il plaça celle-ci sur cette pierre plate que vingt hommes forts ne sauraient soulever et qui fut taillée par ceux d'avant les temps. Plus tard, il trouva d'autres Déesses Mères enfouies dans le sable ou cachées très haut. Il trouva aussi des torches à graisse, des coupes et d'autres objets façonnés par ces hommes ou, plutôt, par leurs femmes. Il comprit que les Puissances avaient fait découvrir ces choses par les yeux de leur serviteur parce qu'elles désiraient qu'elles fussent consacrées à leur culte. C'est pourquoi nul autre que les Amis des Puissances n'a jamais vu ces objets.

Ghal ricana :

– Et la petite femelle ?

– Elle est vouée au service des Puissances. Elle ne sortira jamais des cavernes, ni aucune de ses compagnes.

Ghal commença à considérer les choses dans sa tête, et il en vint à la conclusion qu'être Celui qui parle aux Puissances semblait une chose vraiment très bonne. Il dit :

– La vérité, c'est que ces Déesses Mères ont vaincu nos Puissances, et cela sans combattre.

Youg dit :

– La vérité est que les Puissances ont toujours été les Déesses Mères.

– Alors, dis-moi. Pourquoi ont-elles permis que le peuple qui vivait selon leur loi fût détruit par les Ancêtres de ceux de l'Élan et leur culte oublié ?

– Et qui es-tu donc, toi, pour oser vouloir pénétrer les desseins des Puissances ?

De ce jour, Ghal habita les cavernes sacrées où Youg l'initiait au rituel du service des Puissances. Ogh aussi habita ces lieux, mais il n'eut pas accès à certains recoins des immenses enfilades de cavernes sur lesquels les Puissances avaient mis un tabou.

Ogh frappait sans relâche le silex sur le silex, et de ses mains que guidaient les Puissances jaillissaient les lames tranchantes transparentes de minceur, les pointes de sagaies bien équilibrées, les haches, les coups-de-poing, les racloirs... Ces choses de survie étaient distribuées aux chasseurs par Celui qui marche en premier au cours d'une cérémonie solennelle où Celui qui parle aux Puissances appelait sur elles la bénédiction des Puissances.

Les Puissances aimaient ceux de l'Élan et se plaisaient à rendre fructueuse leur chasse et bénéfiques leurs entreprises. Ceux de l'Élan, en échange, offraient ce qu'aimaient les Puissances. Cela est juste et équitable. Quand ceux de l'Élan devaient aller au loin se procurer armes et outils, ils étaient lourdement chargés car il leur fallait emporter de quoi donner en échange : peaux et fourrures, cornes d'aurochs, bois de cerf, graisse, viande desséchée par un long passage dans la fumée de plantes odorantes... C'était la juste loi : donnant-donnant.

Les Puissances n'avaient nul besoin de peaux, de graisse ou de viande boucanée. Une seule chose réjouissait les Puissances : la vie d'adolescents mâles et bien faits.

Il était naturellement exclu d'offrir aux Puissances la vie d'une fille, immondice sans valeur, cloaque d'impureté et d'exécration.

Les femmes, cela va de soi, n'étaient pas admises à assister au sacrifice, mais on entendait alors les hauts gémissements des mères s'échapper de la caverne des femmes, amplifiés par le roc sonore. Les mères s'efforçaient de ne pas aimer leurs fils, mais elles n'y parvenaient pas, et celles sur qui tombait l'honneur de consacrer aux Puissances le bel enfant qui avait mûri dans leur ventre et tété leur lait se montraient indignes de cette gloire. Beaucoup se jetaient du haut de la falaise à pic... C'est pourquoi les femmes préféraient mettre au monde des filles, bien qu'elles les sachent vouées à la même courte vie de misère et de mépris qu'elles-mêmes.

Ogh, dans le secret de son âme, songeait que ces Puissances étaient les Déesses Mères, c'est-à-dire des Puissances femelles, et qu'elles devaient se réjouir cruellement de voir des mâles massacrer des mâles pour leur complaire ! Et il s'efforçait de voir dans sa tête ce qui se produirait si les chasseurs en venaient à soupçonner cela.

Ogh avait une faiblesse dans son âme. Il répugnait à voir verser le sang, celui des beaux adolescents mais aussi celui de quiconque, et même celui des femmes, et même celui des vivants qu'on doit tuer pour la nourriture. Cela explique peut-être la maladresse d'Ogh à la chasse. Ogh était une erreur.

Cependant les jours coulaient, et Ogh frappait le silex, et fredonnait sa petite chanson.

Aux heures où le soleil se retire dans ses cavernes de repos, cédant la place à l'aveugle nuit peu propice à la taille du silex, Ogh allumait au feu commun une torche de bois résineux et se glissait dans l'étroite faille, au fond de la caverne des Puissances. Pour lui, comme pour Ghal, le tabou sur la petite caverne ronde où se tenait, parmi les lumières, la figure de la Déesse Mère était levé.

Ogh s'accroupissait devant la colossale table de pierre, le regard à hauteur des courbes fabuleuses. Toute son âme alors passait dans ses yeux. Elle s'ouvrait, béante, et la Déesse Mère en prenait possession.

C'était une chose étrange, en vérité. Un élan le soulevait, un appel vers il ne savait quoi, un besoin de se donner tout entier, une envie d'il ne savait quelle souffrance délectable. Il sentait seulement que c'était lié à cette femme fantastiquement femelle. Il rêvait d'une copulation qui ne finirait jamais, une copulation dans laquelle il y aurait bien plus que de la copulation... Mais quoi ?

La statuette était faite d'une pierre verte inconnue qui luisait doucement dans la chaude lumière et palpitait avec la flamme. Ogh tendait timidement la main et, du bout des doigts, effleurait les surfaces merveilleusement polies. Il se disait que c'était ainsi qu'étaient les vraies femmes, et que des femmes telles que celle-ci devaient exister quelque part, car ceux qui avaient su les reproduire les avaient vues, forcément.

Ogh avait presque cessé de plier sous lui les femmes rencontrées pour se vider en elles comme il l'avait toujours fait. La vue d'une fente offerte pouvait faire dresser son membre, mais l'assouvissement le laissait insatisfait. Il lui prenait l'envie de frapper la femme pour n'être que cela : un trou, du poil, de la soumission. Il voyait autour de lui les chasseurs copuler avec rage et en tirer plaisir, et cela l'étonnait.

Les fillettes au service des Puissances ne sortaient plus des cavernes sacrées. Elles y devenaient femmes, effectuaient les tâches relevant du service des Puissances et aussi de Celui qui Leur parle, y compris le service de copulation, pour lequel toute femme doit être toujours prête. Un tabou était sur elles.

Les chasseurs savaient que ces femmes étaient réservées à la copulation des Puissances, mais ils ignoraient que cette copulation s'effectuait par le membre viril de Celui qui parle aux Puissances. Or, du ventre de ces femmes ne sortait jamais d'enfant, ce qui prouve bien que les Puissances sont maîtresses de la vie comme de la mort.

Ogh ne voyait jamais ces femmes, le tabou sur elles s'appliquait à lui. Ghal, lui, usait d'elles à sa convenance, car il échappait à davantage de tabous en tant que futur successeur de Celui qui parle aux Puissances.

Une fillette, pourtant, échappait à la règle concernant Ogh, et c'était justement celle qui, le premier jour, avait apporté la lampe et la boisson capiteuse.

Ce fut elle qui parla d'abord. Ogh, arrivant dans la caverne de la Déesse Mère, trouva la petite allongée de tout son long sur le ventre, le visage dans la poussière, les bras tendus vers la statuette. Elle sentit qu'il était là. D'un bond, elle fut debout. Ogh était étonné. Les femmes n'étaient pas admises au culte. Prise en faute, celle-ci aurait dû baisser la tête, tourner le dos, courber l'échine, attendre le châtiment, ou la copulation, ou les deux. Ou la mort, peut-être, après. Mais non. Elle le défiait du regard. Et elle parla. Elle dit :

– Tu es Ogh, celui qui fait sortir du galet des choses qui coupent et qui piquent. Je suis Ala.

– Tu es femelle. Tu n'as pas de nom.

Elle rit, haussa ses épaules pointues :

– Sache que les femelles ont un nom, entre elles. Sans cela, comment se héleraient-elles ? Comment sauraient-elles qui est qui ? Pour les hommes, nous n'avons pas de nom. Tabou. Nous sommes « Hé, toi ! ». Ils nous disent « Maman » jusqu'à ce qu'ils quittent la caverne des femmes... De femme à femme, nous avons des noms. Chacune un.

« Moi, c'est Ala. Et je ne suis pas une femelle de la caverne des femelles. Je suis l'épouse des Puissances. Celui qui Leur parle m'appelle Ala. Et je l'appelle Youg, puisque c'est son nom. Je t'appellerai Ogh. Tu m'appelleras Ala.

Elle ajouta, le menton dressé :

– Il n'y a pas de tabou pour Ala.

Ogh était de plus en plus étonné. Il voulut prononcer « Ala », mais l'empreinte du tabou était trop forte, une terreur bloquait sa langue. Il dit enfin :

– Tu parlais aux Puissances ?

– Oui.

– Personne ne parle aux Puissances, personne d'autre que Celui qui Leur parle. Les chasseurs Leur parlent par sa bouche, Elles leur répondent par sa bouche.

– Moi, je parle à la Mère. Et la Mère me répond.

Elle fit alors une chose impensable : elle prit la main d'Ogh dans la sienne ! Cette petite femelle... Et elle ne tomba pas foudroyée. Simplement, elle dit :

– Toi aussi, tu parles à la Mère. Je t'ai vu bien souvent. Mais tu ne connais pas les Mots. Tu parles avec ton cœur.

– Il y a des Mots ?

– Je te les dirai. C'est assez pour cette fois.

Elle lâcha sa main, dansa jusqu'à une fente du roc. Avant d'y disparaître, elle lança, coquette :

– N'essaie pas la copulation sur moi ! Le tabou est sur mon ventre et sur tous les trous qui mènent à mon ventre. Je suis promise aux Puissances. Je serai pénétrée par Youg le jour où il en décidera ainsi.

3

C'était la Longue Journée. Celle où le soleil monte au plus haut dans le ciel. Celle où ceux de l'Élan présentent aux Puissances leurs nouveaux compagnons de chasse, les adolescents mâles parvenus à l'âge de suivre la piste et de frapper la proie.

Rangés en demi-cercle devant le seuil de la caverne des Puissances, les chasseurs entouraient le groupe serré des adolescents aux longs muscles. Loin à l'écart, vautrées à terre, s'entassaient les mères. Les faiseurs de vacarme sacré, accroupis devant le premier rang des chasseurs, tapaient en cadence sur des troncs d'arbre creux, et il en sortait un roulement grave et lourd d'orage lointain.

Les coups se firent plus rapides, le grondement devint un rugissement énorme qui bondit jusqu'au ciel. Celui qui parle aux Puissances venait de paraître devant la gueule béante de la caverne sacrée. La pâleur de son corps nu était une clarté sur l'obscurité des profondeurs. Au-dessus de sa tête éclataient les vives couleurs de la haute coiffure de plumes, chemin par lequel l'âme des Puissances descendait dans son âme. Ces plumes fantastiques n'appartenaient à aucun oiseau connu de ceux de l'Élan, c'étaient des plumes données par les Puissances en signe d'alliance et d'amitié perpétuelles, cela avait eu lieu dans la nuit des temps d'avant les temps. Et tant que ces plumes seraient dans le clan, l'amitié des Puissances serait assurée. C'est pourquoi, chaque été, lorsque le soleil était au plus haut de sa course, Celui qui parle aux Puissances procédait à la cérémonie du Passage des adolescents à l'âge d'homme sommé de la fabuleuse coiffure. Or – Youg seul savait cela –, ces plumes avaient appartenu à ceux d'avant, à l'ancien peuple massacré, soumis aux femmes et adorateur des Déesses Mères, et Youg goûtait l'ironie de la chose.

Youg leva lentement son bras droit, que prolongeait le bâton sacré en forme de croissant de lune. Le tonnerre cessa net. Ce bâton aussi était une dépouille de ceux d'avant. Il était entaillé très finement, on y voyait une foison de scènes de chasse et de copulation merveilleusement rendues. Youg avait en tête que ce devait être une de ces cornes démesurées qui sortaient de la bouche de l'animal fabuleux dont l'image était sur les murs de roc, mais il n'en disait rien, et nul autre que lui ne pouvait approcher les objets du culte, le tabou suprême était sur eux. Ce que Youg ignorait, c'est que s'il avait soufflé dans le trou du petit bout de la corne, il en serait sorti un mugissement fabuleux.

Au centre du demi-cercle des chasseurs se tenait fièrement Celui qui marche en premier. Sur sa tête était le crâne d'aurochs, insigne du commandement, dont les cornes menaçaient le ciel. Quittant les chasseurs, il fit trois pas en avant et vint se placer devant Celui qui parle aux Puissances. Il s'agenouilla. Youg alors se pencha pour lui dire à l'oreille les Mots que nul autre que lui ne devait entendre. Celui qui marche en premier répondit par les mots qu'il convenait de répondre, puis il se releva et se tourna vers le groupe des adolescents. Le vacarme sacré gronda brièvement. Le moment était venu.

Chacun des adolescents présentés avait fait ses preuves

de chasseur. Il avait tué son premier aurochs, seul, ayant su déceler et suivre la piste puis affronter l'aurochs face à face. Il y était parvenu après de longues années de formation où il avait d'abord appris à traquer le menu gibier, pris en charge par un chasseur chevronné à qui il servait de serviteur, de souffre-douleur et aussi, à l'occasion, d'objet de copulation.

Et maintenant, ils affrontaient l'épreuve suprême.

Celui qui marche en premier fit un signe. L'adolescent désigné sortit du rang. C'était presque un enfant encore. Il dressait la crête et faisait l'arrogant, mais on voyait son cœur sauter dans la cage de sa poitrine. C'est qu'aussi l'Épreuve était terrible. Échouer serait pire que la mort, car il y aurait la honte. Après avoir été injurié, fouetté et couvert d'excréments, l'indigne serait chassé du clan, sans armes et sans provisions. Errant dans la solitude sauvage, il ne pourrait que mourir de faim, n'ayant pas la science des femmes pour se nourrir de choses immondes. Quiconque l'apercevrait pourrait le tuer sans avoir à en rendre compte. Plus rien ne le protégerait. Le tabou du lâche serait sur lui.

D'un pas qu'il voulait ferme, le garçon se dirigea vers l'amas des mères. Il se baissa, prit par la main une de ces femmes. Docile, elle se leva. Elle avait deux enfants au sein, qu'elle confia à une autre femme.

Il l'amena sans rudesse, presque tendrement, jusqu'au milieu du demi-cercle des chasseurs, devant le seuil de la caverne sacrée. Ils se tinrent tous deux debout, attendant.

Celui qui parle aux Puissances laissa tomber un regard sur la femme. Il fit un léger signe de tête. Il la reconnaissait. C'était la femme qui convenait. Celui qui marche en premier, à son tour, fit signe que tout était tel que ce devait être. Il leva la main. Des hommes du clan s'éleva la clameur de l'approbation. Tous étaient témoins : cette femme était bien la mère de l'adolescent, celle qui l'avait mûri dans son ventre puis nourri jusqu'à ce qu'il fût confié aux chasseurs, il y avait de cela sept ou huit hivers.

Maintenant, les faiseurs de vacarme sacré battaient à coups retenus. Le roulement étouffé accompagnait l'attente anxieuse. L'adolescent fit asseoir sa mère sur le sol, puis il s'assit à son tour, se blottit contre elle dans le creux que fait la rencontre du ventre et des cuisses, se fit tout petit, les jambes ramenées sous lui, le pouce dans la bouche. La femme, d'abord figée, osa poser sa main sur les cheveux du garçon, qu'elle caressa, qu'elle berça. Ceux qui se trouvaient assez près virent de l'eau couler des yeux de la femme.

Un sec rappel des bâtons sur les troncs creux annonça qu'il était temps de passer à la phase suivante du rituel. La femme alors prit l'adolescent dans ses bras, et lui, venant à bonne hauteur, saisit entre ses lèvres le sein offert et aspira comme un bébé qui tète. Elle eut un bref frisson. Ses joues pâlirent. Le garçon fit longuement le simulacre de la tétée, passa d'un sein à l'autre, puis, souriant, ses yeux dans les yeux de la femme, il dit :

– Maman !

Le rituel ne prévoyait pas qu'elle eût à répondre. Pourtant, elle dit :

– Mon petit !

L'eau de ses yeux ruisselait sur ses joues.

Il fallait maintenant passer à la troisième phase.

Le rythme des battements se fit rapide, impérieux.

Le garçon se mit debout. Il saisit à pleine main le paquet de cheveux noué en botte et, brutalement, força la femme à se relever. Les chasseurs devinrent attentifs. Ce petit était très bien... Quand sa mère fut debout, le garçon la plia devant lui, avec effort, car elle résistait, le rituel voulait cela. Elle résistait, en vérité, plus que ne l'exigeait le rituel.

Enfin elle fut à sa merci, la croupe ouverte, la fente prête pour la pénétration... Mais que se passait-il ? Il se passait que le membre de l'adolescent n'était pas en état. Il pendait, flasque, inerte. Les chasseurs ricanèrent, puis grondèrent.

Avec rage, avec haine, le garçon serra son membre dans son poing. Il eut le geste de l'étrangler, de l'arracher. Le désespoir hurlait dans son âme. Une clameur montait.

La femme, alors, s'agenouilla, tournée vers le ventre du garçon. Elle avança la main, prit le triste membre entre ses doigts, le réchauffa. Le garçon eut un sursaut de recul. Une femme devait seulement subir, une femme n'avait pas à se soucier du mâle !

La clameur devenait émeute. Les chasseurs hurlaient à l'abomination, il y avait certainement là plusieurs tabous terribles de violés, ils ne savaient pas au juste, cela ne s'était jamais vu... Ils se tournèrent vers Celui qui parle aux Puissances. Impassible, il leva le bâton sacré. Il parla ainsi :

– Il est permis à la mère d'aider son enfant, puisque ce sera son dernier geste de mère

Tous se turent, et attendirent.

La mère, alors, prit le membre inerte de son fils dans sa bouche et, doucement, doucement, les lèvres de cette bouche furent à ce membre ce qu'auraient dû être les lèvres de la fente du ventre de la femme. Et comme ce membre apeuré ne pouvait pénétrer et défoncer, ce fut la bouche qui agit comme si elle était pénétrée et défoncée, glissant le long du membre ainsi que le membre aurait dû glisser de son mouvement propre... Et voilà : le membre soudain se dressa en un juvénile triomphe !

Alors, la mère dit :
– Fais, maintenant.

Le garçon la saisit de nouveau aux cheveux, la redressa, la retourna, la plia sauvagement et la pénétra avec une violence qui fit hurler de satisfaction les chasseurs aux aguets. Il besogna à coups furieux, se vida par un spasme aussi brutal que bref, dans le tonnerre des troncs frappés tous ensemble avec la rage de l'enthousiasme.

Et puis il s'arracha, jeta la femme à terre et la roua de coups. Ainsi le voulait le rituel. Mais le garçon alla bien au-delà du rituel. Il avait sa défaillance à racheter. Il frappa des pieds, des poings et de la trique, il arracha les cheveux, lacéra les seins, fit sauter les dents... Les chasseurs approuvaient, criaient leur joie, lançaient leurs armes en l'air. Ça, c'était un gaillard ! Il avait tranché le cordon, il avait renié la femme, il était un homme parmi les hommes, un chasseur parmi les chasseurs.

Les autres adolescents subirent sans difficulté l'épreuve. Ils caressèrent leurs mères, les tétèrent, les pénétrèrent puis les rouèrent de coups, sans une fausse note. Celui qui marche en premier était content. C'était dans l'ensemble une bonne couvée.

Ogh avait assisté de loin à la cérémonie. N'étant pas chasseur, il ne s'était pas trouvé parmi les chasseurs. Son âme n'était pas joyeuse comme était la leur. Leur joie n'était pas sa joie, il ne savait pourquoi.

Il soupira et s'en alla retrouver la petite Déesse Mère.

La fillette nommée Ala se trouvait dans la caverne aux lumières quand Ogh y arriva. Elle s'était accoutumée à sa présence et ne feignait pas, devant lui, d'avoir affaire en ce lieu pour autre chose que sa dévotion à la Déesse Mère. Ogh lui demanda :

– Comment peux-tu parler à la Déesse Mère ? Tu n'es qu'une petite femelle. Il n'est pas possible que tu aies reçu le Don.

– Il n'est nul besoin de don pour parler aux Déesses Mères.

– Mais Celui qui...

– Entre nous, disons « Youg », tu veux ? C'est moins long.

– Youg a reçu le Don. Il a subi l'initiation, le long jeûne, les épreuves...

Elle eut une hésitation, prit les mains d'Ogh dans ses mains, le regarda un moment dans les yeux, et puis se décida :

– Ce que je vais te dire maintenant touche au Grand Secret. Il faut d'abord que tu mettes le tabou du silence sur ta langue.

– Je ne puis poser des tabous. Je ne suis qu'Ogh, le tailleur de silex. Nulle Puissance n'écoute ma voix.

– Tu es ta propre Puissance. Tu as la puissance sur toi-même. Tu décides de mettre sur ta langue le tabou du silence. Nul autre que toi ne sait cela. Si tu romps le tabou, tu en seras puni par toi-même. Ton âme, enfermée en toi, souffrira en secret dans le malheur et dans la honte.

Ogh mit cela dans sa tête. Son front se plissa. La fillette dit :

– Eh bien ?

Ogh secoua ses vastes épaules :

– D'accord. Je mets sur ma langue le tabou du silence pour ce que tu vas m'apprendre.

Ala sourit. Elle dit :

– Je sais que tu respecteras le tabou. Mais attends...

Preste, elle fila par une ouverture dans le roc et revint

aussitôt, portant à deux mains la coupe où pétillait l'eau de joie. Elle tendit la coupe à Ogh. Il but à longs traits. Les bulles dansèrent sur sa langue et montèrent éveiller la joie dans sa tête. Ala but à son tour, à petites lampées gourmandes. Les bulles avaient aussi éveillé dans la tête d'Ogh l'impatience de savoir. Il dit :

– C'est assez attendu. Parle.

Elle posa la coupe. Elle dit :

– Ne ferme pas tes oreilles : c'est affaire de femmes.

– Parle !

– Voilà. Les femmes, dans le secret de leur caverne, rejettent les Puissances.

– Les femmes n'ont pas à rejeter ou à accepter. L'ordre des choses ignore les femmes.

– Crois-tu ? Les femmes existent, entre femmes. La vie vient d'elles. Elles peuvent refuser de la laisser mûrir en elles. Souvent, dès qu'elles sentent l'enfant grossir dans leur ventre, elles se jettent du haut de l'à-pic. Les chasseurs croient à une maladresse. Les femmes, elles, savent.

– Alors ?

– Les femmes rejettent les Puissances. Elles n'ont confiance qu'en les Déesses Mères.

– Je sais déjà cela. Mais je sais aussi que les Puissances et les Déesses Mères sont une seule chose. Tu ne m'apprends rien.

– Cela, c'est Youg qui le dit. Les femmes disent les choses autrement.

– Quelles choses disent les femmes ?

– Que les Puissances mâles ne sont pas les Déesses Mères. Qu'elles ont vaincu les Déesses Mères, mais que leur victoire n'aura qu'un temps, car elle n'a pas été complète. Si elle l'avait été, les enfants mûriraient dans le ventre des hommes. Il ne naîtrait que des enfants mâles. Les femmes auraient disparu, les chasseurs copuleraient entre eux, en égaux, sans mépris ni dégoût.

Ala prit le temps de boire à la coupe, tandis qu'Ogh examinait toutes ces choses étonnantes qui venaient d'entrer dans sa tête. Il se disait que peut-être les femmes voyaient juste.

Ala reprit :

– Les Déesses Mères ne sont pas mortes. Elles ont été chassées. Mais elles reviendront. Elles sont en train de refaire leurs forces. Elles reviendront bientôt. Les temps sont proches. Les femmes attendent et se tiennent prêtes.

Ala se pencha, mit sa bouche tout contre l'oreille d'Ogh, et dit, ses lèvres remuant à peine :

– Les Déesses Mères ne sont pas sans visage, comme les Puissances. Elles sont semblables à la petite figure de pierre verte qui est ici, mais elles sont faites de chair vivante, elles sont grandes comme des femmes, belles comme devraient être belles les femmes, leur peau est chaude et douce infiniment, leurs replis sont profonds et odorants, de leurs seins coule en abondance un lait parfumé, de leur fente un jus enivrant. Elles sont aimables aux femmes et terribles aux mâles.

Ogh désigna la statuette :

– Tu dis : semblables à cela ?

– Écoute. Cette chose a été faite en un temps où les Déesses Mères vivaient parmi ceux qui les aimaient. L'œil qui guidait la main par qui fut taillée cette image avait devant lui une Déesse Mère. De même que les semblants des cerfs, des aurochs et des autres proies furent tracés sur le roc à la ressemblance exacte des cerfs, des aurochs et des autres parce que l'œil voyait et que la main obéissait.

Ogh hocha la tête :

– Ces semblants sont vraiment tels que sont les vivants eux-mêmes. Je m'y suis trompé, la première fois.

Ala vit que la tête d'Ogh s'ouvrait aux choses nouvelles. Elle dit vivement :

– Et les images des Déesses Mères sont elles aussi telles que sont les Déesses Mères elles-mêmes !

Ogh saisit Ala aux épaules et s'écria :

– Les proies vivantes existent, telles que sur le roc ! Alors les Déesses Mères aussi existent, telles que cette chose verte sur cette pierre plate !

Ala dit :

– Elles existent.

Ogh dit :

– Où vivent-elles ?

Ala le regarda, mais tint closes ses lèvres. Ogh pressa de ses paumes puissantes les épaules de la petite.

– Tu as mis le tabou sur ta langue ? C'est cela ?

Elle fit de la tête le geste qui dit « Oui ».

Ogh alors tomba à genoux et parla à cette fillette comme jamais un homme ne devrait parler à une femelle. Si l'un de ceux de l'Élan l'avait surpris, il aurait été chassé du clan avec la honte sur sa tête. Il prononça ces paroles de blasphème :

– Ala, Ala... Je ne suis pas l'ennemi des Déesses Mères. Depuis que j'ai vu celle-ci, je suis leur serviteur. Je renie les Puissances. Je m'allierai avec les femmes contre les Puissances et contre les chasseurs... Ala ! Les Déesses Mères ont envahi ma tête et dérobé mon âme. Tu me dis qu'elles vivent, qu'elles attendent. Je dois les trouver. Elles m'attendent, moi. L'une d'elles m'attend. Celle-là même qui est en semblant ici. Elle m'appelle. Elle tire mon âme vers elle. Mon âme veut s'échapper de moi pour courir à elle, et copuler en elle une copulation sans fin. Je dois aller à elle, sinon je meurs. Je dois trouver le chemin. Mais où est-il ? Où chercher ? Ala, les femmes savent, n'est-ce pas ? Bien sûr, les femmes savent... Le tabou est-il sur toutes leurs langues ?

– Il y est.

Tout le jour, Ogh frappait le silex. Deux adolescents, qui s'étaient montrés incapables de traquer la proie, et donc indignes d'être admis parmi les chasseurs, fixaient les lames terminées aux manches de bois dur, d'os ou de corne de cerf. Ogh, les réclamant comme ses aides nécessaires, les avait sauvés de la mort des bouches inutiles. Ces garçons étaient tout dévoués à Ogh, et aussi leurs mères. Ogh leur avait patiemment enseigné comment rendre solide l'union entre lame et manche par le moyen de ligatures de lanières de peau habilement entrecroisées ou par celui du forçage à chaud à travers un trou foré dans le bois. Ogh avait mis au point ces choses dans sa tête, puis ses mains les avaient rendues vraies, et ensuite il avait fait passer son savoir dans la tête et dans les mains des deux adolescents.

Les armes et les outils s'entassaient en bon ordre le long des murs de roc. Il y en eut bientôt une quantité telle que les besoins de la chasse, du raclage des peaux, du dépeçage des viandes et des divers autres travaux du village étaient couverts, et au-delà. Celui qui marche en premier combinait dans sa tête que les clans voisins ne possédaient certainement pas une telle abondance d'armes. Il demanda à Celui qui parle aux Puissances si les Puissances seraient favorables à une expédition de guerre. Il avait, disait-il, vu la victoire dans son sommeil, avec grande foison de butin.

Les mains d'Ogh œuvraient avec force et précision, les yeux d'Ogh décelaient sans errer l'endroit exact où frapper, cependant l'âme d'Ogh voyageait bien loin de la caverne, bien loin de sa tête. L'âme d'Ogh était là où était la Déesse Mère, Ogh ne savait pas où. Or les femmes savaient cela. Les femmes savaient où se cachait celle qui retenait l'âme d'Ogh prisonnière. Et Ogh cherchait dans sa tête comment faire sortir ce secret des femmes malgré le tabou.

Ghal, le frère d'amitié d'Ogh, habitait désormais une caverne perdue dans les profondeurs tabou des cavernes sacrées. Son service auprès des Puissances lui laissait de fréquents moments de liberté. Alors il venait rendre visite à son frère Ogh. Il le regardait frapper le silex et s'étonnait de trouver silencieux ce compagnon naguère si joyeux.

Ghal lui-même n'était plus le chasseur sans souci. Les Puissances l'avaient choisi, il était au-dessus de ceux du clan, mais il était aussi hors du clan. Tous s'inclinaient devant celui qui serait un jour le successeur de Celui qui parle aux Puissances, mais lui ne connaissait plus l'excitation de la traque, le frisson de la peur, la joie puissante de la mise à mort, le retour triomphal, le goût de la viande dévorée à pleines mâchoires autour du feu commun, la copulation sauvage parmi les carcasses et les excréments... Son âme n'était pas aussi joyeuse qu'elle l'aurait dû, et il s'étonnait de cela.

Un jour, Ghal demanda :

– Pourquoi soupires-tu, Ogh ?

Ogh leva la tête de sur sa tâche et, se forçant à sourire, dit :

– Pourquoi soupires-tu, Ghal ?

Ghal dit :

– D'accord. Moi d'abord. Eh bien, voilà. Je suis indigne. L'esprit des Puissances n'est pas descendu en moi. Ces lieux me pèsent, mes jambes veulent courir, mon bras veut frapper, mon âme est triste. Et puis...

– Et puis ?

– Youg veut que je lui fasse ce qu'on fait aux femmes.

– Pourquoi pas ? Et alors ?

– Alors, mon membre ne veut pas, voilà. Tu sais bien que je n'ai jamais eu de goût pour cela. Même avec toi, mon frère d'amitié.

– Je ne te l'ai jamais demandé.

– Tu aurais dû. Avec toi, peut-être, j'aurais pu. Et aujourd'hui je serais moins dégoûté par ce vieux cul fripé.

– Ça, pour une première fois, évidemment... Mais, moi non plus, je n'ai pas le goût d'être pénétré... Pauvre vieux Youg ! Il doit être déçu. Les Puissances lui ont joué un vilain tour.

– Oh, les Puissances, les Puissances... Elles ont bon dos, les Puissances ! Youg avait du goût pour mon cul, c'est pourquoi il m'a choisi. Sans doute avait-il été choisi de même par Celui d'avant lui.

– Ghal ! Ghal ! Tu blasphèmes !

Ghal ricana :

– Il n'y a pas de blasphème. Pas pour moi. Pas de tabou non plus, pour moi !

– Même Youg respecte les tabous.

– Youg respecte les tabous afin que tous les respectent. Le tabou est dans la tête de celui qui l'accepte.

– Ne parle pas comme ça. Tu me fais peur. Les oreilles des Puissances sont partout.

Ghal s'approcha tout contre la joue d'Ogh. Il dit, en retenant sa voix :

– Les oreilles des Puissances ne sont nulle part ailleurs que de chaque côté de la tête de Youg. Et son loup gris, j'en ai fait mon ami... Quant à toi, Ogh, mon frère, ne fais pas l'hypocrite avec moi. Tu as changé, toi aussi. Je connais tes rencontres avec la fillette Ala. Tu écoutes ses histoires de femelle. Tu trahis les mâles. Tu trahis les Puissances du clan. Tu es devenu l'ami et le serviteur des Déesses Mères. Tu t'es donné à elles, tu attends leur retour, comme une femme...

Ogh ne fut pas étonné. Ghal avait toujours su voir ce qui se passait dans son âme, parfois avant lui-même. Il dit :

– Tu sais donc ? Eh bien, oui, une Déesse Mère est entrée en moi. Mais je n'attendrai pas son retour, comme font les femmes. J'irai la rejoindre là où elle est.

– Ogh, mon frère, les Déesses Mères ne sont pas de chair et de sang. Elles consolent les femmes et leur font supporter la vie. Elles sont aux femmes ce que les Puissances sont aux chasseurs.

– Les Déesses Mères vivent ! Je le sens dans mon corps. Elles m'appellent. Mon âme veut s'échapper de mon corps et courir vers elles. Elles existent, puisqu'elles m'appellent. Je partirai.

– Où ?

– Je trouverai où.

– Tu quitterais le clan ?

– Je quitterai tout.

– Comment vivrais-tu ? Tu es incapable de chasser.

– La Déesse Mère y pourvoira. Elle m'appelle, elle me nourrira.

– Compte là-dessus !

Ghal hésita. On voyait qu'il remuait des choses dans sa tête. Soudain, entourant de son bras l'épaule de son frère, il dit :

– Si tu pars, je pars. Je m'emmerde vraiment trop, et ce vieux cul est décidément très vilain. Nous arriverons bien quelque part. Et au moins, avec moi, tu seras sûr de ne pas mourir de faim.

Les jours passaient. Ogh remuait sans relâche les choses dans sa tête afin de trouver comment faire sortir d'entre les femmes le secret du lieu où vivaient les Déesses Mères. Et il trouva.

La femme qui avait jadis porté Ogh dans son ventre vivait encore, ce qui était exceptionnel pour une femme aussi vieille. Ogh était sorti d'entre ses cuisses alors que les premiers poils commençaient tout juste à friser au bas de son ventre et que deux pointes menues soulevaient à peine la peau de sa poitrine. Elle avait failli mourir, car Ogh était un gros bébé. Aujourd'hui, près de six fois cinq hivers étaient passés sur sa tête. C'était une vieille parmi les plus vieilles. Peu de femmes survivaient aussi longtemps. La venue au jour d'Ogh avait cassé quelque chose tout au fond d'elle, et aucun autre enfant, mâle ou femelle, n'avait plus mûri dans son ventre après Ogh.

Cette femme, que les femmes entre elles nommaient Noun et à qui Ogh avait dit « Maman » jusqu'à l'âge où les jeunes mâles sont ôtés de la caverne des femmes, n'avait pas subi la cérémonie du passage solennel de son fils Ogh de l'adolescence à l'âge viril, puisque Ogh n'avait pas été admis parmi les chasseurs. Elle avait su lui éviter la mort des bouches inutiles en révélant au clan ce don merveilleux de la taille du silex que les Puissances avaient mis dans les mains d'Ogh.

La femme Noun veillait de loin sur celui qu'elle avait porté dans son ventre et nourri de son lait. Sans, bien sûr, chercher à lui parler. Quand retentissaient les chocs réguliers du silex frappant le silex, ses regards se portaient vers le seuil de la caverne où Ogh œuvrait, et alors elle dressait le menton et disait aux autres femmes : « Celui-là est mon fils. Il est sorti de mon ventre. »

Ogh sentait autour de lui l'âme de cette femme, et cette âme coulait en lui, chaude et forte. Il la hélait, « Hé, toi ! », et la chargeait de tâches légères qui ne risquaient pas de briser ses os. Quand un chasseur la pliait brutalement sous lui et la pénétrait, car, bien qu'elle fût vieille, sa croupe dansait lorsqu'elle marchait en portant sur la tête quelque fardeau, Ogh sentait tout à coup bouillir dans sa tête le besoin de faire couler le sang. Il n'aurait su dire pourquoi.

Voilà ce que Ogh avait arrangé dans sa tête. La femme Noun était une femme. Elle était donc, comme toutes les femmes, au courant du lieu du séjour secret des Déesses Mères. Même, ayant vécu plus longtemps, elle devait certainement connaître plus de choses concernant ce lieu et concernant les Déesses Mères. Sa langue était liée par le tabou. Mais, d'autre part, elle était la mère d'Ogh. Elle parlerait à Ogh.

Ogh cria :

– Hé, toi !

Les femmes qui se trouvaient à portée de voix se tournèrent aussitôt vers celui qui appelait, mais la crainte habituelle n'était pas dans leurs yeux car elles avaient reconnu la voix d'Ogh, l'homme aux mains magiques et à l'âme débonnaire. Elles reprirent leur besogne avec un soupir quand elles virent que l'appel s'adressait précisément à la femme Noun.

La femme Noun laissa choir sa charge de bois et accourut. Ogh dit :

– J'ai choisi de beaux galets le long du torrent. Va les chercher et monte-les jusque devant mon seuil.

Elle y courait déjà. Ogh ajouta :

– N'en prends pas trop à la fois. J'ai tout mon temps.

Les galets s'entassaient presque à hauteur d'homme. La femme Noun déversa la dernière charge sur le tas et fut pour redescendre. Elle regarda une dernière fois son fils, afin de s'en emplir la tête par les yeux. Elle avait bien travaillé, il devait être content. Ogh dit :

– Maman.

Elle n'avait pas entendu ce mot depuis bien des hivers. Elle se mit à trembler. L'eau de ses yeux coula sur ses joues. Ogh la prit entre ses bras. Il violait un tabou. Cependant, il ne savait pas trop si le tabou du rejet de la mère était sur lui, puisque après tout il n'avait pas tranché le cordon symbolique suivant les rites, et qu'en somme il n'était pas un homme, pas vraiment.

Pour l'instant, le tas de galets les dissimulait tous deux aux yeux de ceux d'en bas. Les aides étaient descendus prendre leur part due de la chasse du jour. Ogh dit, très vite :

– Maman. Les Déesses Mères m'ont choisi. Je dois aller les rejoindre. Si je n'y vais, je meurs. Tu dois me dire. Tout. Je t'attendrai cette nuit au bord du torrent. Quand la lune sera à l'aplomb de l'arbre solitaire. Il y a un trou, derrière un buisson, juste là où j'avais mis beaucoup de galets. Tu vois où ?

Noun ne disait rien. Elle tremblait maintenant très fort dans les bras de son fils. Ses dents s'entrechoquaient. Ogh sentait son cœur cogner contre le sien. Elle avait très peur. Parler, c'était la mort, une mort longue et cruelle dans le secret de la caverne des femmes. Car les femmes peuvent être entre elles aussi féroces que les hommes. Et elles sauraient vite qui aurait violé le tabou du silence.

Ogh, au contact de Noun, à l'odeur de Noun, fut soudain le petit enfant qui courait cacher sa tête contre le ventre de sa mère parce qu'un rat l'avait mordu. Une grande mollesse descendit en lui. Il fut sur le point de renoncer. Alors la Déesse Mère envoya son image dans la tête d'Ogh, devant les yeux du dedans de la tête d'Ogh, et cette image l'emplit tout entier, rien d'autre n'exista plus au monde, rien d'autre ne valut la peine de vivre et de mourir... Noun avait senti Ogh hésiter. Elle le sentait maintenant s'affermir, devenir dur comme le silex. Elle savait qu'Ogh ne voulait pas sa mort, mais aussi elle savait que quelque chose de plus fort que la pitié, de plus fort même que le lien entre fils et mère, avait pris possession de lui.

Noun leva les yeux vers Ogh et dit :

– J'y serai.

Quand la lune passa derrière un nuage, Ogh se glissa dans le creux de terre, sans doute une ancienne tanière de blaireau saccagée, derrière le buisson d'épines. Noun était déjà là, les genoux au menton, recroquevillée sur elle-même comme une chauve-souris dans ses membranes.

– Tu as pu quitter la caverne des femmes ?

– Tu vois. Ce n'était pas très difficile, pour moi. Je n'ai pas d'enfant, je dors seule, dans un recoin, loin des autres femmes. Je me suis glissée dehors sans qu'on me voie. Et je connais des chemins secrets pour descendre sans passer par la falaise.

– Et pour rentrer ?

– Je n'essaierai même pas. Je dormirai dans ce creux. Au matin, je me mêlerai aux femmes, un fagot sur le dos.

Ogh ne savait par quels mots commencer.

– Maman...

– Non. Pas comme ça. N'amollis pas mon âme avec le fantôme des fleurs des jours anciens. Je dois être forte. La Déesse Mère est en toi, nul n'y peut rien. Que suis-je, moi, auprès d'elle ? Je te dirai ce que tu veux savoir. Parle.

– Dis-moi où elles sont. Indique-moi le chemin. Rien de plus.

Noun eut un rire sans joie.

– Rien de plus !

Puis les mots sortirent d'elle comme si elle n'en était pas maîtresse. La lune s'était dégagée du nuage. Son reflet fit briller les yeux de Noun comme ceux de la proie qui fait front devant les chasseurs bien qu'elle sache que c'est inutile.

– Je te dirai où et je te dirai comment y aller. J'indiquerai au seul enfant sorti de mon ventre le chemin de sa mort. Tu partiras. Rien ne pourrait t'empêcher de partir. Tu n'arriveras nulle part. Nul ne saura plus rien de toi. Les Déesses Mères prennent et ne rendent pas. Je t'ai sauvé une fois de la mort, parce que tu avais le don et que moi j'avais l'amour...

– C'est quoi, l'« amour ? »

– C'est un mot de femme. Un mot de femmes entre elles. Il dit le lien très fort entre deux vivants. Il dit ce qu'il y a entre la mère et celui qu'elle a porté dans son ventre. Il dit une chose puissante, et sauvage, et douce, une chose qui fait couler l'eau des yeux des mères quand leur petit est malheureux. Les hommes ne connaissent pas ce mot, parce qu'ils ne connaissent pas la chose.

Ogh écoutait, tête basse. Il dit, comme s'il parlait à lui-même :

– Peut-être que je la connais, cette chose...

– Tu ne connais rien.

– Apprends-moi.

– Les mots ne sont que des mots. Cette chose, je la connais, moi, parce qu'un enfant a mûri dans mon ventre, puis a tété mon lait, et qu'alors cette chose est née en moi pour lui... Mais comment en parler ? Je peux parler de l'aurochs, je peux parler de la rivière, je peux parler du soleil, je peux parler du caillou. Mais cette chose n'a pas quatre pattes, des cornes et une crinière, comme l'aurochs. Elle ne coule ni ne bondit sur les rocs, comme la rivière. Elle ne monte pas dans le ciel, comme le soleil. Elle ne pèse pas dans la main, comme le caillou... Pourtant cette chose est plus impétueuse que l'aurochs, plus fraîche que l'eau de la rivière, plus brûlante que le soleil, plus ferme que le caillou. Seule, celle qui sent sa chaleur en elle la connaît. Elle ne peut, par des paroles, faire passer cette chaleur dans quelqu'un d'autre.

– Parle-m'en quand même.

– A quoi bon ? Je ne pourrais en parler qu'à une femme qui posséderait elle aussi cette chose en elle. A une autre mère. Alors, il ne serait pas besoin de mots pour faire venir l'image de cette chose entre nous. Dire « amour » serait assez. Car, l'une et l'autre, nous savons.

– Tu dis que les hommes ne connaissent pas cette chose que tu nommes « amour ». Pourtant, le petit garçon crie lorsque Celui qui marche en premier vient l'ôter de la caverne des femmes. Il tend les mains vers celle qui l'a porté dans son ventre, et l'eau coule de ses yeux, beaucoup d'eau, longtemps. Il y a même des garçons qui ne supportent jamais cela. Ils refusent d'obéir aux chasseurs, ils restent écrasés dans un coin et il faut finalement les abattre comme bouches inutiles. N'est-ce pas là cette chose nommée « amour » ?

– Justement ! Tu l'as dit : ceux-là, on les tue. Les autres n'ont pas besoin d'amour. Ils vivent, ils obéissent, ils deviennent des chasseurs parmi les chasseurs, ils n'éprouvent nulle répugnance, lorsque vient le Jour du Passage, à pénétrer leur propre mère, puis à la frapper. Par la suite, ils oublient même qu'ils ont eu une mère, ils ne distinguent pas la leur d'entre les autres femmes et ils la traitent comme il est prescrit aux hommes de traiter les femmes.

– Je ne t'ai pas rejetée, moi.

– Qu'aurais-tu fait si tu avais dû subir l'Épreuve ?

Ogh ne répondit pas. Il demeura silencieux un long moment. Puis il dit :

– Cette chose qui est en moi pour la Déesse Mère, est-ce cela, l'amour ?

A son tour, Noun resta un temps sans parler. Elle dit enfin :

– Je te le répète : les paroles ne peuvent pas expliquer ce qu'est l'amour. On ne peut que le vivre dans son âme. Moi, je ne connais que cet amour que j'ai pour toi qui es un morceau de moi. Il te faut démêler seul ce qui se passe en ton âme.

– Parle-moi des Déesses Mères.

Noun regarda Ogh, presque méchamment, puis haussa les épaules :

– Que je parle ou me taise, tu partiras quand même... Et moi je serai une vieille parmi les vieilles, exténuée, affamée, pénétrée, défoncée, battue. Je ne réchaufferai plus mon âme au joyeux bruit de ta main frappant le silex, là-haut. Il me restera l'espoir d'avoir très vite le courage de me jeter du haut de l'à-pic.

Entendant cela, l'âme d'Ogh se racornit dans sa poitrine. Il était très malheureux. Il eût voulu qu'à cet appel qui le poussait vers la Déesse Mère s'opposât un appel plus puissant encore qui l'eût poussé vers Noun. Mais l'autre appel était impitoyable.

Noun commença :

– Il se dit entre les femmes que, dans les temps d'avant les temps, les hommes n'avaient pas la puissance sur les femmes, et que de leur côté les femmes n'avaient pas la puissance sur les hommes. Femelles et mâles étaient compagnons, comme le sont le loup et la louve, le sanglier et la laie, l'aurochs et l'aurochse, le pigeon et la pigeonne... Alors les Puissances aussi étaient mâles et femelles, sans que les uns aient le pas sur les autres. Et cela était juste. Et cela était bien.

Ogh dit :

– Je sais cela. Et aussi que les pères des pères de nos pères sont venus, et qu'ils ont tout tué, et qu'ils ont établi la puissance du vainqueur sur le vaincu, du mâle sur la femelle.

– Tu sais cela ? Mais sais-tu ce que les femmes disent entre elles, dans le secret de la caverne des femmes ? Elles disent que les Déesses Mères n'ont pas toutes été capturées par les Puissances mâles et soumises à leur copulation infamante. Elles disent que plusieurs se sont retirées toutes ensemble en un lieu lointain et inaccessible. Elles disent aussi que beaucoup parmi les femmes des vaincus ont pu s'échapper et partir les rejoindre, qu'elles ont traversé steppes, montagnes, déserts et torrents, que bien peu d'entre elles ont survécu mais que celles-là sont devenues des Déesses Mères.

« Sais-tu que le peuple des Déesses Mères ne mourra jamais ? Sais-tu qu'il reviendra faire régner, non la puissance de la femme sur l'homme, car les Déesses Mères ignorent la joie sanglante de la vengeance, mais la juste égalité des temps bénis d'avant les temps ?

Ogh, muet, écoutait de toute son âme. Noun maintenant se laissait aller sans prendre garde, et ce n'était plus seulement Noun qui parlait, mais toutes les femmes parlaient par la voix de Noun.

– Il se dit entre femmes que la copulation avec une Déesse Mère est la chose la plus désirable au monde, un plaisir au-dessus de tous les plaisirs, un plaisir tel qu'il est hors du plaisir, car il est fait de souffrance autant que de plaisir, et la souffrance y devient plaisir. Aucun mot n'existe pour le dire.

– Comme pour cette chose que tu appelles l'« amour » ?

– Je ne sais pas. L'amour, je connais. L'amour pour mon petit. Peut-être y a-t-il un autre amour ? Les hommes seraient donc capables d'amour ?... Les femmes disent que le plaisir qui vient des Déesses Mères est un plaisir qui commence longtemps avant la copulation, qu'il entre dans la tête par les yeux, que l'attente de ce plaisir est déjà ce plaisir, que la copulation même ne le rassasie pas mais qu'au contraire, après, il croît encore et encore... Et sais-tu quoi ? Elles disent que les Déesses Mères trouvent elles aussi plaisir à la copulation ! Et que, lorsqu'elles seront revenues, toutes les femmes connaîtront ce plaisir et chercheront à être pénétrées, au lieu d'en avoir terreur et douleur.

Ogh s'écria :

– Voilà ! C'est justement cela que je sens en mon être ! Cet appel vers une chose que je ne connais pas, mais qui, seule, vaut la peine de vivre. Le maître plaisir. Le plaisir qui ne finit jamais, qui accompagne tous les gestes de la vie. Une copulation de tout le corps, de toute l'âme, une copulation qui fait que l'être tout entier est un membre à copuler qui ne redescend jamais du plus haut du plaisir... Une copulation qui n'a même pas besoin de la copulation...

Tandis qu'Ogh parlait, les yeux de Noun s'étaient tournés vers le dedans d'elle-même, et ils regardaient au loin dans la lumière irisée des jours enfuis. Elle dit, comme parlant à la nuit et au vent :

– Moi aussi j'ai entendu cet appel, ou quelque chose qui y ressemble, il y a beaucoup et beaucoup d'hivers de ça, quand mes mamelles timides commençaient à soulever ma poitrine. Je n'avais pas encore été pénétrée, ma mère me tenait cachée tout au fond de la caverne des femmes et m'interdisait d'en descendre, et même de m'approcher du seuil. Dans mon âme passaient des besoins inconnus, des désirs de douceur et d'abandon. Souvent l'eau de mes yeux coulait, sans raison, et ce n'était pas triste. Je m'occupais de mes petits frères quand ma mère était en bas à faire ses besognes de femme. Alors ce besoin de douceur me poussait à prendre un enfant dans mes bras, à emplir mes narines de sa bonne odeur de petit mâle, à caresser sa peau si fine... J'attendais que mon ventre grossisse. Ma mère m'avait prévenue qu'un jour, sans qu'on sache quand ni comment, un enfant germerait dans mon ventre, comme cela arrive dans le ventre de chaque femme. Je me disais que lorsque j'aurais un bébé à moi, ces besoins inconnus seraient satisfaits... Mais ma mère s'est noyée dans la rivière et il m'a fallu quitter la caverne des femmes avant que l'enfant ne me soit venu. Les chasseurs ne m'avaient encore jamais vue. Ils se sont jetés sur moi. J'ai été pénétrée, par tous les trous à la fois. Ma vie de femme commençait. Quelques lunes après cela, mon ventre s'est arrondi. L'enfant, enfin, était là. C'était toi. Tu m'as donné du plaisir bien avant ta sortie de moi, et encore davantage après. Tout le reste n'était rien.

– Alors, tu sais ce que je sens ! Tu sais que, si je ne pars, je meurs. Dis-moi le chemin !

– Tu ne mourras pas. Je te dirai le chemin. Tu es déjà dans le haut plaisir. Car rêver de la route, c'est déjà être là-bas. Savoir qu'Elles vivent, c'est déjà vivre avec Elles. Souffrir pour Elles, c'est déjà se fondre en Elles...

« Mais écoute bien ceci : aucun autre homme ne doit savoir. Aucun, tu m'entends ? Déjà, toi, c'est trop... Si un chasseur sait, tous sauront. Et ils iront joyeusement tout détruire. Ils ne peuvent pas ne pas détruire, ils sont ainsi faits. C'est leur haut plaisir, à eux. Et ce serait la fin de l'espoir.

« Il me reste à te dire la plus secrète de toutes les choses que se disent les femmes. Celle-là aussi, tu la garderas au plus profond de toi, plus profond encore que tout ce que j'ai pu te dire. Voici : celui qui connaît la copulation d'une Déesse Mère ne mourra pas. Son corps ne vieillira pas, ses membres ne se dessécheront pas, ses joues seront fraîches et son œil vif à tout jamais, et il copulera dans l'entassement des temps sur les temps d'une copulation toujours fraîche et dans la plénitude du haut plaisir.

Lorsque Ogh, mettant à profit un nuage qui passait sur la lune, se fut faufilé au-dehors, Noun se tassa au fond de son trou comme un enfant dans le ventre de sa mère. Elle avait peur, mais elle était en paix. Elle avait fait ce qu'elle devait faire. Elle aurait voulu que la mort vienne la prendre, là, tout de suite. Elle savait que le départ clandestin de son fils Ogh mettrait le clan en grande fureur, et aussi que les femmes sauraient bientôt ce qu'il en était. La mort qu'elles réserveraient à Noun dans le secret de la caverne des femmes serait épouvantable et très longue. Noun espéra qu'elle saurait devancer cette mort. Elle ne pria pas les Déesses Mères de lui envoyer une mort douce, en échange du beau garçon qu'elle Leur donnait. Noun savait que toute prière est vaine. Les Déesses Mères connaissent nos besoins. Elles donnent si elles ont envie de donner.

4

C'était pour cette nuit-là.

Ghal avait appris de son maître Youg comment aligner les petits cailloux du calcul sacré de la marche du ciel et comment déduire de leurs arrangements les nuits où la lune ne se montrerait pas. Car la lune obéit au cycle fixé par les Puissances, et Celui qui sait Leur parler connaît les moyens de Leur faire dire les choses à venir. Ghal, ayant observé attentivement les cailloux, avait dit à Ogh, en montrant sur ses doigts : « Ce sera pour dans tant de nuits. » Ogh avait préparé ce qu'il y avait à préparer, et voilà, cette nuit d'entre les nuits était arrivée.

Ghal était inquiet. Il dit à Ogh, rudement :

– Tu as vraiment besoin de t'encombrer de ce truc ?

Ils s'écorchaient les épaules en se faufilant dans l'étroite fissure qui conduisait à la caverne ronde où, au milieu des lumières qui jamais ne s'éteignaient, rayonnait la petite Déesse Mère de pierre verte.

Ogh grogna :

– Encore une fois : oui ! C'est elle qui est entrée dans mon âme et qui me pousse en avant. Loin d'elle, mon courage tombera. Sans elle, le malheur sera sur nous.

– Bon, c'est entendu. D'accord, d'accord ! Mais je

crains bien, moi, que le malheur ne nous tombe dessus à cause d'elle, et pas plus loin qu'ici même !

Ils titubaient dans le noir, n'ayant pas voulu, par prudence, se munir de torches. Leurs mains tâtonnaient le roc à droite et à gauche, quand enfin, passé le dernier coude, apparut la clarté jaune. Ils s'arrêtèrent côte à côte, plantés sur le seuil de la caverne, soudain éblouis par la vive lumière de la couronne des lampes à graisse.

Ghal dit :

– Vas-y. Il n'y a personne. J'y ai veillé. Fais vite !

Ogh s'avança vers la table de pierre. Il ne put retenir un cri. Quelque chose était tombé d'en haut sur ses épaules, quelque chose de frénétique qui enserrait ses joues entre deux cuisses sèches et dures, quelque chose de ricanant qui s'agrippait à sa tignasse par deux implacables petites mains aux doigts griffus.

Ghal gronda, à voix contenue :

– Ala ! Petite merdeuse ! Qu'est-ce que tu fous ici ?

La fillette sauta à terre.

– Ce que je fais ? Je vous attends, tiens !

– Tu nous attends ?

– Ben, oui. Et j'ai eu raison d'attendre, puisque vous voilà !

– J'avais pourtant donné l'ordre qu'aucune de vous autres ne s'occupe des lumières, cette nuit, puisque c'est moi qui m'en chargeais.

– Justement, gros malin ! Je me suis dit que c'était pour cette nuit.

– Que quoi était « pour cette nuit » ?

– Oh, dis, eh ! Me prends pas pour un de ces culs merdeux que tu défonces dans les coins noirs et qui disent merci. Pas confondre. Regarde-moi mieux. Je suis Ala. Mes yeux sont les yeux d'Ala, pas des trous du cul. Ils voient des tas de choses, ces yeux-là, et ce qu'ils voient, ma tête le met de côté, et elle fait avec ça comme toi tu fais avec les cailloux du calcul.

Ghal s'énervait.

– D'accord. Tu es une petite futée. Tes yeux voient, ta tête met les choses à côté des choses, et alors ? Pour l'instant, tu n'as rien à faire ici. Donc, tu fous le camp et tu vas contempler les jolies choses du dedans de ta tête dans ton coin, chez les femmes. Ouste !

La petite se campa, les poings sur les hanches.

– Non, mais, qu'est-ce qu'il se croit, ce grand con ? T'as beau être dans les petits secrets du Youg en peau de fesse, j'en sais plus long que tu n'en sauras jamais sur ce qui se passe ici. Et pour commencer, je te dirai que ça fait des jours que je vous vois fricoter pas franc, toi et ton copain, là, et je sais très bien ce que vous mijotez. Alors, je vous dis seulement ça : je pars avec vous.

La colère chauffait la tête de Ghal et allait lui faire oublier la prudence. Ogh se mit entre eux :

– Arrêtez ! On va vous entendre. Les femmes...

Ala pouffa :

– Pour ça, pas de danger ! Je leur ai fait boire de l'eau de joie. Avec dedans quelque chose en plus... Hein, vous n'allez pas dire que je ne vous facilite pas les choses ! Vous voyez comme je suis utile ? Vous ne pourriez pas vous passer de moi.

Ogh dit :

– Tu ne peux pas marcher très vite du matin au soir, ni mener la vie des chasseurs dans la forêt. Et des chasseurs traqués, car on nous traquera.

– Je peux très bien. Je porterai votre fourbi. Vous chasserez pour moi... Et puis, merde, c'est comme ça et pas autrement. Vous me prenez avec vous, sinon je gueule, j'ameute les femmes, j'ameute Youg, j'ameute tout le monde ! Et vous savez ce qui vous attend.

Ogh regarda Ghal. Ghal regarda Ogh. Tous deux haussèrent les épaules. Ogh finit par dire :

– Ça va. Tu as gagné.

Ghal ajouta :

– Tu vas voir ton cul, si tu n'arrives pas à suivre ! Et fais-moi confiance pour le fourbi. Il pèsera son poids.

Ala sauta de joie.

– T'en fais pas, mon gros pépère. Je mets le fourbi sur ma tête et toi par-dessus, parce que tu seras fatigué avant moi.

Ghal cependant sentait l'inquiétude serrer sa poitrine. Il dit à Ogh :

– Tu le prends, ton porte-bonheur, oui ? Ça traîne, ça traîne...

Ogh, l'air embarrassé, se tourna vers la fillette :

– Ala...

– Quoi donc ?

– La Déesse Mère...

– Tu n'oses pas ? Tu veux que je la prenne pour toi ?

Ogh fit de la tête, vigoureusement, le geste qui dit « Oui ». D'un bond, la petite fut sur la table de pierre et, se penchant par-dessus le cercle des lumières, cueillit la statuette par sa tête sans visage et la lança à Ogh, qui, surpris, faillit la laisser choir. Il s'agenouilla, demanda pardon à la Déesse pour ce manque de respect, puis, avec les précautions d'une jeune mère pour son nouveau-né, la glissa dans un sac de peau matelassé de crin et d'étoupe.

Ogh pendit le sac à son cou et suivit Ghal, lequel s'était déjà faufilé dans la fissure d'accès. Ala courut derrière eux, ayant pris le temps de ramasser et de se caler sur la tête une grosse outre gonflée à craquer d'un liquide qu'on pouvait supposer être de l'eau de joie.

Rien ne s'opposa à leur échappée de la caverne des Puissances, pas même le loup gris, qui, ayant reconnu l'odeur de Ghal, accourut lui lécher la main en remuant la queue. Il gémit doucement quand, après une dernière caresse, Ghal franchit le seuil et s'enfonça dans la nuit, suivi d'Ogh et d'Ala.

Ceux de l'Élan n'assuraient pas, la nuit, une garde vigilante. Ils ne possédaient pas de réserves qui eussent pu tenter des pillards comme en possèdent ceux qui malmènent la terre pour y faire pousser l'herbe jaune aux graines nourrissantes. Eux mangeaient leur chasse et troquaient leurs peaux au jour le jour, ne conservant rien, ne possédant rien qu'on pût vouloir leur dérober, sauf peut-être les femmes, mais ils n'auraient certes pas risqué leur vie pour les préserver du rapt alors qu'il suffisait d'aller massacrer un village plus faible pour s'en procurer de nouvelles, sans parler de l'amusement. Ils dormaient donc tranquilles à l'abri de leur falaise abrupte et de leur triple enceinte épineuse. C'est tout juste si un chasseur veillait au feu commun, dormant plus qu'à moitié, jetant de loin en loin dans la flamme quelques branchages secs lorsque l'envie de pisser le tirait de son rêve.

Il fut donc facile aux trois fugitifs de se glisser de buisson en buisson jusqu'à la berge. Il leur fallait d'abord suivre assez longtemps le cours de l'eau, c'est ce qu'avait appris Noun à Ogh. Afin de ne pas laisser de trace odorante que les nez subtils des chasseurs auraient fort aisément repérée parmi les touffes d'herbes sèches, ils avaient décidé de marcher dans l'eau, assez basse près du bord. Le fond caillouteux de la rivière ne garderait pas l'empreinte de leurs pieds.

Comme ils passaient près du trou de blaireau où Ogh et Noun avaient parlé, une silhouette courbée sortit de ce trou. Ghal leva son épieu.

Ogh saisit vivement la pointe de l'épieu. Le bras de Ghal n'acheva pas le geste de mort :

Ghal, furieux, gronda :

– Qu'est-ce qui se passe, ici ?

Ogh baissait le nez. Il avoua :

– C'est Noun.

– Qui ça, Noun ?

Ghal empoigna la botte de cheveux, tira le visage vers lui. Il cracha de dégoût.

– Une femme ! Une vieille !

Ogh était tout embarrassé.

– Elle m'a dit le chemin. Les femmes la tueront pour cela. Elle vient avec nous.

Il ajouta, de plus en plus embarrassé :

– C'est ma mère.

Ghal se radoucit :

– Ta mère... C'est pourtant vrai ! Tu as une mère, toi. Tu n'es pas un chasseur. Pourquoi l'appelles-tu... Comment, déjà ? Ah, oui : Noun ? Les femmes n'ont pas de nom.

– Celle-là en a un.

Cependant Noun avait tiré du trou un faisceau de sagaies aux pointes de silex fraîchement taillées et bien emmanchées, deux arcs de bois d'if, une grosse botte de flèches empennées, tout cela lié ensemble par de fines lanières de cuir tressé qui seraient une provision de cordes de rechange pour les arcs. Ogh dit seulement :

– Pour le voyage.

Ghal haussa les épaules. Il se sentait mortifié de n'avoir pas eu lui-même dans sa tête la prévoyance de ces choses. Il demanda :

– Qui portera tout ça ?

– Moi, dit Noun.

Ghal hocha la tête.

– C'est bien. Il nous fallait des femmes pour porter les armes et s'occuper du feu. Et aussi pour la chose du cul. Vous ne serez pas trop de deux.

Ogh fut soulagé. Il dit :

– Et Noun connaît le chemin. Nous ne nous égarerons pas.

Ghal ne répondit rien, mais son visage disait qu'il avait mis cela dans sa tête comme une bonne chose.

Ils se remirent en route, dans l'eau jusqu'aux mollets, levant haut les pieds et prenant bien garde à ne pas faire clapoter l'eau. Noun et Ala marchaient comme marchent les femmes porteuses de fardeaux, les reins cambrés, la nuque dressée, une main sur la hanche, l'autre maintenant la charge bien droite sur la tête. Ghal avait des yeux de chasseur. La nuit fort noire n'empêchait pas ces yeux-là de remarquer que les presque six fois cinq hivers qui avaient passé sur la femme Noun n'avaient en rien amoindri l'arrogance de ses mamelles ni bridé l'ample balancement de sa croupe. Il mit cela dans un coin de sa tête.

Quelque chose de froid, d'humide et de vivant toucha le bras de Ghal. L'épieu se dressa et frappa. Il ne frappa que le vent et la nuit. Ala se pendit au bras de Ghal et lui souffla, très vite, à l'oreille :

– C'est le loup gris !

Ghal avait fait amitié avec le loup gris. Et voilà : le loup gris ne voulait plus quitter Ghal. L'amitié du loup gris pour Ghal avait crû au fil des jours, et maintenant elle emplissait entièrement son âme de loup. Il avait d'abord laissé sortir Ghal et les autres, puis les bruits de la nuit avaient dit à ses oreilles de loup que quelque chose dans cette sortie aurait dû éveiller son inquiétude. Son ami l'avait caressé au passage, certes, mais ce n'était pas l'habituelle caresse un peu distraite. Il avait fait sortir de sa gueule d'homme les bruits câlinement modulés de l'amitié, mais beaucoup trop appuyés, avec des intonations de tristesse que le loup percevait fort bien. Et de tout cela était née dans la tête du loup la peur confuse que l'ami ne soit parti pour ne plus revenir, et alors, sans hésiter, il avait quitté son poste, il était accouru, il avait glissé son ombre dans les ombres de la nuit, il avait suivi le sillage odorant, puis les clapotis infimes de l'eau.

Ghal fut content. Il n'avait que deux amis : Ogh et le loup gris. Puisque ses deux amis étaient maintenant à ses côtés, son âme était comblée. Ogh aussi fut content. L'amitié entre lui et le loup gris n'était pas encore aussi forte qu'entre le loup et Ghal, cependant une attirance admirative le portait vers ce chasseur plus adroit que le plus adroit des chasseurs du clan, ce chasseur qui n'avait nul besoin d'épieu, d'arc, ni de silex aigu, car il portait ses armes dans sa gueule et au bout de ses pattes. Il vit dans la décision du loup gris de partager l'aventure un signe de la bienveillance des Déesses Mères. Son courage en fut fortifié.

La petite femelle Ala aussi avait le sourire. Elle connaissait bien le grand loup gris et aurait voulu être en amitié avec lui. Elle se bornait à lui manifester les signes d'un grand respect. Elle redoutait le regard de ses yeux obliques car elle croyait que, depuis leur séjour inaccessible, les Déesses Mères observaient les actions des hommes par ces yeux-là. Elle aussi se sentait rassurée par la présence parmi eux du loup gris.

Ils s'étaient remis en route. Le loup gris avait pris d'autorité la tête de la file. Il trottinait sur la berge sans se soucier de dissimuler ses effluves, précédant Ogh de vingt pas d'homme, jamais plus, jamais moins, comme s'il savait de quel but ils étaient en quête et connaissait le chemin qui y menait à coup sûr.

Ils marchèrent toute la nuit. Lorsque l'aube rougit le ciel du côté où le soleil allait bientôt émerger de ses cavernes de repos, ils avaient atteint un gué qu'ils avaient franchi sur des rochers dont les têtes rondes et glissantes affleuraient traîtreusement le niveau de l'eau, mais la plante de leurs pieds savait se coller en ventouse à la surface lisse du silex et leurs orteils s'y agripper aussi fermement que les doigts de la main s'agrippent à une branche rugueuse.

Ayant mis l'eau entre le village et eux, ils gravirent une colline escarpée, hérissée de ronces et de divers épineux. L'autre versant descendait en pente douce vers une prairie semée de buissons déjà pépiants d'oiseaux. Ogh proposa de faire halte pour remplir leurs ventres et reposer leurs jambes. Ghal aurait voulu semer d'abord davantage d'espace devant les pas de ceux qui, bientôt, seraient à leur poursuite. Peut-être même la chasse était-elle déjà commencée. Mais Ogh dit que les chasseurs ne pouvaient aller plus vite qu'eux-mêmes, que d'ailleurs ils erreraient d'abord longtemps avant de trouver la piste, et que de toute façon ils avaient toute une nuit de retard. Et bon, ils firent comme ça.

Tandis qu'Ala déballait la viande emmaillotée de feuilles vertes et roulée dans la peau du ventre d'un cochon sauvage, la femme Noun tira d'un petit sac de cuir qui lui pendait au cou deux silex à feu ainsi qu'une pincée d'amadou bien sec. Elle recueillit des herbes et des brindilles et, s'étant convenablement accroupie sous le vent qu'elle masquait ainsi de son corps, elle frappa en cadence les silex d'où jaillirent des étincelles qui tombaient sur l'amadou. Bientôt, un point rouge apparut et ne s'éteignit pas. Noun, maintenant à quatre pattes, la joue au sol, commença à souffler doucement, doucement. La minuscule tache rouge grandit, un filet de fumée s'éleva. Noun posa sur cette promesse de foyer quelques brins d'herbe sèche, puis d'infimes brindilles, et la flamme bondit, le feu crépita.

Ogh regardait cela, tout attendri en son âme. C'était sa maman à lui qui allumait le feu, pour le nourrir, comme quand il était un petit enfant, dans la caverne des femmes... Ghal tournait le dos, occupé à s'extraire une épine du pied. Soudain ses narines palpitèrent et s'ouvrirent en grand. Il huma avec force et, percevant d'où venait l'odeur de fumée, d'un bond il sauta sur le foyer naissant qu'il écrasa minutieusement sous son vaste pied.

Ogh sursauta.

– Hé ! Qu'est-ce qui te prend ?

Ghal leva les yeux au ciel.

– Innocents que vous êtes ! Où vous croyez-vous donc ? Sache que la fumée la plus légère est un vautour qui dit de très loin à l'ennemi que la proie est là, juste là.

Ogh baissa le nez.

– Alors, pas de feu ?

– Pas de feu. On mange cru.

Ils mangèrent cru. Le loup gris ne s'en plaignit pas. Noun avait tiré de son sac des galettes faites de graines concassées, d'ail sauvage, de sauterelles écrasées, de limaces à coquille ou sans coquille, et assaisonnées d'herbes odorantes. Ogh mordit dans une de ces galettes dont le goût le replongeait dans les jours de son enfance. Ghal eut un haut-le-cœur. Mais Ogh était son frère d'amitié, alors il ne fit aucune réflexion. Se tournant vers la fillette, tout en déchirant la viande à belles dents, il demanda :

– Ala... Bouh, ça m'écorche la gueule d'appeler une femelle par un nom d'être humain, mais bon, je m'y ferai...

La petite n'allait pas laisser passer ça :

– Oh, dis, hé !... Surtout, ne te force pas ! Tu n'as qu'à me dire « Hé, toi ! » et la même chose pour Noun, mais nous risquons d'accourir ensemble et de nous cogner la tête.

– Ça va... Ala, puisque tu es Ala, dis-moi. Pourquoi nous as-tu forcés à te prendre avec nous ? Pourquoi fuir la caverne des Puissances où tu étais une privilégiée parmi les privilégiées ?

Avant de répondre, Ala, plissant le front, prit le temps de mettre les choses en ordre dans sa tête. Elle compta sur ses doigts :

– D'abord, il y a que, moi aussi, je veux aller là où sont les Déesses Mères. Ce sont des Puissances femelles, elles ne peuvent pas être méchantes envers les femmes. Car il faut que tu saches que, même privilégiées, comme tu dis, nous autres, épouses des Puissances, nous menons une vie très triste dans la nuit sans fin des cavernes sacrées.

Ala cessa de parler, comme hésitant à en dire davantage. Mais Ogh était gourmand de mettre dans sa tête des choses nouvelles. Il demanda :

– Et quoi encore ?

– Oh... Eh bien, je suis l'épouse promise aux Puissances, n'est-ce pas ?

– Tu l'es.

– Alors, voilà. La vérité est que je serai « épouse promise » très longtemps, et même toujours, jusqu'à ce que mes mamelles se dessèchent, que ma fente soit obstruée par les toiles d'araignée et habitée par les chauves-souris... Comme les autres épouses des Puissances.

– Je ne comprends pas.

La petite perdit patience :

– Faut tout vous dire ? Tu veux des détails ? Voici. La copulation des Puissances se fait par le membre de Celui qui Leur parle, ça, tu le sais ? C'est-à-dire par le membre de Youg.

Ghal dit, agacé :

– Nous savons cela. Surtout moi, qui suis – enfin, qui étais – le successeur désigné de Youg.

– Eh bien, même à toi, je vais t'apprendre une chose : le membre de Youg n'aime pas les femmes. Personne du clan ne doit savoir cela, car c'est la calamité et la honte, et le signe de la malédiction des Puissances... Les Puissances ne veulent pas que leurs épouses soient pénétrées pour Elles par le membre de Youg.

Ogh ouvrait des yeux ronds. Il s'écria :

– Mais Youg est Celui qui parle aux Puissances !

Ala ricana :

– Il Leur parle, mais Elles ne lui répondent pas. La vérité est que les Puissances n'aiment pas Youg... J'ai suivi l'initiation au rituel de la copulation sacrée que m'a enseigné la plus ancienne épouse, celle qui était déjà l'épouse des Puissances quand Celui qui Leur parle était celui d'avant Youg. C'est une femme tellement vieille qu'on ne peut pas croire que ça puisse exister. Elle n'a plus de dents, son dos reste plié en deux et ses mamelles traînent dans la poussière. Seule une épouse des Puissances peut vivre aussi longtemps. Elle était la seule parmi nous qui ait connu la copulation des Puissances. Elle disait qu'aucune copulation au monde ne peut être comparée à cette copulation-là. Les Puissances étaient entrées dans le membre de Celui qui Leur parle, Celui de ce temps-là, et ce membre s'était enflé plus gros et plus long que le membre de l'aurochs en rut, et pourtant il ne l'avait pas défoncée ni déchirée car il était entré en elle tout petit et ne s'était mis à grossir que lorsqu'il fut enfoui tout entier dans la profondeur de son ventre. Il est impossible de dire le plaisir car, comme la douleur, celui qui le vit ne peut pas le faire vivre à quelqu'un d'autre. Sache seulement que cette femme était heureuse dans sa décrépitude parce qu'elle avait connu cela, et souvent, et longtemps, et toutes la respectaient car elle avait été, elle, vraiment l'épouse des Puissances.

Ghal dit, comme se parlant à lui-même :

– C'est donc cela... Les épouses qui étaient permises à ma copulation, celles des cavernes les moins profondes, dont le tabou était levé pour moi, résistaient à la pénétration comme une fillette pour qui c'est la première fois. Leur sang coulait sur moi, j'en avais plein les cuisses, le loup gris venait me les lécher quand je passais devant lui. Je n'y portais pas tellement attention, vous savez ce que c'est : il y a des femmes qui saignent, d'autres pas. Qui se soucie de ces choses ?

Ala continua :

– J'ai pratiqué ce que prescrit le rituel. J'ai offert ma jeune fente large ouverte, et aussi l'autre trou, l'étroit. J'attendais. Je fermais les yeux. J'avais peur et j'espérais. Mais le membre de Youg restait endormi. Le visage de Youg était semblable à celui du goinfre qui a rempli son ventre de viande pourrie et cherche un endroit pour vomir. Il ne m'a même pas effleurée du doigt. Il est parti sans un mot. Je crois qu'il a effectivement été vomir.

« Et je vais vous dire encore une chose. Puisque de toute façon c'est la mort si nous sommes repris, autant y aller à fond. Il y a, dans un recoin secret des cavernes des Puissances, un homme très grand et très fort qui fut fait prisonnier lors d'une guerre, il y a longtemps. Cet homme aurait dû être sacrifié en offrande aux Puissances, mais Youg l'a tenu bien caché, et les chasseurs l'ont oublié. Youg est la femelle de cet homme. Il s'offre à sa pénétration, et son plaisir est tel que je l'ai entendu crier comme crie la proie sous le couteau. Youg ne sait pas que j'ai surpris son secret.

Ghal, Ogh et la femme Noun mirent cela dans leurs têtes. Ghal dit :

– Si les Puissances ne sont pas avec ceux de l'Élan, ils ne nous trouveront pas.

Ogh dit :

– Les Déesses Mères sont plus fortes. Les Déesses Mères sont avec nous. Rien ne peut nous nuire.

La femme Noun dit :

– Mon fils Ogh, tu as fui, et Ghal, ton frère d'amitié, a fui, et nous deux, les femmes, nous avons fui, et aussi le loup gris. Mais les deux adolescents, tes aides, sont restés au village. Les chasseurs, ne te trouvant pas et ne trouvant aucun d'entre nous, les tueront dans leur rage. Tu es pour eux ce qu'est le père-chasseur au jeune garçon qui lui est confié. Cependant, tu les as abandonnés.

Ogh dit :

– Ils ne les tueront pas. J'ai fait entrer dans la tête et dans les mains de ces deux adolescents les difficiles secrets de la taille du silex. Leurs mains ne sont certes pas encore aussi habiles que mes mains, ni leur œil aussi sûr que le mien, mais déjà ils peuvent fournir les chasseurs en armes et en choses tranchantes. Et ils progresseront chaque jour. Celui qui marche en premier veillera à ce que ces mains et ces yeux si utiles au clan ne soient pas détruits. En vérité, je ne crains pas pour eux. Ils sont trop précieux.

Ghal lança vers le ciel le rot sonore de la digestion heureuse. Campé sur ses longues jambes, il commanda :

– Assez mangé, assez parlé, assez reposé ! En route !

La petite Ala remarqua que le membre de Ghal s'était soudain dressé lorsque ses yeux s'étaient portés sur la croupe de Noun tandis que celle-ci ramassait son fardeau et, d'un souple mouvement balancé de la taille et des bras, le hissait sur sa tête. Une puissante bouffée d'odeur femelle avait alors jailli des deux sombres bouquets de ses aisselles.

Ghal avait pâli, ses mains s'étaient avancées... Il s'était repris cependant, n'avait pas cédé à la poussée du rut. Ghal était un vrai chasseur. Il n'était pas l'esclave des désirs de son bas-ventre. Il faisait chaque chose dans le temps où elle devait être faite. Ala l'admira pour cela. Mais elle dut, elle aussi, réfréner la soudaine ardeur qui embrasait son intimité.

Ils cheminèrent jusqu'à ce que le soleil fût à son plus haut dans un ciel cruellement bleu. La chaleur ruisselait d'en haut, tannait leurs peaux nues, brûlait jusqu'au sang les blêmes épaules d'Ala qui n'avait jamais quitté l'ombre douce des cavernes sacrées. Ils parcouraient alors une savane sans limite, hérissée de touffes d'herbasses raides, coupantes comme des silex affûtés de frais. Des squelettes de mangeurs d'herbe blanchissaient çà et là. Au loin tournaillait une ronde de vautours, attendant sans hâte la fin du repas de quelque fauve.

Ils se laissèrent tomber sous l'ombre chétive d'un arbre inconnu qui se dressait, solitaire, au milieu de cette désolation, et dont les feuilles inamicales, au lieu de faire face bien à plat au soleil, se dérobaient et ne présentaient que leur tranche sans épaisseur aux rayons brûlants.

Tandis qu'ils mastiquaient, Ogh remarqua :

– Nous avons de quoi manger pour encore une fois.

Il regardait Ghal. Ghal dit :

– Je chasserai. Mais cela nous retardera.

Noun dit :

– Je chercherai des choses immondes. Mais il faut sortir de la savane. Il ne pousse pas d'herbe à graines, ici. Et il n'y a pas non plus de petite viande, c'est trop sec. La saison est avancée, les grosses chenilles bien grasses sont devenues papillons, les vers, les limaces, les grenouilles et les cloportes ont fui vers l'eau... On n'entend même pas de cigales, ni de grillons, on ne voit pas de sauterelles. Pays de mort.

Le loup gris écoutait, gravement assis sur sa queue. Ses yeux jaunes regardaient celui qui parlait, tantôt l'un, tantôt l'autre, comme s'il mettait tout cela dans sa tête de loup.

Ce même soir, Noun tendit le bras vers l'horizon où bleuissaient des montagnes.

– Il faut passer les montagnes. C'est le chemin. Là où il y a des montagnes, il y a aussi des creux. Forcément. Au fond des creux, il y a de l'eau qui coule.

Ghal dit :

– Les montagnes sont loin. Nos jambes sont lasses. Nos ventres auront bientôt faim, et alors nos jambes ne voudront plus marcher.

Ogh dit :

– Moi, je marcherai. Je mangerai l'herbe coupante. Je mangerai les racines des arbres, et les feuilles, et l'écorce. J'arriverai là-bas.

Noun le prit dans ses bras et dit :

– Tu es mon petit. Là où tu vas, je vais. Si tu tiens, je tiendrai. Je voudrais avoir du lait pour te donner ma mamelle à téter.

Ghal rit à pleine gueule et dit :

– Tu as deux mamelles. Il y en aurait bien une pour moi ?

Le loup gris avait attendu qu'ils fussent tous endormis. Les loups sont des créatures de la nuit. Ils chassent en meute, sous la lune, et dorment le jour au fond de la tanière. Le loup gris avait choisi de suivre les hommes, il avait trottiné tout le jour son trottinement de loup, sous le terrible soleil qu'il détestait, et maintenant, à l'heure où les loups s'éveillent et partent en chasse, il était bien fatigué.

Les loups ne chassent pas seuls. Cependant le loup gris n'aurait pas souhaité qu'il se trouvât d'autres loups dans les parages. Car les loups n'aiment pas les étrangers à la meute. Ils se seraient tous unis pour tuer le solitaire.

Le loup gris prêta l'oreille. Aucun hurlement de loup, même très lointain. Il huma les quatre directions de l'air. Aucun effluve de loup... Alors, le loup gris, faisant violence à sa fatigue, étira ses pattes raidies et, prenant bien garde de ne pas réveiller Ghal, le chasseur aux sens aigus, il s'enfonça dans la nuit.

Ils avaient tous quatre dormi comme des morts. Aucun d'eux n'aurait eu la force de rester éveillé pour monter la garde. D'ailleurs, à quoi bon ? Le loup gris n'était-il pas le plus sûr des veilleurs ? Au plus léger de ses grondements, le danger aurait chassé le sommeil de la tête de Ghal et mis tous ses sens en alerte.

Le ciel était encore noir et plein d'étoiles lorsqu'une odeur familière et pourtant surprenante éveilla Ghal. Aussitôt alarmé, il se tourna sur le ventre, ouvrit ses narines. Il rampa prudemment vers le lieu d'où semblait provenir cette odeur, cette odeur affolante qu'il ne connaissait que trop. Une silhouette accroupie, plus noire que la nuit, faisait quelque chose à ras de terre. Ghal s'approcha encore, et alors il vit que cette silhouette était celle de la femme Noun aux belles hanches. Il vit aussi qu'elle avait creusé un trou dans la terre, qu'elle y avait allumé un feu qui ne pouvait se voir hors de ce trou, et que sur ce feu de la viande rôtissait doucement, en grésillant presque sans bruit.

Ghal rit silencieusement et s'accroupit lui aussi près de

ce feu. La femme Noun le regarda. Elle souriait. Ghal demanda :

– D'où tiens-tu cette viande ?

D'un mouvement de la tête elle désigna le loup gris, qui dormait, affalé sur le flanc. Le loup ouvrit à demi un œil et le referma aussitôt.

Ghal s'étonna :

– Le loup ? C'est sa chasse ?

Noun fit oui de la tête. Elle montra à Ghal trois gros lièvres roux alignés bien proprement sur le sol aride. Ghal fut content. Cependant il dit avec rudesse :

– Ton feu nous trahit !

Noun secoua la tête.

– Au fond du trou, nul ne peut voir la flamme, ni la braise.

– Et la fumée ? Tu as pensé à la fumée ?

– J'y ai pensé, oui. La nuit, la fumée ne se voit pas. C'est pourquoi je fais cuire toute la viande avant qu'il soit jour.

Ghal grogna. Il dit :

– Toujours le dernier mot, eh ?

– Bien sûr, puisque j'ai raison. J'ai fait les choses comme elles doivent être faites. Mais toi, pourquoi tu cherches toujours à reprocher ?

– Je suis l'homme. Et tu parles beaucoup.

– Tu es l'homme. Je ne dois parler que si tu m'interroges. Tu peux me battre. Tu peux me tuer. C'est la Loi. La Loi du clan. Mais nous avons quitté le clan, toi et moi. Nous avons trahi le clan. La Loi du clan n'est plus notre loi. Et moi seule connais le chemin.

Ghal aurait eu beaucoup à dire. Mais on ne discute pas avec une femme. Il grogna et resta silencieux. Noun dit, tout en retournant le lièvre sur la braise :

– Bats-moi, tue-moi, mais mange d'abord, tu auras plus de force.

Ghal avait réveillé Ogh d'un amical coup de pied dans les côtes. Ogh avait réveillé Ala en ébouriffant sa tignasse hérissée d'herbes et de brindilles. Tous deux s'étaient émerveillés devant la viande succulente, toute prête à être dévorée. Apprenant que c'était là la chasse du loup gris, Ala s'était jetée à terre devant lui et l'avait longuement remercié. Le loup gris avait bâillé jusqu'au fond de sa gueule rose, avait étiré ses pattes, puis avait reniflé le visage d'Ala et l'avait balayé de deux grands coups de langue.

Ogh aussi avait voulu remercier le loup gris. Il avait commencé par lui présenter le salut de confiance et d'amitié, mains en avant, paumes en l'air, mais la petite femelle, d'une tape très sèche, avait rabattu ses bras.

– Le salut d'homme à homme ne convient pas pour le loup gris. Le loup gris porte ses armes dans sa gueule et au bout de ses pattes. Il ne s'en sépare jamais. Il est au-dessus des objets que font les hommes pour tuer, car il est plus fort qu'eux. Le loup gris est l'envoyé des Déesses Mères. Les Déesses Mères voient par les yeux du loup gris, entendent par ses oreilles, frappent par ses crocs, lacèrent par ses griffes. Les Déesses Mères nous aiment.

Ils avaient offert au loup gris les meilleurs morceaux des lièvres, qui sont le râble et les jambes de derrière. Le loup gris avait humé avec curiosité ces viandes rôties au feu, en avait courtoisement prélevé un mince lambeau, puis s'en était détourné. La vérité est qu'il s'était déjà octroyé sa part de sa chasse et qu'il avait empli son ventre avant de s'endormir. Un loup repu ne mange pas, il dort. Un loup à jeun ne dort pas, il chasse.

Ils avaient donc empli leurs ventres à les faire éclater, et il leur restait de quoi les emplir encore deux fois.

Ils avaient laissé derrière eux la steppe aux herbes coupantes. Ils avaient traversé un désert de sable rouge semé de cailloux friables aux arêtes agressives où même le loup gris n'avait pu débucher le moindre gibier. Ils avaient manqué d'eau. La soif leur avait fait vider d'un coup l'outre d'eau de joie emportée par Ala, mais la chaleur avait fait gonfler les bulles dans cette eau, la force mystérieuse qui résidait en elle s'était multipliée, elle avait empli leurs membres de courage et leurs têtes de folie, ils avaient couru droit devant eux pendant des heures, et puis leur courage et leur force étaient retombés, les laissant plus accablés de fatigue qu'avant, et la soif brûlait leur langue et leur gorge.

Au pied des montagnes, ils avaient trouvé des sources. Ils avaient bu à s'en péter le ventre, le mufle dans l'eau, comme les sans-mains. Ils étaient désormais à peu près sûrs d'avoir lassé leurs poursuivants, si toutefois on les avait poursuivis. Noun avait battu les buissons et fouillé les trous du sol avec un bâton pointu. Elle avait ramené une maigre récolte de choses immondes : quelques mulots minuscules, des larves de hannetons, des vers de terre, des baies acides et des racines. Ils dévorèrent cela cru, telle était leur faim. Le loup gris refusa un mulot : il ne l'avait pas tué lui-même. Le loup gris pouvait manger beaucoup en une fois et jeûner longtemps.

Ils gravirent les premières pentes des montagnes bleues, qui, de près, n'étaient plus bleues du tout. Le loup gris trottinait devant, à vingt pas. Ghal venait ensuite, frappant les herbes d'un ample balancement de son épieu afin que le bruit, de loin, fasse fuir les serpents aux crocs mortels avant que le pied, se posant dessus, ne les irritât. La femme Noun suivait, cambrée sous la charge érigée sur sa tête, charge double car le soleil et la longue marche avaient jeté à terre la petite femelle Ala, sans force et claquant des dents. Ogh marchait en dernier, portant Ala sur ses épaules. Les cuisses de la petite pendaient de part et d'autre de son cou, la poitrine fluette écrasait sur sa tête les pointes naissantes de ses jeunes mamelles.

Quand Ogh avait ramassé Ala et l'avait installée ainsi sur lui, Ghal avait froncé le sourcil. Les vieux tabous avaient la vie dure. Et puis, devant le petit visage ravagé, déjà résigné à la mort sans bruit des femelles, quelque chose avait changé dans son âme. Il découvrait qu'était née entre cette maigre fillette et lui une amitié semblable à celle qui l'unissait à Ogh, son frère choisi.

Comme il regagnait sa place dans la file, Ghal vit au passage le geste de la femme Noun hissant son fardeau sur sa tête. Soudain, il prit conscience qu'il avait plaisir à la voir faire ce geste, qu'il guettait les moments où elle allait le faire... Que même il avait plaisir à la voir simplement marcher, la tête dressée comme orgueilleusement sous la charge, le regard dardé droit devant, le menton pointé, l'orteil tâtant le sol avant que le pied ne s'y pose, les reins creusés, les fesses splendidement épanouies. Un frémissement, prémices de rut, parcourut son membre... Cependant, il y avait autre chose. Un plaisir était déjà là, un plaisir autre que la sauvage pulsion vers le trou femelle. Un plaisir complet en soi, une envie d'il ne savait quoi de très doux et de très fort. Voir cette femme faisait naître un bonheur semblable à celui de voir une antilope au bond, un cheval sauvage au galop, un arc-en-ciel après l'orage, un torrent sur les rochers... Il eût voulu donner un nom à ce plaisir qui n'en avait pas... Ceux qui, dans les temps d'avant les temps, avaient mis les semblants de vivants sur les murs de la caverne sacrée, ceux qui avaient taillé et poli la petite Déesse Mère, ceux-là aussi avaient connu ce plaisir, et leurs mains avaient su recréer ce plaisir et le faire durer à tout jamais.

Ghal sentit que son âme serait malheureuse s'il devait ne plus voir la femme Noun, ne plus guetter les gestes de la femme Noun. Entre lui et cette femme était née cette chose invisible et forte qu'il appelait « amitié », faute de mieux.

Ils parcouraient maintenant un vert pays. L'eau y ruisselait de partout, l'herbe y croissait drue et tendre, le gibier abondait. N'ayant plus à se cacher, Ghal chassait. Le loup gris, tout joyeux, retrouvait les manières de chasse des loups. Ghal et lui étaient la meute. Le loup gris rabattait le gibier choisi vers l'endroit où Ghal l'attendait, l'épieu et la sagaie au poing. Ghal aurait aimé tirer à l'arc le menu gibier, mais le loup gris avait fait comprendre qu'il n'approuvait pas cette chasse-là, alors Ghal ne chassait que le gibier que l'on traque et que l'on poursuit, chevreuil, daim, antilope, sanglier, chèvre sauvage... Il apercevait parfois dans le lointain une horde d'aurochs au pâturage, alors il soupirait, car ce n'était pas là une chasse pour un homme seul, fût-il aidé d'un loup. L'aurochs est chasse de clan.

La femme Noun, pendant ce temps, cueillait des verdures et déterrait des racines car, disait-elle, la viande est nourriture de chasseurs, sa trop grande force est nocive aux femmes, habituées à manger des choses immondes, plus légères à leur ventre. Elle forçait Ala à boire des nourritures liquides et brûlantes, faites de ces diverses verdures, racines et tubercules plongés dans l'eau et longuement cuits dans une outre de peau poreuse et bien cousue, car la flamme ne brûle pas la peau d'où suinte l'eau.

Les ventres, de nouveau, étaient pleins, la force courait dans les muscles, l'espoir fleurissait en sourires sur les visages.

La santé, peu à peu, revenait en Ala, qui se faisait plus lourde sur les épaules d'Ogh. Elle n'était plus tout à fait ce fardeau sans vie qui pendait, flasque, sur la tête et autour du cou du grand garçon. La parole lui était revenue avant les jambes. De là-haut, elle asticotait Ogh. Elle lui demandait :

– Tu ne m'as jamais pénétrée. Tu n'as même jamais essayé. Pourquoi ?

Ogh n'aimait pas ces questions. Il répondait :

– Parce que tu es l'épouse des Puissances.

– Ça, c'est de la blague ! En fuyant avec vous, j'ai renié les Puissances. Le tabou n'est plus sur ma fente. Je suis une femme, une femme comme toutes les femmes, n'importe quel homme peut user de moi, de ma fente et de mes autres trous. A mon âge, les filles ont toutes été depuis longtemps pénétrées mainte et mainte fois, et même défoncées. Elles ont toutes eu au moins un bébé dans le ventre...

– Tu sais cela, toi ? Que les enfants...

– Que les enfants sont mis dans le ventre des femmes par le membre des hommes ? Tu parles ! On apprend les choses, dans les cavernes sacrées !... Allons, dis-moi la vérité : pourquoi n'as-tu jamais tenté de pénétrer la petite Ala ?

Ogh jetait, excédé :

– Parce que mon membre n'a pas envie de ta fente. Tu es trop maigre.

Elle lui tapait sur la tête, lui tirait les oreilles :

– Oh, le menteur ! Tu crois que je ne vois pas ton membre qui se dresse quand tu m'élèves au-dessus de ta tête pour me poser sur tes épaules ? Je sais très bien ce que tes yeux regardent, ne dis pas non !

D'habitude, Ogh arrêtait là la discussion. La vérité est qu'il était forcé de reconnaître dans sa tête que la petite femelle avait raison. Car femelle, certes, elle l'était ! De tous ses sucs, de tous ses effluves ! La caresse des lèvres de la fente d'Ala sur la nuque d'Ogh au rythme de la marche, la tiède humidité de leur succion, ces cuisses encore enfantines qui pressaient ses joues, et même les moqueries de la petite peste, tout cela échauffait son sang et l'entretenait dans un état de rut qu'il eût dû, normalement, apaiser par l'assouvissement d'une grosse copulation sans chichis, selon l'usage... Alors, pourquoi s'en privait-il ? C'est ce que s'obstinait à demander Ala : « Alors, pourquoi ? »

Il arriva qu'Ogh, poussé à bout, lâcha :

– Je vais te dire, sauterelle. J'ai décidé dans ma tête une chose difficile. Je ne pénétrerai plus aucune autre femme que la Déesse Mère. J'ai mis le tabou sur mon membre. Qu'il se dresse, je n'y peux rien. Mais je ne lui céderai pas. C'est une offrande que je fais à la Déesse Mère. Voilà.

Ala mit cela dans sa tête et le considéra en silence. Les choses de tabou et d'offrandes sacrées méritaient le respect. Elle finit par dire, d'une drôle de petite voix :

– Aucun homme n'a jamais fait cela. C'est un tabou impossible à tenir. Ou alors il faut que tu marches seul, loin de nous, les femmes.

– Non. Pas comme cela. Ce serait trop facile. Il faut que ce soit difficile, sans quoi mon offrande serait une toute petite offrande.

– Mais tu es malheureux ! Tu vas te rendre malade ! Ton membre va te dévorer tout vivant !

– C'est comme ça. On n'en parle plus.

Ils n'en parlèrent plus. Ils parlèrent d'autre chose. Ala demanda :

– Pourquoi Ghal ne pénètre pas Noun ?

Ogh ne savait pas. Ogh ne s'était pas posé la question. Il s'étonna :

– Ah ? Il ne la pénètre pas ?

– Non. Il ne la pénètre pas. Pourquoi ? Parce qu'elle est

ta mère ? Il te la laisse ? C'est pourtant vrai que tu es le seul homme fait qui ait une mère ! Tu l'as déjà pénétrée ?

Ogh ne savait que répondre. Ala continua, intéressée par ce cas nouveau :

– Tu n'es pas vraiment un homme. Tu n'as pas subi le Passage. Si bien que ta mère est restée ta mère, comme aux temps où tu tétais ses mamelles. Un petit garçon ne pénètre pas sa mère, d'abord il ne pourrait pas, son membre ne se dresse pas encore et, avant qu'il ne puisse se dresser, le garçon est confié aux chasseurs. Après le Jour du Passage, elle n'est plus sa mère. Elle n'est pour lui qu'une femme parmi les femmes, autant dire un trou. Qui peut dire si le trou où il plonge son membre fut autrefois celui de sa mère ?

– Oui, mais, tu viens de le dire, je n'ai pas subi le Passage. Je suis resté son enfant et elle est restée ma mère.

– Et alors ? Qu'est-ce qu'une mère peut donner de plus tendre à son enfant ?

– De toute façon, le tabou sur mon membre vaut pour Noun aussi. Alors, on n'en parle plus.

– On n'en parle plus. Mais c'est un peu dommage. Enfin...

A partir de cet instant, Ogh dirigea plus souvent ses yeux vers Noun, et aussi vers Ghal. Il put se rendre compte que la petite avait vu juste. Ghal ne cherchait pas à s'approcher de Noun, et jamais il ne le surprit la courbant sous lui afin d'enfoncer son membre en elle. Il se réjouit de cela, car il savait que la copulation était une chose de douleur et d'humiliation pour la femme. Il remarqua aussi que Noun avait toujours quelque chose à faire qui la tenait à distance de Ghal, mais, de loin, elle regardait souvent à la dérobée dans la direction de l'endroit où se trouvait Ghal.

Il remarqua encore que, depuis que Noun n'était plus une femme parmi les femmes du clan, elle avait perdu cette allure de bête craintive qui faisait que toutes les femmes étaient comme une seule femme, une créature grisâtre, pliée, sans forme et sans visage...

Lorsqu'il surprit Ghal glissant des regards furtifs vers Noun, Ogh se dit que certaines choses étaient en train de changer.

5

Un jour vint où la femme Noun annonça, en comptant sur ses doigts :

– Encore une fois la nuit et une fois la nuit et une fois la nuit et une fois la nuit, alors nous serons dans le pays des Déesses Mères.

Ils furent bien contents d'entendre cela. Ghal dit :

– On croirait vraiment que tu y es déjà venue.

– Je n'y suis pas venue. Je connais les repères. Aucune femme n'y est jamais venue. Mais toutes se transmettent le chemin et les repères tels que les femmes des temps d'avant les temps les ont enseignés aux femmes nos ancêtres. Dans la caverne des femmes, les plus vieilles racontent aux plus jeunes le pays merveilleux, sans jamais changer un mot, et comme cela depuis les temps d'avant les temps. Et les femmes écoutent, assises en rond sur leurs talons quand les enfants sont endormis. Elles savent qu'elles ne verront jamais ce pays, mais elles écoutent, et écoutent, toujours les mêmes mots, les mêmes, l'un derrière l'autre, et elles racontent avec celle qui raconte, car à la longue les mots sont entrés dans leur tête, elles racontent toutes bien ensemble, elles posent les mêmes mots sur les mêmes mots, en se balançant d'avant en arrière, longtemps, longtemps, jusqu'à ce qu'elles le voient dans leur tête, le Pays, et alors elles sont dedans, elles ne sont plus des femellles soumises, elles sont des Déesses Mères, elles oublient tout le reste... Jusqu'au matin.

La petite Ala dit :

– Les épouses des Puissances ne connaissent pas cela. Elles ont l'eau de joie. Elles en boivent beaucoup, et alors elles rient, elles se moquent du membre des hommes mais leurs yeux ne s'en moquent pas, elles se caressent entre femmes, elles se battent, et puis elles s'endorment, et quand elles se réveillent, elles recommencent.

Ogh, les sourcils froncés, se tourna vers Noun :

– Les choses que tu as dites refusent d'entrer dans ma tête. Les femmes connaissent le chemin pour aller chez les Déesses Mères, elles en parlent, elles en parlent, et elles n'y vont pas ?

Noun prit le temps de mettre de l'ordre dans ce qu'elle allait répondre, car c'était une chose de grande tristesse et d'épouvante.

– Certaines l'ont fait. Toutes ont été rejointes très vite. Les chasseurs sont habiles, et elles n'avaient pas le loup gris. Celui qui parle aux Puissances a dit ce qu'il convenait de leur faire. Les chasseurs ont fait mettre toutes les femmes du clan en rond, même les très vieilles qui n'étaient pas descendues de la caverne des femmes depuis des hivers et des hivers. Ils ont alors attaché chacune des fugitives entre quatre piquets, comme on étale la peau d'un aurochs pour en racler les restes de chair, ils ont ôté la peau de ces femmes vivantes en prenant bien leur temps, puis ils ont pissé et chié sur leurs chairs à vif, ils ont même copulé, enfin ils les ont laissées mourir au grand soleil. Pour punir les autres femmes de ne les avoir pas dénoncées, ils ont tué tous les petits enfants nés depuis le dernier hiver, les ont coupés en morceaux et ont forcé leurs mères à les manger.

Ghal prit Noun aux épaules, et sa voix était pleine de respect :

– Sachant cela, tu nous as montré le chemin ! Tu es venue avec nous !

– Je ne pouvais pas ne pas dire le chemin à Ogh, l'enfant sorti de mon ventre, qui se desséchait dans son âme et serait parti quand même, droit devant lui, droit à la mort. Et, l'ayant dit, je ne pouvais pas ne pas venir : si les chasseurs ne m'avaient pas punie, les femmes l'auraient fait.

Elle ajouta, comme parlant à elle-même :

– Et puis, peut-être que la soif d'Ogh est devenue ma soif... Moi aussi, je veux voir le pays merveilleux.

Les yeux de Ghal brillaient. Présentant ses avant-bras, mains ouvertes, paumes en dessus, il fit pour Noun le salut de paix et d'estime qui ne se fait qu'entre chasseurs.

– Tu es plus vaillante qu'un chasseur ! Tu oses braver une mort qu'aucun chasseur ne voudrait braver. Je ne te traiterai plus en femme. Je ne copulerai pas en toi. Tu es mon frère d'estime, comme ton fils Ogh est mon frère d'amitié.

Noun rit, et son rire fit bondir ses brunes mamelles que la nourriture abondante avait rendues fermes et bien remplies :

– Qui te demande cela ? Tu me proclames vaillante, donc tu me fais homme ! Une femme ne peut être vaillante. Une femme est un trou. Si elle se révèle vaillante, elle n'est plus femme, elle n'est plus trou.

Ghal s'étonna :

– Mais la copulation est humiliation et douleur pour qui est pénétré ! Je ne pénètre pas mon frère Ogh, que j'aime et que je respecte. Toi, je t'estime, je t'admire, je ne veux donc pas t'humilier ni te faire du mal. Il est vrai que mon membre, de lui-même, se dresse vers toi, et veut plonger dans ta fente, et fouiller les profondeurs de ton ventre, et y cracher son trop-plein de vie, mais c'est parce que tu es faite en femme. Je ne lui céderai pas.

Cette fois, la colère brillait dans les yeux de Noun :

– Tu n'imagines même pas que la pénétration puisse être désirée par la femme ! Même cette pénétration de violence et de mépris qui est la vôtre, chasseurs. Sache que notre ventre l'appelle. Notre âme en rêve. Nous en attendons quelque chose que nous ne savons pas dire, parce que nous ne l'avons jamais connu, mais quelque chose qui nous fait consentir, et même nous offrir. Vous croyez nous forcer, vous nous enfoncez votre membre comme vous enfoncez l'épieu dans le tendre ventre de l'antilope... Vous ne voyez même pas que nous vous engloutissons avec autant d'ardeur que vous nous pénétrez ! Vous ne voyez rien, vous ne voulez rien voir. Vous vous videz les couilles, vous voulez que ce ne soit que ça, et vous en êtes fiers. Vous en riez entre hommes... Nous autres, nous attendons chaque fois le grand bonheur inconnu. Qui ne vient pas. Qui ne peut pas venir. A cause de vous. C'est chaque fois la déception, et chaque fois l'espoir. Mille fois mille [1] déceptions ne tuent pas l'espoir.

L'eau emplissait les yeux de Noun, prête à déborder et à couler sur ses joues. Gahl voulut parler, mais elle dit, très vite :

– Vous êtes des chasseurs, vous observez tout le jour les vivants bons à tuer pour la viande, et vous ne voyez même pas combien les femelles de toute race et de toute espèce désirent la pénétration du mâle en la saison, quelles agaceries elles lui font pour l'attirer, et en même temps combien elles se refusent longtemps, combien le mâle doit se faire désirer, et accepter, et enfin quel affrontement d'égal à

1. Ils ne savaient bien sûr pas compter jusqu'à mille. « Mille » est ici un mot qui veut dire « extrêmement beaucoup ».

égale est leur accouplement, quel fantastique combat dans la quête du plaisir, quels formidables bramements sont leurs bramements mêlés !

« Vous, vous n'avez en tête que vous. Votre plaisir, votre soulagement, plutôt, et votre orgueil... Oh, ne peux-tu donc pas l'oublier, l'orgueil de ta virilité ? Le clan est loin, tu n'as plus à faire parade de ton membre comme d'une sagaie ou d'une massue ! Ne peux-tu simplement être comme l'aurochs pour la génisse, comme le cerf pour la biche ?

Ghal n'aurait jamais imaginé que de telles choses pussent être dites, et, surtout, dites par une femme. Il n'aurait certes pas toléré d'une autre femelle qu'elle allât au-delà des premiers mots, mais il venait de placer Noun au-dessus des femelles. Ce qu'elle avait dit jetait le désordre dans sa tête, mais aussi lui faisait entrevoir une nouvelle sorte d'ordre. Loin du clan, il sentait les tabous et les habitudes du clan se détacher de lui. Et il était bien vrai qu'il n'avait plus à affirmer sans cesse sa virilité devant les regards vigilants et sans pitié des autres chasseurs.

Il ne pouvait tout de même pas évoluer aussi vite. Faire comme l'aurochs et le cerf en la saison du rut, eh ? Ghal mit cela dans un coin de sa tête pour l'examiner plus tard, bien à l'aise.

Noun haussa les épaules, essuya ses yeux sur le dos de sa main et se mit à arranger solidement sa charge avant de la hisser sur sa tête.

Ogh et Ala avaient écouté en silence. Ala, tout en arrimant sa propre charge, car elle avait maintenant repris des forces, lança par-dessus l'épaule :

– Si je sais bien compter, ça nous fait un tabou sur un membre et un tabou sur un membre : deux tabous sur deux membres ! Et deux fentes affamées... Toi, Noun, tu as du moins connu ça, même si ça n'a pas été l'accouplement merveilleux de l'aurochs et de la génisse, ni celui du cerf et de la biche. Mais moi, hein ?

Ce disant, elle regardait Ghal, qui ne la regardait pas.

Le loup gris, comme à l'accoutumée, trottinait en tête, loin devant. Il avait soudain marqué l'arrêt, le nez en alerte, et maintenant il humait à ras du sol un effluve ténu que même le nez de Ghal n'aurait pu percevoir. A petites bouffées rapides il faisait passer l'air dans les labyrinthes de son nez, cherchant de quel vivant pouvait bien émaner l'odeur étrangère et de quelle direction elle provenait. En même temps, un grondement contenu roulait dans sa gorge : ennemi !

Ghal fit un signe impérieux. Tous se figèrent sur place. Le loup gris, ayant trouvé la piste, s'enfonça dans le taillis. Ils ne cherchèrent pas à le suivre. Aucun humain ne peut se couler sous les buissons sans qu'une feuille ne frémisse, ainsi que sait le faire un loup. Aucun humain, sauf Ala la mince. Elle posa sa charge à terre et, tortillant du ventre, des fesses, des genoux et des coudes, fila comme un lézard sur les traces du loup.

Quand Ala rejoignit le loup gris, elle le trouva tapi au sol, le nez sur les feuilles mortes jonchant une petite clairière, les yeux fixés sur un ours énorme qui, debout sur son train de derrière, farfouillait de ses grosses pattes dans le trou d'un arbre mort afin de lécher le miel qu'il en ramenait, collé sur ses griffes et sur sa fourrure. L'ours grognait de plaisir, ignorant la nuée d'abeilles furieuses qui tourbillonnaient autour de sa tête, tellement occupé qu'il n'avait pas pris garde aux effluves du loup gris et d'Ala, lesquels, d'ailleurs, se tenaient sous son vent.

Ala, laissant le loup, parcourut à reculons la piste odorante et refit surface là où les autres étaient restés. Ses yeux brillaient, elle sautait sur place, riait sans bruit. Elle fit signe de rapprocher les têtes et dit à voix basse :

– Il y a un arbre plein du jus des mouches qui piquent !

Ogh dit :

– C'est bon, le jus des mouches qui piquent !

Ghal dit :

– Pourquoi n'en as-tu pas rapporté dans tes mains ?

Ala dit :

– Heu... Il y a aussi les mouches qui piquent.

Noun dit :

– Je sais comment prendre le jus des mouches qui piquent.

– Sans qu'elles te piquent ?

– Sans qu'elles me piquent.

Ala dit :

– Il y a aussi l'ours.

Ogh dit :

– Il y a un ours ?

– Un très gros ours.

Ghal dit :

– Je sais comment faire, pour l'ours.

Noun dit :

– D'abord l'ours.

Ghal dit à Noun de frotter les pierres à feu. Elle les frotta, l'étincelle tomba sur l'amadou, la flamme hésita, bondit enfin. Ghal, pendant ce temps, avait préparé une torche de bois résineux. Lorsque le bout de cette torche flamba haut et clair, Ghal suivit Ala, portant la branche en feu qui crépitait et crachait des étincelles. Ogh et Noun suivaient Ghal, sans plus prendre de précautions pour dissimuler leur approche.

Le loup gris n'avait pas bougé. Seules ses oreilles s'étaient dressées au bruit encore lointain des pas de Ghal écrasant branches mortes et brindilles. Ghal vit l'ours. Il cria aux autres de rester en arrière et il marcha droit sur l'ours, tenant ferme devant lui la longue torche, le bout enflammé en avant. Le vent rabattait la fumée dans ses yeux, des flammèches volaient jusque dans son abondante chevelure.

L'ours était plongé dans l'arbre creux jusqu'à mi-corps. Ses puissantes pattes de derrière battaient l'air, le vide de l'arbre enflait en rugissements ses grognements de bonheur. Ghal posa doucement le bout incandescent sur la fesse de l'ours. Il s'éleva une fumée épaisse, puant la fourrure brûlée.

Soudain sortit de l'arbre un hurlement qui n'avait plus rien d'un grognement de plaisir. Les énormes cuisses s'agitèrent avec rage, cherchant un point d'appui. L'ours était coincé. Le gourmand s'était enfoncé de plus en plus profondément, oubliant toute prudence. Enfin il s'arracha à l'arbre, arrachant avec lui lambeaux de bois et plaques d'écorce. Il fit aussitôt face à celui qui lui infligeait cette souffrance inconnue.

Debout à l'instar d'un homme, sa tête dominait celle de Ghal. Dans sa gueule rose large ouverte ses crocs brillaient, prêts à broyer. Au bout de ses pattes écartées comme des bras les griffes étaient autant de poignards taillés dans un silex sans défaut. C'était un ours vraiment très gros, un monstre.

Ghal faillit reculer. Il resta ferme pourtant, bien assuré sur ses jambes. La torche était plus longue que les pattes de l'ours, il suffisait de se tenir à distance. Ghal, attentif aux mouvements de l'énorme bête, agitait devant ses yeux le bout en feu de la torche. L'ours ne connaissait pas le feu. Il voulut d'un coup de patte écarter cette chose rouge qui l'aveuglait. Ghal tint bon sous le choc. De la résine enflammée s'était collée à la chair du dessous de la patte. L'ours hurla sa souffrance et sa rage. Ghal, preste, lui toucha le nez. La chair grésilla. Surpris, l'ours recula. Ghal avança. La braise, une fois encore, mordit le nez de l'ours. L'ours hurla, mais recula devant la terrible chose de lumière et de souffrance. La flamme de la torche baissait, toute résine brûlée. Ogh tenait prête une autre torche, qu'il tendit à Ghal. L'ours vit devant lui deux choses rouges, deux ennemis. Il se dandina un instant, hésitant entre rage et impuissance. Enfin, tournant le dos, il se laissa retomber sur ses quatre pattes et s'enfonça dans le taillis.

Ala battit des mains. Ogh serra Ghal dans ses bras. Noun demanda :

– Dans quoi allons-nous mettre le jus des mouches qui piquent ?

Ala rit et dit :

– Tiens donc ! Dans nos ventres !

– Il y en a plus que nos ventres n'en peuvent contenir. Beaucoup plus.

– Alors, dans l'outre où était l'eau de joie. Je l'ai gardée pour l'eau, mais nous n'avons pas à transporter d'eau, ici : il en ruisselle de partout.

Ogh dit :

– Vois. Les mouches montent la garde devant le trou de l'arbre. L'ours les a rendues furieuses. Elles veulent tuer. Comment vas-tu faire ?

Noun sourit et dit :

– Il faut attacher la torche à un long bâton pour pouvoir présenter de loin le bout enflammé contre l'écorce de l'arbre, au ras du sol. L'arbre est mort, le bois est pourri, le feu percera vite un trou dans l'écorce.

Ainsi firent-ils. Quand le trou fut percé, ils virent de la fumée sortir par le grand trou d'en haut. Noun alors entortilla autour du bout embrasé un tampon d'herbes vertes qu'elle avait choisies avec soin et elle poussa ce tampon dans le trou du bas. Une épaisse fumée blanche s'éleva par le trou d'en haut. Le nuage de mouches qui piquent bourdonnait furieusement. La fumée blanche l'enveloppa. Peu à peu, le bourdonnement faiblit, puis cessa. Les mouches jonchaient le sol, les pattes en l'air. Quelques-unes se traînaient sans force sur les feuilles mortes. Noun dit :

– Voilà. Elles dorment. Dépêchons-nous.

Ils s'étaient gorgés de bon jus sucré à même les gâteaux de cire qu'ils vidaient dans leur bouche insatiable mais aussi sur leurs joues, leurs bras, leur poitrine. Ils s'en étaient barbouillés en riant. Ala, de ses mains réunies en coquille, avait rempli l'outre de peau, en versant davantage dehors que dedans, ce qui la faisait pouffer. Ogh avait léché le miel sur les mamelles de Noun, ces mamelles dont il avait tété le lait, mais de cela il avait perdu le souvenir. Il avait senti les pointes des mamelles durcir et gonfler dans sa bouche, tandis que le rire de Noun cessait net et que sa poitrine se mettait à respirer à petits coups haletants. Il s'était étonné de cela. Et comme, en même temps, son membre s'était dressé contre le ventre de Noun, il lui était soudain venu en tête que ces choses avaient à voir avec la copulation, que même ses prochains actes seraient à coup sûr de retourner Noun et de la plier sous sa pénétration, alors il s'éloigna brusquement d'elle, ne voulant surtout pas trahir le tabou qu'il avait mis lui-même sur son membre.

Les yeux de Noun avaient chaviré sous la sensation imprévue. Des images lui étaient passées par la tête, comme lécher le miel sur son fils, sur le membre dressé de son fils. Sur celui de Ghal, plutôt... Elle se secoua, un peu pâle, et courut au ruisseau tout proche se débarrasser de l'enduit poisseux.

Ils étaient tous quatre en train de se débarbouiller le corps dans l'eau vive, se frottant le dos l'un l'autre, s'éclaboussant à grands éclats de rire, lorsque Ghal prit soudain conscience de ce que le loup gris grondait sourdement depuis un moment, oreilles collées au crâne, babines retroussées en un rictus de menace qui découvrait les terribles crocs. Danger !

Il était déjà trop tard.

Quelque chose tomba des basses branches qui surplombaient le ruisseau. C'était un vaste filet fait de fibres de lianes tressées avec soin, lesté tout autour de lourdes pierres, un de ces filets que les chasseurs utilisaient quand ils voulaient capturer vivant quelque gros gibier pour qu'il fût égorgé en offrande sur l'autel des Puissances. Ces filets servaient aussi à prendre vivants des chasseurs isolés appartenant à un clan étranger, car les Puissances se délectaient de la chair des hommes, et l'odeur de leur graisse rissolée Leur était douce.

Ogh, Ghal, Noun et Ala se trouvaient alors tout près les uns des autres, dans l'eau jusqu'à mi-cuisses, insoucieux d'un péril qu'ils croyaient avoir laissé loin derrière eux. L'ample filet les avait enveloppés tous les quatre, d'un seul coup. Tandis qu'ils se débattaient, entravés par les mailles perfides, il tombait des branches des chasseurs aussi nombreux que les noix mûres quand on secoue l'arbre. D'autres surgissaient des buissons, sagaies braquées, massues levées. Tous hurlaient à la curée.

Deux des chasseurs avaient, chacun à un bout, tiré sur une certaine corde qui coulissait d'une certaine façon, et le filet s'était clos très étroitement, précipitant les captifs les uns sur les autres en un amas gigotant hérissé de bras, de jambes, de têtes, tout cela en silence : crier ne servait à rien. Les chasseurs avaient hissé le filet et son contenu sur la berge, et maintenant ils riaient et dansaient autour de leur prise immobilisée en tas par terre.

Celui qui marche en premier se montra. Jusque-là, il était resté à l'abri sous le couvert des arbres, veillant à la bonne exécution de la manœuvre. Il se campa devant sa prise, fit d'un signe taire les chasseurs et, plein de l'orgueil de la victoire, il dit :

– Ce fut une longue, longue traque. Vous êtes très habiles. Et vous aviez le loup gris. Mais ceux de l'Élan sont tenaces. Et voilà.

« Les Puissances t'aimaient et t'avaient choisi, Ghal. Tu les as trahies. Tu étais la richesse et la fierté du clan, Ogh. Tu as trahi le clan. Ce qu'il en sera de vous deux, c'est aux Puissances d'en décider, par la voix de Celui qui Leur parle. Quant aux femelles, il en sera fait selon la coutume. En attendant, nous sommes par votre faute depuis beaucoup de jours et beaucoup de nuits privés de fornication. Alors, que celui qui veut les pénétrer les pénètre, et les défonce, et leur fasse tout ce que sa tête lui donnera envie de leur faire. Je vous interdis seulement de les tuer : il faut qu'elles arrivent vivantes au village, afin de subir devant toutes les femmes le sort qu'elles ont mérité.

La petite Ala cria :

– Je suis l'épouse des Puissances ! Le tabou est sur ma fente, et sur mon cul, et sur moi tout entière !

Celui qui marche en premier éclata de rire :

– Tu n'es plus rien du tout. Tu as violé les tabous. Tu as renié les Puissances. Tu n'es qu'une petite merde et c'est moi qui passerai sur toi en premier pour agrandir tes trous et faire le chemin aux autres !

Alors, le loup gris attaqua.

Il ne s'était pas trouvé avec les autres dans le ruisseau. Tandis qu'ils s'ébattaient sans souci et jouaient avec l'eau à grand bruit, il rôdait çà et là sur la berge, inquiet des bouffées d'odeurs suspectes que lui transmettait son nez. La chute du filet avait été pour lui un événement hors des choses connues. Il avait, d'instinct, fait un bond en arrière, s'était glissé derrière les buissons. La survenue brutale des chasseurs tombant des arbres avait remis les choses en ordre : ennemis ! C'était simple : il fallait qu'il tue. Il cherchait comment. Il avait trouvé.

Le loup gris rampa sur le ventre hors du couvert du buisson, se faufila entre les jambes des chasseurs tout occupés à insulter les prisonniers grotesquement tassés dans le filet, parvint sans être remarqué à quelques pas derrière Celui qui marche en premier, et là, s'étant ramassé sur lui-même, détendit les muscles de ses cuisses en un bond qui le projeta, crocs en avant, sur le dos du triomphateur. D'un seul claquement de mâchoires, il broya la nuque offerte.

Les chasseurs virent avec épouvante s'écrouler l'Invincible, l'Aimé des Puissances, Celui qui marche en premier, Celui qui mène à la victoire et qui connaît le chemin du retour. Sa tête arrachée ne tenait plus à son cou que par un lambeau rouge, son sang s'écoulait à gros bouillons et nourrissait la terre. C'était un terrible malheur. Sans le guide donné par les Puissances, ils étaient perdus. Le désespoir affola leurs âmes, la violence courut dans leurs bras. Ils se ruèrent sur le loup gris, sagaies hautes, épieux visant au ventre. Mais le loup était trop agile pour eux. Il savait éviter les coups mortels. Quelques accrocs ensanglantèrent sa fourrure, aussitôt payés de trois chasseurs égorgés... Le successeur prévu de Celui qui marche en premier, se ressaisissant, prit le commandement et cria :

– Pas lui ! Pas le loup ! Ne tuez pas le loup ! Le loup est l'œil et l'oreille des Puissances !

Ils baissèrent leurs armes, reculèrent à contrecœur. Le loup gris en profita pour ouvrir la gorge de deux chasseurs encore.

Au milieu du cercle des hommes soudain immobiles, il

ne sut tout d'abord que faire. Il recula, terrible, les tenant tous sous son regard, grondant sa haine à pleine gorge, les lèvres retroussées sur ses crocs sanglants. Sa tête était remplie d'une seule chose : ces êtres faisaient du mal à Ghal, son ami, et aussi aux amis de son ami. Il les tuerait tous.

Un des plus jeunes parmi les chasseurs s'était apposté sur une basse branche, prêt à lancer un second filet au cas où l'un des fugitifs aurait échappé au premier. Il était toujours là-haut, et voilà que l'occasion se présentait : en manœuvrant pour se rapprocher de Ghal et des autres, le loup gris passa à bonne portée. Le filet s'abattit, l'enveloppant de toute part. Il bondit. Il s'en fallut de fort peu qu'il n'échappât. Mais deux gaillards avaient promptement agrippé les deux bouts de la corde de fermeture et aussitôt tiré sec, chacun de son côté. Les furieux soubresauts du loup n'y purent rien, pas plus que ses crocs. Il était pris.

Ils pendaient chacun à une longue perche, poignets et chevilles garrottés, tels des chevreuils ou des antilopes fraîchement tués. Les liens de fibres leur sciaient les chairs au balancement du pas des porteurs. Chaque cahot leur arrachait un lambeau de peau. Ils se gardaient bien de gémir, Ogh et Ghal par orgueil de mâles, Noun par résignation femelle. La petite Ala hurlait pour quatre. Élevée en épouse des Puissances, elle le prenait de haut, injuriait les chasseurs, qui, en échange, lui décrivaient par le menu tout ce qu'ils se promettaient de lui faire et riaient très fort.

Le loup gris, lui aussi, pendait à une perche entre deux gros gaillards, ratatiné dans les deux filets, superposés par précaution, et cela faisait une pitoyable boule de poils d'où dardaient les regards glacés des yeux obliques. Il avait d'abord porté sa rage sur les mailles de fibres. Hélas, ce ne sont pas des crocs de loup qu'il y eût fallu, aussi terribles fussent-ils, mais bien les incisives tranchantes d'un rat. D'ailleurs, les chasseurs veillaient. Après s'être épuisé en secousses aussi furieuses qu'inutiles, il s'était résigné, et maintenant il attendait. Les loups savent quand il faut attendre, et quand il faut agir.

Pour ceux de l'Élan, c'était un glorieux retour de chasse. Ils avaient dépisté, traqué et vaincu un gibier honorable. Ils avaient œuvré pour la fierté du clan et la satisfaction des Puissances. Ils seraient les héros de la grande fête de la Punition des femmes et de l'Offrande des félons en holocauste aux Puissances. Celui qui marchait en second deviendrait solennellement Celui qui marche en premier... Toutes ces choses étaient bonnes, la joie était maintenant dans l'âme des chasseurs, l'insouciance aussi.

Ils avaient tort.

Un danger surmonté peut en cacher un autre. C'était un adage transmis par les Anciens que, pour une fois, ceux de l'Élan, dans l'allégresse de la victoire, avaient négligé de mettre à profit. Il n'était plus temps de se le remémorer lorsqu'une bonne moitié de l'effectif s'abattit d'un coup, face en avant, parmi les ronces et les orties.

Ceux qui étaient restés debout purent voir, plantées plus ou moins obliquement dans les dos de leurs camarades, les hampes encore vibrantes de javelots légers projetés avec une telle violence que les pointes avaient transpercé les cibles d'outre en outre et les avaient clouées au sol.

Les chasseurs survivants, ayant laissé choir leurs fardeaux, se groupèrent en un amas serré, brandissant sagaies, arcs et massues sans trop savoir vers où faire face. Les javelots étaient tombés de partout à la fois. L'ennemi ne se montrait pas. Ceux de l'Élan sentirent la peur amollir leurs os. Ils se tournèrent vers Celui qui marche en second, puisque c'était maintenant à lui de marcher en premier, et donc d'aviser devant le danger imprévu. Il ne se déroba pas. Il fit un pas pour venir se placer en avant des autres et cria :

– Nous sommes les chasseurs du clan de l'Élan. S'il y a parmi ceux qui se cachent ici un chasseur qui comprend le parler de ceux de l'Élan, qu'il se montre.

Il attendit, campé sur ses mollets, la massue à l'épaule. Le silence fut la réponse. Il dit alors :

– Si ce pays est votre territoire de chasse, nous n'avons tué aucun gibier ni détruit aucune nichée. Nous sommes venus seulement pour reprendre ce qui appartient à ceux de l'Élan.

Silence, toujours. Il eut alors le tort d'ajouter :

– Si c'est la guerre que vous voulez, vous l'aurez.

Un javelot siffla, se planta dans sa gorge. La pointe ressortit dernière la nuque. Il ne serait jamais Celui qui marche en premier.

Ceux de l'Élan savaient du moins, désormais, que les Autres comprenaient leur langage. Ils surent aussi qu'ils le parlaient lorsqu'une voix sortie d'un gosier invisible ordonna :

– Jetez vos choses à tuer loin devant vous.

Ils furent stupéfaits. Pas tellement d'entendre une voix s'exprimer comme eux-mêmes, mais parce que cette voix, cette voix qui commandait haut et clair, ressemblait à une voix de femme !

Ils en oubliaient d'obéir. Un javelot siffla. Un chasseur tomba. La voix de blasphème et d'immondice ordonna :

– Pour la dernière fois. Jetez vos choses à tuer.

C'était cela ou mourir. Ils ne voulaient pas mourir. La rage au ventre, ils jetèrent arcs, carquois, sagaies, épieux et massues aussi loin d'eux qu'il leur fut possible. Puis ils attendirent.

Pas longtemps. Les agresseurs n'eurent qu'à se relever de derrière les broussailles où ils s'étaient tenus cachés. Ceux de l'Élan purent constater alors qu'ils étaient pris dans un cercle sans faille. Ils purent constater surtout qu'ils vivaient la plus terrible humiliation de toute leur vie, la plus terrible humiliation, en fait, qui puisse accabler un chasseur : leurs vainqueurs étaient des femmes !

Des femmes ayant tous les attributs femelles : mamelles lourdes ou menues, hanches épanouies, fente close devinée sous la toison... Ayant même ces gestes femelles qui font tanguer leurs hanches et se dresser le membre du mâle... Mais ces femmes se tenaient droites et arrogantes, sous la peau délicate de leurs bras et de leurs cuisses se mouvaient des muscles redoutables, leurs gestes avaient la stricte efficacité de ceux de guerriers disciplinés et bien entraînés. Ils en avaient aussi la brutalité.

Leurs armes consistaient surtout en javelots légers à la pointe fine et aiguë taillée dans une pierre noire dont la surface était lisse et brillait au soleil. Elles portaient en outre un objet inconnu de ceux de l'Élan, une espèce de branche coudée à usage mystérieux [1].

Et donc ceux de l'Élan, à leur tour, se virent très rudement ficeler, mais des mains seulement, leurs vainqueurs n'ayant apparemment pas l'intention de les porter. La découverte d'Ogh et de Ghal, pendus par les quatre pattes à leur bâton, mit les farouches guerrières de joyeuse humeur. Elles les désembrochèrent, dénouèrent les liens qui entravaient leurs pieds, et puis les expédièrent parmi les autres prisonniers, mains dûment ficelées dans le dos.

Sur un ordre bref lancé par la voix de commandement,

1. Cet engin est le « propulseur », fait d'une branche coudée, qui multiplie la puissance du lanceur selon le même principe que la « chistera » de la pelote basque. Il servait à projeter des javelots ou des galets avec une grande précision.

des hommes, à leur tour, sortirent de l'épaisseur du taillis. Ils ne portaient pas d'armes. Leur attitude était d'obéissance déférente, presque humble. Les guerrières, en quelques coups précis de leurs haches de combat, avaient abattu de jeunes troncs que ces hommes s'activèrent à débarrasser de leurs feuilles, puis à assembler solidement en se servant de lianes qui abondaient en ces lieux. Le résultat de ce travail fut deux sièges à porteurs assez semblables, en plus grossier, au siège rituel sur lequel Celui qui parle aux Puissances se faisait transporter en haut de la colline du Levant lors de la grande fête du Soleil renaissant.

Ogh, cependant, toujours avide de choses nouvelles et étonnantes, tournait la tête en tous sens, cherchant à qui appartenait cette voix impérieuse, cette voix absolument femelle, et même musicalement femelle, qui commandait à des femmes capables de vaincre en un clin d'œil les plus terribles d'entre ceux de l'Élan et de les ridiculiser. Il la vit enfin.

Elle était agenouillée auprès de Noun, que deux jeunes guerrières s'affairaient à libérer de sa perche. Penchée au-dessus d'elle, elle lui mouillait le visage à l'aide d'un lambeau d'une peau plus souple que de la peau et semblait lui parler très doucement. Son attitude était celle d'un profond respect. Puis elle se rendit près Ala, que l'on venait de détacher et qui se frottait chevilles et poignets en salissant des mots les plus offensants ceux de l'Élan, leurs Puissances de merde et le sans-couilles qui prétendait causer avec ces pets foireux.

Celle qui marche en premier – il fallait bien lui donner ce titre, puisque, à ce qu'il semblait et en dépit de l'ordre des choses, elle en tenait le rôle –, Celle, donc, qui marche en premier prit Ala dans ses bras et la berça comme une mère berce son petit enfant. En même temps, elle lui parlait à l'oreille. Ogh crut voir l'eau des yeux d'Ala couler sur ses joues, et aussi l'eau des yeux de la femme. Elle prit Ala par la main et l'aida à se mettre debout. Elle aida Noun de la même façon, puis elle les pressa toutes deux contre ses flancs, une à sa droite, une à sa gauche, et soutint leurs premiers pas, si douloureux.

Ogh la voyait tout à fait bien, maintenant. C'était une grande femme, mais cela tenait peut-être à ce qu'elle déployait fièrement toute sa taille, alors que les femmes du clan de l'Élan ne se redressaient jamais. Elle n'aurait pas dû vivre, car elle avait les cheveux roux, roux comme la flamme, couleur considérée comme maléfique chez ceux de l'Élan et qui lui aurait valu d'être découpée en morceaux et jetée aux bêtes de la forêt dès que la couleur de calamité se serait confirmée. Telle quelle, Ogh l'aurait rangée parmi les vieilles, celles qui ont vécu plus de quatre fois cinq hivers et ont porté six enfants ou davantage. Cependant, ses mamelles fermes et arrogantes, son ventre doucement bombé, sa taille, ses hanches, son cul, la fraîcheur de ses joues, la vivacité de ses gestes, tout cela disait la jeunesse triomphante... Noun aussi avait gardé, à presque six fois cinq hivers, un corps qui donnait aux mâles l'envie de la pénétrer, mais Noun n'avait porté qu'un seul enfant, et Ogh, qui était cet enfant, la voyait peut-être plus belle qu'elle n'était... Mais non, là, côte à côte avec la superbe inconnue, Noun ne perdait rien de son attrait. Les jours de liberté qu'elle venait de vivre lui avaient rendu l'audace d'être elle-même, et Ogh sentait un très vif et très troublant plaisir à voir tressauter au même rythme les pointes bleues des brunes mamelles de Noun, les pointes mauves des mamelles si blanches de la femme rousse et les pointes effrontées des naissantes mamelles de la petite Ala.

Ghal s'approcha d'Ogh.

– Tu as remarqué ces hommes qui obéissent à ces femmes ?

– Bien forcé ! Alors ?
– Ils ont un signe.
– Un signe ?
– Sur l'épaule.
– Ah, oui ?
– Regarde.

Ogh regarda. Et il vit. Sur l'épaule gauche de chacun de ces hommes il y avait en effet un signe, le même pour tous. C'était une marque noire qui semblait prise profondément dans la peau, quelque chose qui lui rappela les semblants de vivants du mur de la caverne, mais en beaucoup plus petit. Ogh n'arrivait pas à voir quel semblant de vivant était projeté là, car les contours bougeaient selon les mouvements des hommes... Soudain, il vit nettement. C'était le contour d'une Déesse Mère, semblable à celle de la caverne aux lumières. Rien que le contour, mais Ogh reconnaissait maintenant les rondeurs fabuleuses, les flancs immenses, aussi larges que la hauteur du corps entier, les mamelles débordant de part et d'autre, affalées sur les cuisses colossales.

Cela donna à Ogh l'envie de toucher du doigt, à travers le sac de peau pendu à son cou, la petite Déesse Mère, ainsi qu'il l'avait fait mainte fois au long du voyage. Mais ceux de l'Élan avaient arraché le sac et, de toute façon, les mains d'Ogh étaient liées derrière son dos.

Ghal avait souci du loup gris, son ami. Il l'aperçut, toujours recroquevillé dans les mailles de fibres, attendant patiemment qu'on voulût bien s'occuper de lui. Ses yeux étaient fixés sur Ghal, comme s'il n'avait confiance qu'en lui. Mais Ghal était confondu, mains entravées, avec les autres prisonniers, et les femmes-soldats veillaient à ce que nul ne s'écarte du groupe, réprimant à rudes coups de leurs propulseurs toute tentative. Alors, arrondissant les lèvres et tournant sa face vers le ciel, Ghal hurla. L'exact hurlement du loup en chasse appelant la meute sortit de sa bouche et s'éleva dans le crépuscule. Le loup gris dressa les oreilles, se tortilla jusqu'à ce qu'il parvînt, tant bien que mal, à s'asseoir sur sa queue, et, à son tour, lança vers la lune son hurlement.

La femme aux cheveux roux eut un frisson. Ala sursauta, battit des mains et courut au loup gris. Elle s'accroupit, le prit dans ses bras, plongea ses doigts dans la rêche fourrure collée en mèches par le sang séché. De nouveau, l'eau de ses yeux coula. Le loup, ayant réussi à passer la langue à travers une maille, en balaya le visage et le nez de la petite. Ala s'écria :

– C'est le loup gris ! C'est notre ami ! Nous allions l'oublier !

La femme de commandement dit :

– Tes amis sont mes amis.

Elle jeta un regard sur ce qu'on pouvait voir du ventre du loup.

– D'ailleurs, c'est une louve. Elle est des nôtres.

Sur un signe d'elle, deux guerrières s'empressèrent de débarrasser le loup de l'humiliant filet.

Le loup gris [1] étira posément ses pattes de devant, puis celles de derrière, et, sans hâte, alla se poster au côté de Ghal. La femme rousse, désignant Ghal et Ogh, demanda à Noun :

– Ces deux-là étaient prisonniers, comme toi et ta compagne. Pourquoi ? Est-ce que ce sont des esclaves à vous ?

Noun ne savait pas ce que signifie « esclave ».

Elle dit, montrant Ogh :

1. Il est pénible de changer ses habitudes. Aussi continuerons-nous à dire « le loup gris », même s'il s'agit désormais d'une louve grise.

– Celui-là est mon enfant, je l'ai porté dans mon ventre. L'autre est son frère d'amitié. Fais détacher leurs mains et sors-les d'entre les captifs.

Ce fut fait. Or, depuis un moment, Ogh avait repéré son sac de peau, celui qu'il portait autour du cou et qui contenait la petite Déesse Mère. Un des garçons à l'épaule marquée le balançait négligemment au bout de son cordon. A peine ses mains libérées, Ogh courut à ce garçon, lui arracha le sac des mains, vérifia au toucher qu'il n'avait pas perdu son contenu et, s'agenouillant avec respect, le tint un instant à bout de bras, puis se releva et se passa le cordon autour du cou.

La femme rousse demanda :

– Qu'y a-t-il dans ce sac ?

Noun répondit :

– Demande-lui de te le faire voir.

Ogh avait entendu. Sans attendre la question, il fit passer le cordon par-dessus sa tête et présenta le sac à la femme rousse. Il dit seulement :

– Ouvre.

Elle écarta les bords du sac, en retira la bourre protectrice de crin et d'étoupe. Enfin apparut la Déesse Mère de pierre verte qu'illuminaient les derniers rayons du soleil couchant. Il se passa alors quelque chose de stupéfiant.

La femme rousse se mit à trembler. On eût dit que la statuette brûlait ses doigts. Très doucement elle la posa debout à terre en un endroit dégagé, puis elle se prosterna, le visage dans la poussière.

Celle qui marche en premier resta un long moment écrasée dans la position de la prosternation. Quand elle redressa le buste, elle demeura quelque temps encore agenouillée, les mains étendues devant elle en offrande, marmottant à voix basse les Mots de l'adoration. S'étant enfin relevée, elle se tourna vers Ogh. Sa voix était chargée de colère :

– Comment se fait-il que la figure de la Déesse Mère soit pendue à ton cou ?

Ogh, avec un sourire candide, répondit :

– Je l'ai prise à ceux qui l'avaient prise et la gardaient captive.

La femme hocha la tête et dit :

– Ainsi, la Déesse Mère a décidé que les temps étaient venus où elle devait quitter ses ravisseurs. Elle t'a choisi entre tous les êtres, toi, un homme, elle t'a inspiré le désir de la prendre et de l'emporter au loin. Elle a conduit tes pas jusqu'ici, son territoire, parmi nous, son peuple... Sais-tu qu'il n'existe par le monde que trois figures telles que celle-ci ? Une de jade, une d'ambre gris, une d'obsidienne ? Ce sont les Déesses Mères des temps d'avant les temps qui nous les ont léguées. Une des trois avait disparu lors de la ruée des mâles dévoreurs de viande sauvage, ce qui était un grand malheur. La voici. Tu dois être remercié pour cela, et honoré comme l'élu des Déesses Mères. Mais en même temps tu as violé un grand tabou : aucune main de mâle ne doit effleurer la figure d'une Déesse Mère. Tu recevras donc de grands honneurs, et puis nous te tuerons.

Noun avait écouté attentivement ces paroles. Elle n'avait pas compris tous les mots dits par la femme. Elle avait par contre clairement entendu que son fils Ogh devait mourir. Elle dit, très vite :

– Ogh n'a pas touché la petite Déesse Mère. C'est la fillette Ala qui l'a prise, elle l'a posée dans le sac, l'a enfouie dans l'étoupe et le crin. La main d'Ogh n'a jamais touché la Déesse Mère, même du bout des doigts.

Tandis que Noun parlait, Ogh approuvait de la tête. Ala s'écria :

– C'est vrai ! C'est tout à fait comme ça que ça s'est passé ! Et puis d'abord, c'est justement pour retrouver les Déesses Mères qu'Ogh s'est mis en chemin, et nous aussi, par amitié pour lui. Tu dis que nous sommes, ici même, sur le territoire des Déesses Mères ? Alors, nous avons gagné !

La sérénité reparut sur le visage de la femme aux cheveux rouges. Elle dit seulement :

– C'est bien. Mais le soleil a maintenant regagné ses cavernes de repos. Nous ne nous mettrons pas en route dans la nuit. Campons ici.

Le premier soleil trouva la caravane déjà loin de ses gîtes de nuit. Les guerrières se relayaient pour frayer la route, taillant dans la verdure à grands coups de certains outils qui étonnaient ceux de l'Élan, surtout Ogh, toujours gourmand de nouveauté. C'étaient de longues lames d'une pierre noire aussi lisse et brillante que la surface d'une eau tranquille, ou bien des haches faites dans cette même pierre et serties dans des bases de cornes de cerf évidées, elles-mêmes forcées avec beaucoup d'art et d'efficacité sur des manches de bois soigneusement polis. Ces outils tranchaient beaucoup plus aisément que les grossières lames de silex taillé qu'il connaissait. De temps à autre, les femmes frottaient de biais le tranchant émoussé de leur lame sur un bloc de grès afin d'en aviver le fil.

Ogh remarqua qu'aucun des hommes marqués ne maniait ces outils. Ils se servaient seulement de leurs mains nues pour déblayer ce que les femmes avaient tranché. Il s'étonna de cela, et de ce que ces femmes altières s'épuisent à un travail fatigant alors qu'elles avaient abondance de serviteurs. Il voulut essayer ces merveilleux engins. Il pria par gestes une guerrière de lui prêter le sien. Elle eut un violent mouvement de refus et leva sa lame sur Ogh. Un ordre de la femme rousse arrêta son bras. Elle tendit de mauvaise grâce l'outil. Ogh l'essaya et en fut enchanté. L'examinant, il ne sut dire quelle était cette pierre noire si luisante. La femme le lui arracha des mains.

Noun et Ala voyageaient sans marcher, assises sur les sièges à brancards que portaient quatre hommes à la démarche bien accordée. Venaient ensuite les prisonniers, mains liées dans le dos, attachés tous ensemble par une longue corde aux nœuds si ingénieusement combinés que la tentative de fuite ou la chute d'un seul d'entre eux aurait provoqué l'étranglement de tous. En queue de cortège venait, flanqué de solides guerrières aux armes promptes, le siège à porteurs de Celle qui aurait dû être en premier, mais de là surveillait-elle mieux tout son monde.

La veille, autour du feu, ils s'étaient gorgés de viandes délicatement cuites et parfumées aux herbes aromatiques, accompagnées d'espèces de galettes faites d'un grain si finement broyé et pétri de telle façon que sous la croûte blonde on trouvait une matière blanche, très légère et pleine de trous. Ogh s'intéressait de très près à toutes ces choses d'étonnement.

Tout en mangeant, ils avaient raconté comment était la vie parmi ceux de l'Élan et la passion pour les Déesses Mères qui s'était emparée de l'âme d'Ogh et les avait jetés tous quatre, ainsi que le loup gris, sur les sentiers inconnus.

Ghal, par permission spéciale de la femme rousse et malgré les regards indignés des guerrières, s'exerçait à manier le propulseur. Cette arme simple et terrible l'avait séduit. Ses essais l'amenaient à courir çà et là pour examiner la cible choisie et ramasser son javelot. Toujours il revenait auprès du siège porté de la femme rousse, laquelle le conseillait en experte et applaudissait aux coups réussis. A l'autre bout de la file, Noun, de temps à autre, tournait la tête et poussait un soupir.

Quatre jours de marche, avait dit Noun ? Il ne leur en fallut que deux. C'est l'avantage de voyager avec des gens du pays.

Ils venaient de gravir un versant abrupt, ils avaient atteint la ligne de crête, et voilà, tout à coup c'était là, à leurs pieds. Au creux d'une vallée ensoleillée et bien protégée, le village alignait ses habitations.

Sur quelques-unes des hauteurs surplombant la vallée s'élevaient par bouffées des fumées blanches, selon une cadence qui était certainement un signal. Ghal avait déjà remarqué, peu auparavant, que deux des femmes de l'escorte s'étaient éloignées, avaient grimpé en haut d'une éminence isolée, et, là, l'une d'elles avait allumé un feu vif sur lequel elle jetait des poignées de feuillages verts, produisant ainsi une abondante fumée blanche, tandis que sa camarade, utilisant une peau de chèvre sauvage, masquait ou découvrait la montée de la fumée suivant un certain rythme. Ghal s'était dit que ces femmes annonçaient à celles du village, par un code secret, le retour de l'expédition, et que maintenant le village répondait, et que cela était vraiment une bonne chose, qui leur évitait bien des surprises désagréables. Oui, mais, la nuit ? Oh, elles devaient bien avoir un truc ! Ghal se promit d'étudier la chose. En tout cas, le village était bien gardé.

Ils étaient descendus dans la vallée, avaient franchi deux enceintes de pieux plantés serré, pointus du haut, et aussi, sur une légère passerelle de rondins, un large fossé plein d'eau.

Ce village n'était pas fait de cavernes forées par les eaux et le temps dans le roc d'une montagne ou creusées par l'homme dans la tendre craie d'une falaise, comme était le village de ceux de l'Élan, et pas davantage de huttes précaires de branchages assemblés à la diable, comme étaient les villages des chasseurs nomades, mais bien de drôles de cavernes carrées, sans montagne ni falaise autour, toutes pareilles, avec des trous carrés pour y entrer et en sortir, des trous ronds pour la fumée, et beaucoup d'autres choses surprenantes. Ces cavernes avaient été érigées par la main des hommes, ainsi que le laissaient voir certaines d'entre elles, non encore achevées, où s'activaient les travailleurs.

Ces hommes dressaient des murs qui n'étaient pas faits de rocs entassés, ni de perches de bois entrelacées, mais de boue ! Certains apportaient sur leur dos, dans de vastes hottes tressées, de pleines charges d'une terre lourde et collante qu'ils déversaient à même le sol. D'autres mêlaient à cette terre de la paille hachée menu. D'autres encore versaient de l'eau sur le mélange et le foulaient aux pieds. Assis sur le côté, un très jeune garçon soufflait dans un roseau d'où sortait un bruit aigu semblable au chant d'un oiseau, tandis qu'un autre frappait du plat de ses deux mains une peau tendue sur un morceau de tronc creux, et ces deux bruits combinés donnaient envie de taper des pieds en cadence, ce que faisaient d'ailleurs avec entrain les hommes occupés à fouler la boue.

Puis cette boue était portée à ceux qui en faisaient des murs. Ils l'étalaient en une couche mince qu'ils égalisaient en la tapotant du plat de leurs mains. Quand la couche était presque sèche, ils en étalaient une autre par-dessus, et ainsi, peu à peu, le mur montait. Ghal vit que, lorsque le mur était assez haut, des garçons faisaient porter sur deux murs se faisant face de longues branches bien droites sur lesquelles ils disposaient en travers un lacis de branches plus fines, puis des épaisseurs de roseaux bien secs. Sur ces roseaux, enfin, ils étalaient une épaisse couche de boue qu'ils tassaient et lissaient avec grand soin.

Ghal dit à Ogh :

– Pourquoi se donnent-ils tant de mal ? La pluie finira toujours par emporter ces cavernes de boue. Pourquoi n'habitent-ils pas de vraies cavernes ?

Ogh s'était déjà demandé cela dans sa tête. Il dit :

– Peut-être n'y a-t-il pas de cavernes toutes prêtes dans ce territoire, et peut-être le roc est-il trop dur ? Et puis, vois, ils font leurs cavernes aussi grandes et aussi hautes qu'ils le désirent. Ils n'ont pas à rester entassés ou accroupis dans des cavernes trop petites ou toutes tordues comme le sont souvent les nôtres. S'ils veulent avoir une caverne de plus, ils vont chercher de la boue, et voilà.

Tandis qu'ils descendaient vers le village, ils avaient pu constater que la vallée ainsi que les pentes des collines qui l'entouraient avaient un aspect très différent de celui du pays environnant, et même très différent de ceux de tous les pays qu'ils avaient pu connaître jusque-là. A ces endroits, la forêt et les broussailles avaient disparu. La terre était comme le crâne d'un homme qu'on aurait tondu par plaques. Le sol semblait avoir été découpé en parcelles aux bords bien droits. Ces parcelles avaient des couleurs variées. Quand ils se furent rapprochés, ils virent que cela était dû à ce que sur ces parcelles croissaient des herbes à grains et d'autres plantes semblables à celles que les femmes du clan de l'Élan récoltaient dans leurs cueillettes sauvages et dont elles tiraient leur nourriture de femmes : des choses immondes, en somme.

Mais ces herbes et ces plantes étaient ici beaucoup plus fortes, leurs grains plus serrés, leurs fruits plus gros. Toutes celles d'une même espèce étaient groupées sur une même parcelle, avaient toutes la même hauteur et semblaient mûrir ensemble.

Dans une de ces parcelles, des hommes coupaient les tiges d'une certaine herbe haute aux grains rassemblés en épis. Ils se servaient pour cela d'un outil qui intéressa beaucoup la curiosité d'Ogh. C'était une lame semblable au croissant de la lune nouvelle, probablement taillée dans la mâchoire d'un aurochs, et garnie de petits silex tranchants sertis dans l'os. L'homme la lançait d'un mouvement fauchant contre les tiges raides qu'il avait empoignées de l'autre main. Les tiges étaient tranchées net, les épis tombaient, un autre homme les ramassait et les jetait dans une hotte de vannerie qu'il portait sur le dos. Deux femmes en armes surveillaient ces hommes. L'air réjoui, elles vinrent souhaiter la bienvenue à la femme aux cheveux rouges. Pour cela, elles se léchèrent longuement les lèvres. Ces gens étaient vraiment étonnants.

Le loup gris marchait devant Ghal, à son habitude. Soudain il marqua l'arrêt, grondant, non pour signaler un danger, mais bien un gibier. En effet, au loin, sur des espaces d'herbe bien dégagés, se voyaient çà et là des vivants à viande, des vivants bons à tuer. Mais ils n'étaient pas groupés en hordes, avec un mâle dominant et des guetteurs. Ils broutaient sans souci, dispersés au gré de la pâture. Quelques jeunes garçons semblaient les surveiller. Ogh se promit de se faire expliquer toutes ces merveilles. Quant à Ghal, s'il avait eu ses armes, ne serait-ce qu'un épieu, il aurait couru avec son ami le loup gris traquer une chèvre ou un sanglier. La femme vit son frémissement. Elle dit seulement : « Non. » Sa voix n'était pas du tout amicale. Ghal calma le loup gris.

6

Les cavernes, ou les huttes – ni Ghal ni Ogh ne savaient quel nom donner à ces choses jamais vues –, qui composaient le village étaient presque toutes alignées côte à côte en deux rangées se faisant face qui laissaient entre elles un espace assez large pour que les habitants puissent y circuler à l'aise. Il y avait aussi un espace entre chacune des habitations d'une même rangée. Ghal dit à Ogh que c'était certainement pour que la flamme saute moins facilement de l'une à l'autre au cas où l'une d'elles serait dévorée par le feu, chose qui devait se produire assez souvent car il put constater que ces gens faisaient cuire leurs viandes dans ces cavernes mêmes, charpentées de bois sec et couvertes de roseaux, et non dehors sur le feu commun, ainsi que faisaient ceux de l'Élan.

Ogh le curieux toucha le bras de la femme de commandement et, lui désignant les étranges cavernes faites de main d'homme, lui demanda quel nom était celui de ces choses. Elle répondit avec un sourire :

– Maisons.

Ogh répéta, en articulant bien, ce mot bizarre :

– Maisons.

Puis il montra l'espace tout en longueur entre les deux rangées de maisons. Elle dit :

– Rue.

Ogh répéta :

– Rue.

En ce moment même, ils marchaient dans cette rue. Des enfants sortaient en foule des « maisons » par les trous carrés et couraient autour de la colonne en mouvement, hurlant de joie et de méchanceté, lançant des choses sales sur les captifs. La femme rousse rit avec eux, puis, se tournant vers Ogh, elle pointa l'index vers sa poitrine et dit :

– Moi, je suis Cora. Tu ne me l'as pas demandé, mais je te le dis.

Ogh ne jugea pas utile de lui dire son nom. Elle le connaissait certainement, puisqu'elle avait interrogé les prisonniers. Il dit : « Cora. » Elle sourit. Ses yeux étaient verts. Ogh se dit que cette Cora avait un bien beau sourire, de bien beaux yeux et un bien beau cul. Un frémissement courut le long de son membre. Il dit dans sa tête, sévèrement : « Membre, tiens-toi tranquille ! Le tabou est sur toi. »

Des femmes aussi se montraient, des aux cheveux noirs, des aux cheveux clairs, et même quelques rousses, certaines grandes, d'autres petites, certaines rondes, d'autres minces, mais toutes souriantes, fraîches, pleines de santé, souples de hanches, épanouies de fesses et fermes de mamelles. Chacune portait au cou, aux bras, aux chevilles, aux oreilles et même aux doigts des mains et des pieds des choses brillantes de couleurs vives qui s'entrechoquaient et tintaient à chaque mouvement. Ghal avait déjà vu de telles choses sur certains de ceux de l'Élan, qui les avaient conquises sur l'ennemi massacré au cours d'une honorable razzia en pays lointain, mais c'étaient des trophées de victoire, des témoignages d'exploits et de virilité. Jamais une femme n'aurait pu posséder un tel objet !

Ces femmes venaient sans hâte accueillir Cora, maintenant descendue de son perchoir à porteurs. Elles se léchaient l'une l'autre les lèvres, puis échangeaient des paroles de bienvenue et de félicitations que ceux de l'Élan ne comprenaient pas. Ghal dit à Ogh :

– Ces femmes sont muettes. Elles font des bruits avec leur bouche, mais ces bruits n'ont aucun sens. Elles font semblant de parler, c'est tout [1].

Ogh ne répondit rien.

Des hommes aussi allaient et venaient dans cette rue. Ils paraissaient très actifs, occupés à des tâches diverses. Certains portaient à l'épaule la marque de la Déesse Mère. D'autres portaient des marques différentes. Ils saluaient Cora de la main, faisaient sortir de leur bouche ces bruits que Ghal estimait dénués de sens, souriant jusqu'aux oreilles, comme si le clapotis d'eau qui coule émanant de leur bouche transportait on ne savait quelles allusions plaisantes. L'attitude de ces hommes était cordiale et détendue. Cependant on y décelait une certaine retenue proche de la soumission qui n'échappa pas aux deux de l'Élan.

Ghal questionna Cora :

– Tes oreilles entendent la parole et ta bouche sait produire les bruits de la parole. Pourtant, ceux-là, ceux de ton peuple, ne parlent ni n'entendent. Comment cela peut-il être ?

Cora rit à plein gosier. La colère monta en Ghal : cette femelle se moquait de lui ! Il se rappela à temps que cette femelle commandait aux femmes-guerrières bien armées qui l'entouraient.

Il dit seulement, avec raideur :

---

1. Quand un groupement humain longtemps isolé rencontrait pour la première fois un peuple parlant une autre langue, il croyait avoir affaire à des gens incapables de parler. C'est ainsi que, pour les Russes, « Allemands » se dit toujours « Niemtsi », c'est-à-dire « les muets ».

– Explique-moi. Je rirai aussi.

Elle essuya l'eau que le rire avait fait jaillir de ses yeux et, sérieuse, s'excusa :

– Je n'ai nulle intention de t'offenser. Écoute. Tu n'as jamais connu que ceux de l'Élan. Tu crois que la seule façon de parler est celle du peuple de l'Élan. Tu ne peux pas savoir qu'il existe par le monde beaucoup de peuples, qui ont chacun une parole différente et sont sourds et muets les uns pour les autres.

Ghal fit entrer cela dans sa tête. Il dit :

– Mais toi, tu entends mes paroles, et aussi les paroles d'Ogh, de Ghal, de Noun, d'Ala et des chasseurs du clan de l'Élan que tu interrogeais. De ta bouche sortent des bruits qui forment des paroles et disent des choses, pour nous. Cependant, tu es de ce peuple d'ici. Ta bouche et tes oreilles échangent des paroles avec leurs bouches et leurs oreilles. Comment donc peux-tu appartenir au parler de deux peuples ?

Cora posa sa main sur le bras de Ghal :

– C'est très simple et très facile à expliquer. Mais ce n'est pas le moment. Nous en parlerons plus tard. Sache seulement que, pour vous autres, c'est une très bonne chose que je parle les deux langages. Car personne ici ne pourrait vous aider à comprendre et à être compris.

Ils étaient parvenus au centre du village. Devant une maison semblable aux autres, Cora fit signe de s'arrêter. Elle donna des ordres aux femmes-soldats de l'escorte, qui répondirent par une brève parole d'obéissance et continuèrent à suivre la rue, poussant devant elles les prisonniers.

Noun et Ala furent doucement déposées à terre.

Cora dit :

– Ma maison.

Devant la maison se tenaient trois hommes jeunes et un plus âgé. Le plus âgé donnait la main à un bel enfant femelle d'une huitaine d'hivers. Un des jeunes portait un bébé dans ses bras. Se tournant vers ceux de l'Élan, Cora dit, montrant les quatre hommes :

– Mes maris [1].

Elle ajouta, montrant les enfants :

– Mes filles.

Le bonheur illuminait son visage. Elle tendit les bras. L'homme plus âgé s'avança, s'inclina devant Cora, et attendit. Cora prit cet homme dans ses bras, mit sa bouche sur la sienne, lécha longuement ses lèvres, frottant ses mamelles contre la poitrine de l'homme et son ventre contre le ventre de l'homme, dont le membre se dressa. Cora sentit ce membre pousser de la tête contre son ventre. Elle l'effleura d'une caresse légère. L'homme à son tour glissa sa main entre les cuisses entrouvertes de Cora et la posa sur la fente moussue. Cora eut un frisson. Elle balbutia quelque chose qui devait correspondre à « Tu vois l'effet que tu me fais ! », lécha encore un petit coup les lèvres de l'homme, lui tapota la joue, puis, se baissant, elle prit entre ses mains le visage réjoui de la fillette et lui lécha longuement la figure, comme une louve lèche ses louveteaux nouveau-nés. L'enfant jeta ses bras autour du cou de sa mère, riant de tout son cœur, criant quelque chose qui devait être « Maman ! » dans le langage de ces gens-là.

Cora, reprenant son sérieux, examina sa fille, palpa son ventre, regarda dans sa bouche, vérifia si elle était propre derrière les oreilles, si son petit trou du cul était convenablement essuyé, enfin fit une remarque au père, qui

1. En fait, elle dit « mes hommes », le mot « mari », et même la notion de couple, n'existant pas dans le langage de ceux de l'Élan.

acquiesça de la tête et, tenant l'enfant par la main, s'écarta.

Le jeune époux au bébé sur les bras vint ensuite, eut droit aux mêmes transports et aux mêmes délices, avec toutefois quelques variantes, tandis que la petite fille, ravie, tripotait les cheveux de sa maman. Puis ce furent successivement les tours du troisième et du quatrième mari.

Ghal et Ogh avaient remarqué que les signes sur les épaules des quatre maris représentaient le contour d'un oiseau en vol, peut-être une mouette. Ogh se dit alors que « Cora » devait signifier « mouette ». Ces hommes étaient la propriété de Cora, la mouette.

Tout cela, bien sûr, était fort déconcertant pour ceux de l'Élan. Certes, ils s'étaient attendus à ce que, au pays mystérieux des Déesses Mères, les coutumes fussent différentes de celles du clan. Mais les choses étaient allées un peu trop abruptement.

La femme dominant l'homme ! La femme possédant des hommes ! Les marquant de son signe, comme on marque une hache ou une sagaie ! La femme commandant ! La femme faisant la guerre ! La femme provoquant le membre de l'homme, choisissant son moment, acceptant ou refusant la pénétration !... Et ces jeux de langue, ces léchages, ces effleurements, ces membres dressés qui ne peuvent plonger aussitôt dans le trou avide ! Ah, c'était bien là le royaume de la femme, de la sale bête ! Tout en Ghal rejetait cela, cet esclavage, cette abomination.

Ogh en prenait plus à son aise. Il n'avait pas été soumis au dressage des chasseurs. La haine et le mépris de la femelle n'étaient pas en lui. Être un mari d'entre les divers maris d'une seule épouse ne lui eût pas répugné. D'ailleurs, ceux de l'Élan, n'ayant pas d'épouse ni de femelle attitrée, se succédaient sans vergogne dans les mêmes trous. Il arrivait qu'ils fassent la queue pour pénétrer une fillette encore pas trop abîmée. D'autre part, être commandé par une femme ne lui semblait pas humiliant, et même répondait à quelque obscur désir.

Dans les circonstances telles qu'elles se présentaient, mieux valait se taire, et attendre. Ghal savait dissimuler. Ogh n'avait rien à dissimuler.

Quant aux deux femmes, elles n'en croyaient pas leurs yeux. Le pays merveilleux existait donc ! Et elles y étaient !

Cora, avec un large geste d'accueil, dit :

– Soyez les bienvenus. Entrez dans ma maison.

Ogh s'avança, suivi de Ghal, le loup gris à son côté. Cora, preste, bondit devant l'ouverture et leur barra le chemin, bras écartés. Le loup, croyant à un geste de menace, montra les crocs. Les deux amis s'immobilisèrent. Cora expliqua :

– Non ! Pas comme ça ! Les femmes d'abord, voyons ! J'oublie toujours que vous êtes des brutes de chasseurs d'un clan de sauvages...

Les quatre maris écarquillaient des yeux d'effarement et de scandale. Sentant l'hostilité autour de lui, le loup gronda sourdement. Cora dit, très vite :

– Vous ne pouvez être que les maris ou les esclaves de Noun et d'Ala. Toute autre attitude serait incompréhensible et blasphématoire pour quiconque ici, et serait interprétée comme un attentat contre ces femmes, ce qui entraînerait votre mort. Telle est notre loi. Observez mes maris, et faites comme eux.

Ala trouva la chose fort drôle. Se redressant avec toute la dignité d'une épouse légitime, elle vint vers Ogh, se colla contre lui comme avait fait Cora avec chacun de ses maris, noua ses deux mains derrière la nuque du grand garçon afin de le courber à sa portée et, tirant une langue considérable, lui lécha les lèvres, puis tout le visage, en poussa le bout frétillant dans les narines, dans les plis des oreilles, s'attarda sur les paupières... Quand Ogh fut tout luisant de salive, elle saisit son membre dans sa petite main de singe et se mit à le caresser lentement sur toute sa longueur, tout en dardant ses yeux sur les yeux effarés d'Ogh et en susurrant à voix câline :

– Mon petit mari, tu ne me lèches pas ? Tu ne poses pas ta main sur ma fleur d'en bas ? Tu ne glisses pas tes doigts dans ma fente mignonne ? Oh, mais, ce n'est pas d'un bon petit mari, ça ! Nous allons devoir le corriger, ce vilain, n'est-ce pas, Cora ?

Cora avait tout d'abord souri devant l'empressement de la petite à faire son profit du bon exemple, et puis elle avait soupçonné qu'on se payait peut-être bien sa tête. Elle dit brièvement :

– C'est bien. Allons, entrez.

Noun, jouant le jeu, s'était approchée de Ghal. Ghal s'était raidi. Elle se contenta donc de lui effleurer légèrement les lèvres de sa langue. Ce qui n'alla d'ailleurs pas sans un certain trouble chez l'un comme chez l'autre. Ala commenta :

– Chère amie, ces deux-là sont un peu en froid, en ce moment. Querelle d'amoureux. On sait ce que c'est. Ça leur passera.

Tandis que Noun et Ala franchissaient, très dignes, le seuil, Noun demanda :

– « Amoureux »... Où as-tu appris ce mot ? C'est un mot des gens d'ici ? Qu'est-ce qu'il veut dire ?

Ala fit sa coquette :

– Cora et moi, on a causé, à l'étape. Je t'expliquerai.

Ghal et Ogh se tenaient de part et d'autre de l'ouverture, attendant que passent les maris de Cora pour bien les observer afin de faire comme eux. Mais Cora, passant à son tour, leur fit signe de la suivre. Ils étaient les maris des dames invitées, n'est-ce pas ? Ils avaient donc priorité. Le loup gris, comme à l'accoutumée, tint à précéder Ghal, lequel se souvint alors que, tout compte fait, il s'agissait d'une louve. Il se demanda ce qui serait arrivé si, pour une fois, ce loup femelle l'avait laissé passer devant...

Tout, dans ce lieu, était, pour ceux de l'Élan, chose d'étonnement. D'abord, les murs de cette caverne faite de main d'homme filaient tout droit, plats et lisses comme une falaise de craie tombant d'aplomb. Ces murs se coupaient net en quatre coins, tous pareils, et il y avait au-dessus des têtes, presque à les toucher, un autre mur, mais posé à plat, celui-là, fait de troncs courant d'un mur à l'autre, comme les branchages que les chasseurs disposent sur une fosse cachée où ils veulent piéger l'ours pour le tuer d'en haut sans danger. Ces troncs soutenaient un matelas de feuilles de roseaux dont il pendait des touffes çà et là. Les trous par où l'on pénétrait dans cette « maison » étaient étayés par deux troncs d'arbres debout qui en soutenaient un troisième posé par le travers. D'autres trous permettaient d'aller d'une caverne à l'autre, car la « maison » était vaste et comportait plusieurs « chambres », ainsi que Cora nomma ces cavernes. Ces trous n'étaient pas très hauts, il fallait se baisser pour entrer et sortir.

Au milieu de l'espace de la première « chambre » s'élevait une toute petite caverne qui contenait un feu captif. Il brûlait tristement dans sa niche étroite, sans risque de s'échapper au-dehors. La fumée montait tout droit par un trou et sortait de la maison par un autre trou percé juste au-dessus et fait de pierres entassées afin que les roseaux ne s'enflamment pas.

Noun regardait ce feu prisonnier, obligé de faire son travail de feu sans pouvoir lancer haut dans le ciel ces flammes joyeuses et ces étincelles crépitantes qui réjouissent le cœur des hommes accroupis en rond tout autour. Cora vit que Noun s'intéressait au feu dans sa prison. Elle le montra du doigt et dit : « Poêle. » Puis, désignant une niche ou rôtissait une pièce de viande, elle dit : « Four. »

Sur le haut du poêle était posé un objet creux, semblable à une grosse outre, mais à une outre rigide, capable de tenir debout toute seule. Ogh sut que c'était là une de ces choses, faites d'une certaine terre cuite au feu, dont avait parlé Youg en regrettant que le secret en soit perdu. Cora vit son intérêt pour cette chose. Elle dit : « Pot. » Ogh répéta : « Pot. » Il le toucha du doigt. Le pot était brûlant. La chaleur du feu le traversait sans le consumer ! L'eau qu'il contenait dansait à grand bruit, secouant des morceaux de viande mêlés à des racines et à des herbes. L'odeur de cette nourriture fut agréable aux narines d'Ogh. Noun aussi voyait tout cela et le mettait dans sa tête.

Il y avait un peu partout, rangés le long des murs ou pendant aux poutres, des pots de toute forme et de toute grandeur. Les plus grands, hauts presque comme un homme, emplissaient une chambre à eux seuls. Ils contenaient la réserve de grain. Ils virent aussi des objets de vannerie, des paniers, des outils faits de cette étrange pierre noire si lisse, si brillante.

Sur l'invitation muette de Cora, les trois femmes s'accroupirent sur une natte de fibres tressées. Ghal et Ogh observèrent ce qu'allaient faire les maris.

L'un d'eux posa sur la natte de larges choses creuses en terre cuite, des lames de pierre noire, des petits pots prolongés d'un long manche, d'autres pots, hauts et étroits, contenant de l'eau. Le deuxième mari s'affairait autour du poêle. Le troisième découpait des tranches de viande rôtie. Quant au dernier, le plus âgé, il donnait à manger aux enfants en leur racontant des histoires qui les faisaient rire.

Ogh, les bras ballants, empêtré de sa grande carcasse, se demandait quoi faire. Ala l'interpella :

– Eh bien, mon mari, tu ne t'occupes pas de ta petite femme ?

Pris au dépourvu, Ogh saisit un grand pot plein d'eau et en versa dans le pot vide qui se trouvait devant Ala. Celle-ci se tourna vers Cora :

– Vraiment, chère, un seul mari, ce n'est décidément pas assez. Ce grand gaillard, là, est mon premier. Je crois que je n'ai pas eu la main heureuse. Il est souvent, comment dire, parti en voyage dans le dedans de sa tête, au lieu de se trouver tout entier là où est son vaste corps. Mais tu m'aideras à en trouver d'autres, n'est-ce pas ?

Cora s'amusait beaucoup. Elle entra dans le jeu :

– Certainement. Les maris, ce n'est pas ce qui manque ! Cependant, celui que tu as là ne me semble pas si mal, à moi. Si tu veux t'en débarrasser, je suis preneuse. Dis-moi, que vaut-il en amour ?

– En « amour » ?... Ah, tu veux dire : la pénétration ?

– La pénétration, bien sûr, et tout le reste. L'amour, quoi. Il est fort, son membre est de belles dimensions, en long comme en large. Encore ne l'ai-je pas vu pleinement déployé. Et il a l'air tendre de caractère. Je suis sûre qu'il doit caresser avec une grande douceur... Veux-tu me le prêter ? S'il me convient, je te l'échange contre un des miens. Tiens, celui-là, Olcar, le tout frisé. Il te plaît ?

Ala considéra Olcar.

– Beh... Un peu maigrichon, si tu veux mon avis. Et son pauvre membre est tout riquiqui. Il est complètement enfoui dans ses petites couillettes, comme un lapin timide qui n'ose pas montrer le bout de son nez.

– Oh, mais, c'est trompeur ! Ne t'y fie pas ! Tu vas voir.

Cora fit signe à Olcar, qui s'approcha, souriant. De ses longs doigts elle écarta la toison frisée, dégageant des boules tout à fait modestes, serrées et plissées en une petite noix ridée, comme si elles avaient froid. Un vague repli de peau signalait l'endroit où aurait dû se déployer dans sa gloire l'intéressant organe. Ala pouffa. Cora dit : « Attends ! » Elle prit délicatement ce bout de peau entre pouce et index et, très doucement, tira dessus. Un doigt d'enfant apparut au jour. Ala dit : « C'est tout ? » Cora dit : « Patience ! » Elle saisit tendrement cette chose ridicule entre ses lèvres, l'humecta de sa langue, et Ala vit l'objet grandir et gonfler dans la bouche de Cora, qui s'ouvrait au fur et à mesure et s'écarquilla bientôt au point que la petite se demanda si les mâchoires allaient tenir le coup.

Afin de donner à admirer dans toute sa splendeur ce membre qui était sa propriété, Cora, avec un certain regret, laissa ses lèvres écartelées glisser lentement le long de l'objet, qui n'en finissait pas de sortir d'elle, à se demander où elle avait bien pu fourrer tout ça. Ala était aussi épouvantée qu'admirative. Cora triompha :

– Alors ? Convaincue ?

Et, après un temps :

– Réflexion faite, non, je le garde. Il est trop beau. Choisis-t'en un autre.

Ala dit :

– Plus tard, peut-être. Mais je ne te conseille pas Ogh.

– Pourquoi donc ? Il a un défaut caché ?

– Il y a un tabou sur son membre.

– Un tabou ?

– Il s'est juré d'être à une seule. Il a mis le tabou sur son membre pour toutes les autres.

– Et qui est celle-là ?

Ala allait parler. Ogh dit, très vite :

– C'est mon secret.

Cora fronça le sourcil. La colère tremblait dans sa voix :

– Qui es-tu, toi, pour avoir des secrets ? Un homme n'a pas à décider de son membre. Un homme n'a pas à choisir. C'est nous, les femmes, qui choisissons. Et moi, je choisis celui-là.

Elle ajouta, courtoise :

– Si tu es d'accord, Ala.

Ala regarda Ogh. Ogh dit :

– Parle. Elle doit savoir.

Ala dit :

– Il est promis à la Déesse Mère.

Cora se dressa, blême, renversant l'eau et la nourriture.

– Blasphème ! Quel nom as-tu prononcé ? Et toi, homme, que prétends-tu ? La Déesse décide. Nul ne choisit pour elle. Et elle veut des hommes neufs. Pas des restes de sauvageonne. Ce nom ne devait pas sortir de vos bouches. Vous avez souillé ma maison, sauvages ! Je vais devoir la faire purifier selon les rites.

Ala se leva.

– Ça suffit comme ça ! Vous êtes des conasses aussi stupides que les chasseurs du clan de l'Élan avec leurs Puissances ! Allons-nous-en !

Noun, alors, parla. Très calme :

– Nous en aller ? Où ?

Puis, se retournant vers Cora, elle dit :

– Il faut pardonner à des étrangers. Nous sommes, tu l'as dit, des sauvages d'entre les sauvages. Nous ne pouvons pas connaître vos habitudes, ni vos tabous. Je te demande pardon au nom de cette petite et au nom de cet esclave, qui est mon fils, que j'ai porté dans mon ventre et nourri de mon lait. Tu as remporté la victoire sur ceux de l'Élan, les tueurs de femmes. N'assombris pas cette victoire. Ne devais-tu pas nous présenter à la Déesse ?

Ces sages paroles calmèrent l'irascible Cora. Elle dit :

– Tu as raison. Mangeons, puis nous irons.

Le repas, servi en silence par les maris, menaçait d'être assez morne. Ala déchirait la viande avec rage. Le loup gris, Ghal ne mangeant pas, refusa la nourriture. D'ailleurs, il ne mangeait que sa chasse. Noun, une fois de plus, se dévoua pour sauver la paix :

– Cora, si ce que je vais te demander est une incorrection ou si cela viole un tabou, ne m'en tiens pas rigueur. Je ne puis savoir ce qu'on ne m'a pas appris.

– Parle. D'avance, je te pardonne les offenses que, sans le vouloir, tu pourrais me faire. Et je prie la Déesse de pardonner à ton ignorance.

– Voilà. A ce que je puis juger, depuis ta naissance plus de quatre fois cinq hivers ont passé sur toi. Tu possèdes quatre maris en bon état, et il est certain que tu t'en sers avec ardeur. Chez ceux de l'Élan, une femme de ton âge aurait déjà porté six enfants et plus dans son ventre, à moins d'être semblable à moi, dont le ventre est devenu sec après la naissance d'Ogh, mon unique enfant. Or, ici, je ne vois que deux enfants, encore y a-t-il eu un grand nombre d'hivers entre leurs naissances. Les autres sont-ils tous morts ?

Cora prit le temps de mettre de l'ordre dans ce qu'elle allait dire, car ce serait une chose difficile à faire entrer dans la tête d'une femme élevée dans le clan de l'Élan. Enfin :

– Tes yeux savent voir, ta tête sait mettre les choses à côté des choses, ta langue sait poser les bonnes questions. C'est bien. Je te dirai donc ceci :

« Le ventre de la femme est le pire ennemi de la femme. Il fait d'elle l'esclave de l'homme. Pourquoi cela ? Parce que, dès qu'elle aura vu couler son premier sang, il y aura constamment un enfant qui mûrira dans son ventre.

Chaque enfant s'ajoutera à tous ceux qu'elle aura pondus auparavant, si bien qu'elle ne pourra rien faire d'autre ni n'avoir rien d'autre en tête que ces affaires de ventre plein, de mamelles nourricières, de mise bas douloureuse et parfois mortelle, d'enfants criards, imprudents, affamés... qui la mettent à la merci de l'homme, car lui est libre, il est fort, il crache son jus sans se soucier des suites, il veut que la femme soit à sa disposition et se fout du reste. Et comme il est dans la nature du mâle d'avoir besoin de dominer et de mépriser, et même de cogner, grâce à la femme le plus misérable des hommes a sous la main de quoi dominer, mépriser, et même cogner.

« Nous, celles des Déesses Mères, n'avons d'enfants qu'autant que nous les désirons. Et c'est nous seules qui décidons si la copulation sera pour le plaisir ou pour l'enfant.

« C'est pourquoi il nous a fallu d'abord avoir le pouvoir sur les hommes, car eux n'auraient jamais consenti à cela.

Noun avait écouté très attentivement. Elle leva la main en signe qu'elle voulait parler. Elle dit :

– C'est certainement une bonne chose, une très bonne chose, d'être maîtresse d'avoir ou de n'avoir pas l'enfant ! Une excellente chose, vraiment... L'ennui, c'est que cela ne dépend pas de notre vouloir. Puis-je te demander comment vous vous y prenez, ou bien est-ce un secret et y a-t-il un tabou ?

– Pour nous, cela dépend entièrement de notre vouloir. Ce n'est pas un secret pour les filles de la Déesse. Quand la Déesse t'aura admise parmi nous, tu sauras, toi aussi.

« Sache que si la Déesse est mère de la fécondité, elle est également mère de la stérilité. Car trop d'abondance peut se révéler plus néfaste encore que la pénurie. La Déesse est mère de la mesure en toute chose.

Ala, qui, depuis quelques instants, écoutait, intervint :

– Puisque les enfants sont enfoncés dans notre ventre par le membre des hommes, il faudrait pouvoir enlever la graine d'enfants qu'il y a dans le jus qui sort de ce membre et ne garder que le bon jus qui fait du bien ! C'est tout simple.

Cora, stupéfaite, bouche bée, regarda Ala presque avec épouvante :

– Tu... Tu as trouvé ça toute seule ?

– Bof... C'est une idée, quoi. Je ne dis pas que c'est facile à faire. Faut creuser.

– Mais c'est justement ÇA que font nos femmes-médecine !

– Quoi, « ça » ?

– Ce que tu viens de dire. Elles cousent certains petits boyaux très fins qu'il y a dans les couilles. Le bon jus sort, mais il n'y a pas de graine d'enfants dedans !

– J'ai inventé ça, moi ? Alors, je veux être... Comment dis-tu ? Ah, oui : femme-médecine. Et j'aurai plein de maris.

Noun dit :

– Voyons déjà la Déesse.

Cora dit :

– Aussitôt que les hommes auront fini de manger à la cuisine.

Cora avait relevé ses cheveux et mis ses « bijoux », qui étaient ces choses inutiles mais jolies à regarder que les femmes de là-bas accrochaient à leurs oreilles, à leur cou, à leurs poignets et partout où elles trouvaient un point d'accrochage. Elle en avait prêté à Noun et à Ala, lesquelles, après s'être énergiquement décrassées et avoir démêlé leurs cheveux, avaient tout à fait bonne allure. Suivies de l'escorte de leurs maris vrais ou faux et précédées du loup gris, elles traversèrent le village en suivant la rue et vinrent se présenter devant une maison semblable aux autres, quoique nettement plus grande.

En chemin, Ghal avait fait remarquer à Ogh que deux des maris de Cora portaient sur l'épaule plusieurs marques, l'une au-dessus de l'autre. Le plus âgé en portait quatre. Outre la mouette de Cora, il y avait une tortue, un lézard et une mouche. Ogh en avait déduit que ces dames changeaient souvent de maris et que, les marques étant certainement faites en témoignage d'amours éternelles, il était impossible de les faire disparaître, et que donc les marques des unions successives s'inscrivaient l'une derrière l'autre, en bon ordre, en descendant le long du bras. Un mari portant beaucoup de ces marques devait être une bonne affaire, ou alors c'est qu'il n'était tombé que sur des épouses volages.

L'ouverture – la « porte », dit Cora – était comme celles des autres maisons : deux troncs faisant piliers, encastrés dans le mur de boue séchée mêlée de paille hachée, un autre tronc par-dessus, appuyé sur les deux troncs debout. Une peau d'aurochs pendait en travers de la porte, ornée en son milieu d'un grand dessin bleu du contour de la Déesse Mère. Deux femmes étaient nonchalamment appuyées au mur, une à droite, une à gauche de la porte. Elles étaient grandes et fortes, leurs bijoux étaient tous bleus – « couleur aimée de la Déesse », expliqua Cora. Elles portaient au front et sur la poitrine, juste à la naissance du sillon entre leurs riches mamelles, le signe même que portaient sur l'épaule les esclaves : le contour sacré de la Déesse Mère.

Les deux grandes filles saluèrent amicalement Cora, lui léchèrent les lèvres, lui effleurèrent d'une main machinale les seins et le bas-ventre, ce qui semblait être ici les gestes banaux de la courtoisie. Elles la félicitèrent pour ses succès.

– Tu t'es bien défendue, dis donc ! Tu viens rendre compte ?

– Oui. Et je veux présenter deux nouvelles.

– Hmm. Des sauvages, tu veux dire. Grandies sous la loi du mâle. Pas bon, ça.

– Je me porte garante.

– A toi de voir. Et ça, là, c'est quoi ?

– Eux ? Les maris des nouvelles.

– Hou là ! Des prisonniers, oui ! Faut les marquer et les mettre avec les autres.

– Je te dis que c'est des cas. Ils sont les réguliers de ces deux frangines, là.

– Écoute. Tu te démerdes avec la hiérarchie. En attendant, tes deux zigotos, ils restent ici, dehors. Allez, entrez, les filles.

Elle souleva la peau d'aurochs.

Au moment de passer le seuil, Noun se tourna vers les deux garçons :

– A ce qu'il paraît, les hommes n'entrent pas ici.

Ghal dit :

– Vous nous raconterez.

La grande fille laissa retomber la lourde peau sur l'ouverture béante. Traînant les pieds, elle vint vers Ogh, tout près, le regarda droit dans les yeux, lui prit le membre à pleine main, le serra sans tendresse.

– T'as l'air d'un grand bébé, toi. Pas tellement le genre à en faire baver aux femmes, et pourtant... Tu es d'un clan pourri de chasseurs, vieux cons perdus dans leur trou du cul de jungle, cramponnés aux saletés de valeurs ringardes... T'en es encore au silex taillé, je parie ? Tu avais déjà vu un pot de terre allant au feu, avant aujourd'hui ? Et un champ de blé ? Et un troupeau d'aurochs ? Et du pain blanc ? Et du fromage ? Rien ! Tu pues ta cambrousse à gibier et ta méchanceté de mâle...

« N'empêche que je te me ferais bien. Tu as une belle queue, qui ne demande qu'à servir. Tu n'as pas de marque d'épaule, tu n'es donc à personne, jusqu'ici...

La deuxième fille, appuyée, bras croisés, de l'autre côté de la porte, jugea le moment venu d'intervenir :

– Il n'est pas marqué parce qu'il vient juste d'arriver. Et s'il vient d'arriver...

– Il n'est pas opéré ! Tu as raison ! Ouillouillouille ! Tiens-toi à carreau, Algo !

Elle lâcha ce qu'elle tenait si fort et précisa :

– Algo, c'est moi.

Tout content de comprendre enfin un mot, Ogh se frappa la poitrine et dit :

– Moi : Ogh.

La fille haussa les épaules.

– Ça me fait une belle jambe !

Ghal, allongé dans l'herbe, les deux mains sous la nuque et mâchonnant une tige de graminée, avait regardé cela d'un œil distrait. Il aurait volontiers plié une de ces deux-là sous lui pour la défoncer sans façon, d'autant que la longue privation se faisait sentir, mais il savait estimer quand on pouvait y aller et quand il valait mieux pas. Il donna l'ordre à son membre de se tenir tranquille et passa une main amie sur la tête du loup gris, qui lui balaya le visage d'un tendre coup de langue. Le loup gris, bien que démontré louve et femelle, n'avait pas voulu entrer là où Ghal n'entrait pas.

Passé le seuil, Cora, Noun et Ala se trouvèrent dans un petit endroit carré où, sur chacun des murs, s'ouvrait une porte masquée d'une peau. La porte du mur juste en face était plus large, le rideau qui y pendait plus ample et fait d'une peau plus recherchée : du bison bouclé, peut-être, dont l'espèce avait presque entièrement disparu et dont quelques vieux mâles farouches se voyaient encore au-delà des neiges de la haute montagne ?

Une jeune femme aux longs cheveux d'un noir intense les y reçut. Une seconde chevelure, aussi noire, aussi longue et aussi lisse que la première, s'étendait sur toute la largeur de son bas-ventre, d'une hanche à l'autre, et de là pendait jusqu'à ses genoux, si bien que cette femme, aussi nue en fait que n'importe quel être humain, semblait ne l'être que du visage et du buste, où pointaient deux petites mamelles brunes sous l'inévitable dessin du contour de la Déesse.

Noun se demanda furtivement si c'était bien convenable, tant de poils à cet endroit, et semblables à des cheveux. Quand cette femme se retourna pour écarter le rideau et leur faire signe d'entrer, elle apparut de dos, et là, des pieds à la tête on ne voyait que de la peau brune, avec juste une touffe qui pointait le nez entre les fesses. Noun se rasséréna. On ne cache son corps que l'hiver, parce qu'il faut bien se protéger du froid, et alors on s'enveloppe dans une peau de mouflon laineux, mais cacher quoi que ce soit de son corps sans nécessité était obscène, surtout les organes de la copulation, car, d'une part, ce sont les parties les plus belles, d'autre part, les cacher serait les mettre à l'abri, c'est-à-dire faire preuve de méfiance ou de dégoût à l'égard des amis et des gens de rencontre.

Noun redoutait ce qu'elle allait trouver derrière ce rideau. Ala, l'ex-épouse des Puissances, était peu impressionnée par l'approche des êtres suprêmes. Elle faisait joyeusement tintinnabuler ses colliers et ses bracelets – Cora lui avait appris ces mots.

Cora fit trois pas et, se laissant tomber à terre, se prosterna devant une espèce de butte carrée, au dessus plat, qu'il y avait là. Obéissant à ses préalables instructions, Noun et Ala en firent autant, deux pas en retrait de Cora.

Elles attendirent ainsi pendant un certain temps, le nez dans la poussière. Ala n'aimait pas ça. Elle éternua. Elle se dit : « Peut-être que je viens de violer le tabou du silence ? Peut-être que je vais mourir ? » Mais non, elle ne mourut pas. Elle pensa : « J'en étais sûre ! » tandis qu'une voix ravissante, tombant d'en haut, prononçait ces mots :

– Sois la bienvenue, Cora, ma chère fille. Relève-toi et présente-moi tes compagnes.

Ces gracieuses paroles furent perdues pour Noun et pour Ala, jusqu'à ce que Cora, se relevant, leur fît signe de l'imiter.

S'étant donc relevées à leur tour, Ala et Noun risquèrent un regard prudent vers le haut, cherchant d'où provenait la voix. Elle provenait de cette butte, faite de la même matière que les murs, et qui, maintenant qu'elles se tenaient debout, leur arrivait à hauteur d'œil. Le sol plat de la butte était couvert de fourrures précieuses, toutes de couleur noire, entassées sur plusieurs couches et pendant hors des bords de la butte. Mais ce qui stupéfia et fascina les deux fugitives du clan de l'Élan, ce fut la femme qui trônait là.

Couchée sur une pile de fourrures d'un blanc éclatant qui tranchait vivement sur le fond des fourrures noires, elle leur faisait face, le dos bien calé, les coudes appuyés sur des outres faites de cette même fourrure blanche – Noun et Ala apprirent plus tard que ces outres étaient des « coussins ». Elles virent tout d'abord un amoncellement de chairs d'un rose délicat, plus large que haut, une grappe serrée de rondeurs énormes mais que l'on sentait fermes sous la peau souple et fine... Bref, l'exact modèle en vraie grandeur de la statuette de la grotte aux lumières.

Le ventre de la Déesse était une étendue vaste comme un empire. Il débordait de part et d'autre les cuisses colossales qui filaient d'un jet vers les pieds minuscules sans marquer le genou autrement que par deux fossettes profondes. Si petits étaient-ils, ces pieds joints, que la Déesse semblait se terminer en pointe.

Ses mamelles fabuleuses, tels des sacs pleins à craquer, étaient rejetées sur les côtés. A chacune s'accrochait un enfant dodu qui tétait goulûment, sa petite bouche distendue serrant de toutes ses forces un mamelon gros comme un membre d'homme. Deux adolescentes ruisselantes de bijoux dans toutes les nuances du bleu présentaient les bébés aux mamelles sacrées.

Au bas de l'ample colline du ventre, la fente de délices faisait face aux deux femmes, tellement bombée que, en dépit des cuisses serrées, ses bords glabres et épais débordaient de la toison bouclée comme une bouche lippue au milieu d'une barbe drue.

Aucun bijou, sauf, sertie dans le nombril de la Déesse, une de ces pierres sans couleur, transparentes comme l'eau, trop dures pour être taillées, que des voyageurs apportent de très loin et qui s'échangent contre des troupeaux d'esclaves ou des montagnes de fourrures rares.

Par-delà les ondulations superposées des multiples mentons, le visage apparaissait, étonnamment jeune. Nulle bouffissure ne le déformait, les joues étaient celles d'une toute jeune fille, deux beaux yeux vifs et gais l'animaient. La chevelure aux amples boucles brunes ruisselait sur les puissantes épaules, encadrant et adoucissant encore ces traits ravissants.

La voix charmeuse parla de nouveau :

– Eh bien, Cora, j'apprends que tu n'as pas patrouillé en vain ! Tu nous ramènes des mâles nouveaux, paraît-il ? Raconte-moi un peu cela. Et d'abord, dis-moi, qui sont ces deux-là ?

Cora répondit gaiement :

– Ça n'a vraiment rien eu de difficile, Déesse, ni rien de bien glorieux. Une bande de pouilleux arriérés qui avaient pénétré dans tes territoires pour reprendre deux de leurs femmes fugitives. Ces deux-là, justement.

Il semblait que le rituel était ici fort peu exigeant et le contact avec la divinité tout à fait dénué de cérémonie. Cora s'adressait à la Déesse comme à une vieille amie. Les deux jeunettes qui tenaient les bébés écoutaient et pouffaient sans retenue. Noun était étonnée de cela. Ala se disait : « Voilà ce que c'est que d'avoir directement affaire aux dieux ! Ce sont ceux qui prétendent Leur parler en notre nom – mon cul, oui ! – qui y mettent tous ces chichis ! »

La Déesse rit de bon cœur. Une espèce de tremblement de terre se propagea, faisant tressauter ses abondances. Elle dit :

– Ces deux filles sont donc des sauvages ?

– Elles sont nées et ont été élevées parmi les brutes d'un clan de chasseurs.

– Pourquoi se sont-elles enfuies ? Les femmes des chasseurs ne s'enfuient pas.

– Elles l'ont fait pour venir à toi, Déesse.

– Oh, oh... Elles te l'ont dit ? Et tu les as crues ?

– Elles me l'ont dit alors qu'elles ne savaient pas qui nous étions. C'est pourquoi je les ai crues.

– Allons, allons... Comment pouvaient-elles connaître mon existence et le chemin pour venir jusqu'ici ?

– Il existe une tradition, Déesse. Ces femmes me l'ont expliqué.

– Une tradition ? Chez les sauvages ? Explique-moi un peu ça, à ton tour.

– C'est un récit que les femmes se transmettent en secret, de femme à femme, depuis les temps d'avant les temps. Elles se souviennent de ce qu'était la vie avant que les clans de chasseurs venus des contrées sauvages n'apportent le massacre, le malheur et l'esclavage des femmes. Elles savent que tu existes, elles croient en ta puissance et en ta justice. Elles te rendent un culte secret. Elles savent qu'un jour viendra où tu triompheras et rendras la liberté à toutes les femmes.

– Vraiment ? Mais je n'ai nulle envie de faire la guerre, sauf pour me défendre !

– Je te rapporte ce que j'ai appris. La légende existe, tu n'y peux rien. Ces deux-là n'ont pas voulu se contenter de vagues espoirs et de paroles exaltées. Elles se sont enfuies, ont traversé déserts et jungles pour te trouver.

– Mais enfin, Cora, des femmes de chasseurs ne savent pas se servir des armes, ni suivre une piste, ni vaincre la peur... Ce sont de pauvres bêtes à chagrin, des bras pour travailler, des trous à défoncer, des dos à bâtonner...

Cora eut l'air quelque peu embarrassé.

– A vrai dire, Déesse, l'idée première est venue d'un homme.

– D'un homme ? Un chasseur, tu veux dire ?

– Justement, non. Pas un chasseur. Le fils d'une de ces deux-là, un tailleur de silex. Il a vu une image de toi – c'est la statuette que je t'ai fait porter –, et...

– A propos, je te remercie, Cora. Les trois statuettes sont enfin réunies, grâce à toi.

– Grâce surtout à Ogh, Déesse !

– Ogh ?

– Ce garçon s'appelle Ogh.

– Nom de sauvage !

– Ce sauvage, à la seule vue de la statuette, est tombé amoureux fou de toi.

– Voyez-vous ça !

– Je t'assure. A un point inimaginable. Mystique, si tu vois.

– Mais oui. Mystique, je vois. Expression tout à fait adaptée quand il s'agit de la Déesse. Alors, tu dis que ce garçon a pris tous ces risques et s'est donné tout ce mal parce qu'il a vu une image de moi ?

– Figure-toi qu'il a été jusqu'à mettre le tabou sur son membre.

– Qu'est-ce qu'il a fait à son membre ?

– Il a mis un tabou dessus : il ne s'en servira pour aucune autre femme que toi.

– C'est touchant. Et il tient le coup ?

– Je peux te l'assurer.

– Bof... Peut-être son membre n'aime-t-il pas les femmes non déesses ?

– Je suis bien sûre du contraire.

– Tu as essayé, hein ?

– Oh, juste pour voir. Je ne serais pas allée jusqu'au bout. De toute façon, rien à faire.

– Mais son membre ? Il se dressait, son membre ? Tu l'as vu ?

– Il se dressait. Je l'ai vu.

– Tu me rassures.

– Je continue ?

– Je t'en prie.

– Ce garçon s'est mis à fouiner. Il a entendu quelque chose au sujet du culte secret des femmes pour les Déesses Mères. Il a forcé sa propre mère à lui dire où se trouvait ce mystérieux territoire qu'elles étaient censées habiter, et comment on y allait. Entre nous, il avait toutes chances pour que cette légende soit comme toutes les légendes : du vent. Son frère d'amitié, un nommé Ghal, a tenu à venir avec lui...

– Comment as-tu dit ?

– Ghal.

– Avec un H aspiré ?

– C'est cela.
– Noms de sauvages ! Je ne m'y ferai jamais.
– Ghal, donc, son frère d'amitié, s'est joint à lui...
– Celui-là aussi est amoureux de moi ?
– Quel homme ne serait amoureux de toi ?
– Arrête la lèche ! Dis-moi.
– Je ne sais pas. Franchement, il me semble que ce n'est pas le genre à tomber amoureux.
– Même d'une Déesse ?
– Parce que, en plus, il te les faut amoureux, maintenant ?
– Pour être Déesse, on n'en est pas moins femme.
– Laisse-moi au moins terminer mon rapport. Nous papoterons après.
– Bon, bon. Vas-y... Que veux-tu, j'aime presque autant en parler que le faire.
– Donc, les voilà prêts à partir, Ghal et lui. Mais la petite futée que tu vois ici, derrière moi, surprend le complot et les force à l'emmener avec eux. Là-dessus, la mère d'Ogh, que tu vois ici également, prend la caravane en marche, et voilà. Ces quatre-là – plus le loup gris, qui est une louve amoureuse de Ghal, j'oubliais – ont suivi l'itinéraire tel que le prescrit la légende et, chose incroyable, sont arrivés ici. Enfin, presque. Ils en étaient à deux jours de marche quand les chasseurs de leur clan les ont rattrapés. Par chance, j'étais en tournée d'inspection dans le secteur. Mes nénettes ont réglé ça en moins de deux... A propos, il y a des prisonniers. On te les a présentés ?
– Oui. Du fretin. Des queues minables. Ces chasseurs, ça a surtout une grande gueule et de la méchanceté plein le corps. Mais, dis voir...
– Oui ?
– Tes deux bonshommes, là, qu'en as-tu fait ?
– Ils attendent dehors, puisque aucun homme ne peut pénétrer ici.

– Sauf si c'est mon désir.

– Ça l'est ?

– Je ne sais pas encore... Voyons déjà les deux filles. Tu feras l'interprète, puisque tu parles le langage de ces brutes... Au fait, où as-tu appris ça ?

– J'ai eu un mari de cette race-là. Un prisonnier. Il s'était fait choper au cours d'une razzia.

– Et vous n'aviez rien de mieux à faire que l'étude des langues étrangères ?

– J'aime m'instruire. J'aime aussi comprendre les mots d'amour que l'homme crie pendant le plaisir.

– Tu t'es lassée de lui ?

– Quand je me suis aperçue que ses mots d'amour, c'étaient des trucs dans le genre : « Tiens, salope, prends ça dans ton sale cul de putain pourrie ! » ou encore : « J'emmerde la Déesse Mère et je chie sur ses pouffiasses ! »

– Tu as bien fait.

Cora fit avancer Noun et Ala. L'interrogatoire fut sommaire. D'où elles venaient, on le savait. Ce qu'elles désiraient : vivre en paix au pays de la Déesse Mère. Ce leur fut bien volontiers accordé, à la condition qu'elles se plieraient aux coutumes du lieu, fort peu contraignantes pour les femmes. Cora les leur détaillerait plus tard, bien à l'aise.

Noun promit tout ce qu'on voulut, pourvu qu'on ne fît pas de mal à son fils. Ala plissa le nez comme un rat qui renifle l'appât, finit par lâcher un « oui » réticent et demanda comment on devenait Déesse Mère.

La Déesse Mère leva, au bout d'un bras considérable, une charmante petite main aux doigts fuselés et dit, de sa voix charmante, avec un charmant sourire :

– C'est bien. Allez en paix, mes filles.

Comme elles atteignaient le seuil, la voix céleste ajouta :

– Après tout, Cora, amène-moi donc tes deux hirsutes.

Au passage, Cora et la fille à la chevelure abusive échangèrent les politesses d'usage entre femmes : léchouillage de lèvres et caresse légère aux bons endroits. Noun, qui venait ensuite, eut la surprise et l'honneur, étant désormais sujette de plein droit de la Déesse Mère, de sentir une langue friponne se promener sur la sienne – elle respirait toujours la bouche entrouverte – tandis que deux pointes de mamelles se frottaient gentiment aux siennes et qu'un doigt amical parcourait la longueur de sa fente. Elle eut un recul, qui étonna. Se rappelant qu'elle venait de promettre de se plier aux us locaux, elle sourit, tira une langue exagérée, lécha plus qu'elle n'effleura, et sa main pleine de bonne volonté mais encore malhabile plongea trop avant dans le gouffre aux merveilles. Elle était nouvelle, ce lui fut pardonné.

Ala pensait à autre chose. La soudaine sensation d'une mollesse humide sur ses lèvres lui fit croire à quelque limace égarée. Elle cracha avec un « Pff ! » de dégoût puis, s'apercevant de sa méprise et voulant, pour se racheter, faire bonne mesure, elle engloutit avec empressement la totalité de la langue courtoisement offerte, ce qui provoqua l'effroi de la propriétaire de cette langue, qui employa toutes ses forces pour la récupérer. Vexée qu'on n'appréciât pas mieux ses efforts de politesse, Ala mordit un bon coup la langue martyre avant de la laisser aller. L'esprit de vengeance s'éveilla chez l'interlocutrice. Sa main, en position pour effectuer l'aimable parcours de l'entrecuisse, saisit à pleine poigne l'ensemble de la touffe, des grandes lèvres et de tout ce qui traînait dans le coin, et tordit sauvagement. Ala hurla, empoigna l'autre aux cheveux (ceux d'en haut) et, bref, on ne sait trop ce qu'il en serait advenu si Cora, dont l'autorité en ces lieux était grande, n'était intervenue.

7

Les deux filles qui montaient la garde à la porte s'amusaient bien. Deux grands beaux mâles sauvages à asticoter, ça n'arrivait pas tous les jours ! Elles lançaient à Ghal et à Ogh de grosses blagues de garnison dont ils ne pouvaient évidemment pas saisir le sel, c'était bien dommage, alors elles les accompagnaient de gestes d'une éloquente obscénité, ce qui faisait rire à se rouler par terre la bande de fillettes nues comme asticots qui s'était amassée autour de cette occasion de rigolade. Ghal dit à Ogh :

– C'est pour en arriver à ça que tu m'as fait venir de si loin ? Je n'ai jamais été humilié par une femelle. Si ces deux-là continuent, je ne vais pas pouvoir me retenir encore longtemps.

Ogh fit remarquer :

– Doucement, frangin. C'est elles qui ont les armes, pas nous. Et elles savent s'en servir.

– Tu te figures que leurs javelots m'arrêteraient ? En moins de deux je les leur fais bouffer, moi, leurs javelots de gonzesses ! Je suis Ghal, le chasseur. Pas un de ceux de l'Élan, pas même Celui qui marche en avant, n'a jamais osé se payer ma figure. Alors, ces merdeuses à mamelles...

– Celui qui marche en avant, il marche désormais à

plat ventre, souviens-toi. Et souviens-toi aussi que ce sont ces merdeuses qui l'ont couché sur l'herbe.

– Ah, non ! Là, tu te trompes. Lui, c'est le loup gris qui lui a réglé son compte.

– Je parle de celui qui a pris sa place, et de tous les chasseurs, les meilleurs du clan de l'Élan, qui sont maintenant morts, ou prisonniers, ou va savoir ce qu'elles en ont fait...

Les filles s'étaient tues et écoutaient, dans l'espoir de saisir, sinon un mot, du moins une mimique. Elles ne furent pas déçues. Ce qu'elles lurent dans les yeux de Ghal, et aussi dans ceux du loup gris, leur flanqua un sacré frisson. Elles se regardèrent avec un rire qui sonnait le fêlé.

Ghal gronda, dents serrées :

– Et ça ricane !

Ogh le calma :

– Tu sais, les filles, ça crâne comme ça. Mais je vais te dire une chose : plus ça ricane, plus ça en a envie.

– Tu sais ça, toi ?

– Je sais ça, oui. Depuis que je vois le visage de celles d'ici, je sais pas mal de choses. Celles de par chez nous, on n'en voyait que le cul. C'est pas causant, un cul.

La peau d'aurochs se souleva. Cora apparut, précédant une Noun en extase et une Ala enragée. Elle chargea une gamine de les accompagner jusqu'à sa maison, ce que la petite fit bien volontiers, et les voilà parties, escortées par la bande de fillettes hilares qui, le spectacle étant apparemment terminé ici, n'étaient pas fâchées d'aller voir ce qui se passait ailleurs, on ne sait jamais.

Ghal et Ogh, les deux frères d'amitié, pénétrèrent derrière Cora dans le sanctuaire.

Ogh vivait le plus intense moment de sa vie. Ghal, au

passage, eût volontiers pris le temps d'écarter à deux mains l'onduleux et somptueux rideau vivant qui tombait jusqu'aux genoux de la fille de l'antichambre, afin de voir ce qu'il pouvait bien y avoir derrière, mais Cora hâtait le mouvement, pas question de faire attendre la Déesse.

Cora les avait prévenus : « Ne levez pas les yeux avant que je ne vous l'aie dit. En tout point, faites ce que je fais. » Le seuil franchi, elle avança de trois pas et se prosterna. Les deux garçons firent de même, d'assez mauvaise grâce. Le loup gris en profita pour lécher le visage de Ghal, puis il s'assit gravement sur sa queue. Les loups ne se prosternent pas, fût-ce devant une déesse.

D'en haut tomba la voix de délices :

– Eh bien, ma Cora, voyons un peu ce que tu m'apportes ! Dis-leur de se mettre debout. Je voudrais bien voir autre chose que leurs trous du cul... A propos, il faudra leur apprendre à s'essuyer. Ces sauvages ont des façons un peu trop relâchées.

Ils se relevèrent. Devant eux était cette butte. Les yeux d'Ogh coururent le long de la butte, de bas en haut. Et il la vit.

Rose et blanche sur son lit de fourrure, il la reconnut. Telle qu'il l'avait rêvée ! Tellement mieux qu'il l'avait rêvée ! Suprêmement femelle. Fabuleusement femelle. Chair innombrable. Océan de tendresse. Mamelle et fente, cime et gouffre, monts et vallées, inaccessible et si présente, indiscutable, irréelle, souveraine.

Et il vit ses yeux.

Ogh sut alors qu'il était perdu.

Les enfants ne tétaient plus les glorieuses mamelles. Ils dormaient, repus, au bras des deux filles aux bijoux bleus. Elles les berçaient en chantant doucement, à voix psalmodiée, une mélodie infiniment lente qu'elles accompagnaient d'un souple balancement de tout le corps. Le doux froissement de leurs bijoux rythmait la mélopée. Voici ce que chantaient ces filles :

Tu es Celle, ô Déesse,
Qui fait germer la graine et mûrir l'épi,
Tu es Celle
Qui fait revenir le soleil de son exil d'hiver,
Tu es Celle
Qui fait tomber l'eau du ciel quand la terre a soif
Et qui l'arrête avant que ce ne soit trop,
Celle qui engraisse le mouton dans la prairie,
Celle qui emplit les ventres et accroche les rires aux visages,
Celle qui met le désir au cœur de la femme,
Celle qui fait grossir le membre de l'homme,
Celle qui mûrit les enfants aux ventres des mères
Et les oisillons au creux des nids.
Tu es Celle qui n'exige jamais
Qu'on meure pour Elle,
Qu'on souffre pour Elle,
Qu'on s'humilie pour Elle.
Tu es Celle par qui de la mort renaît la vie,
Tu es l'Amante et tu es la Mère,
Tu es le Désir et tu es le Refuge,
Ta fente est immense et le monde en est sorti,
Avec ses forêts, avec ses montagnes,
Avec ses déserts et ses océans,
Avec son ciel, avec ses nuages, et sa lune, et son soleil,
Avec tous ses vivants,
Car tu es la Vie,
Car tu es l'Amour,
Car tu es Toi,

L'Unique,
La Toute-Bonne,
Celle qui nous aime et que nous aimons
A tout jamais,
Ô Déesse,
A tout jamais.

Tout au long, Cora mêla sa voix fervente à l'hymne d'adoration.

Les deux jeunes filles se turent, s'inclinèrent devant la Déesse, puis sortirent, emportant les bébés. Tant qu'avait duré le chant, la Déesse, impassible, avait examiné les garçons. Elle parla enfin :

– Ils sont beaux, Cora. Vraiment beaux. Je les garde. Lequel, m'as-tu dit, était amoureux de moi sans m'avoir vue ?

– Celui-ci, Déesse. Ogh.

– Il a l'air doux. C'est bien le genre à adorer une chimère. Qu'en est-il, maintenant qu'il m'a vue ?

– Constate toi-même.

– Je vois. Il est transi. Pétrifié. D'horreur, peut-être ?

– Déesse ! Tu fais ta coquette !

– Tu as raison. Je m'amuse. Je lis en lui. Quel amour ! Quelle ferveur ! Il a davantage envie de mourir pour moi que de me planter son truc là où ça se plante !

– L'un n'empêche pas l'autre.

– Crois-tu ? Eh bien, je vais te dire. Quand tout l'amour est dans la tête, il n'en reste plus pour le bas-ventre. Tu devrais savoir cela, Cora. Tu as de l'expérience.

– Déesse ?

– Oui ?

– L'autre t'intéresse davantage. Je me trompe ?

– Eh bien... Vois-tu, mes jumelles vont bientôt être en âge de quitter la mamelle. Et je commence à sentir comme un creux en moi.

– Envie d'être pleine ?

– Je pense que c'est ça. Tout à fait normal. Une Déesse Mère, faut que ça ponde, non ?

– Tu es la fécondité même. Mais tu as beaucoup donné, ces dernières années. Tu pourrais espacer un peu.

– Mais c'est que j'en ai envie, moi ! Et c'est la vue de ton sauvage, là... Comment l'appelles-tu, déjà ?

– Ghal.

– C'est ça. Avec l'H aspiré. Je l'appellerai Gal, sans me racler la gorge. Il s'y fera. De toute façon, il n'a pas le choix... Oui, je te disais. La vue de ce Gal a réveillé en moi l'envie d'avoir un gosse dans le ventre. C'est curieux, non ? Toi, tu aurais juste envie de sa queue dans ta fente. Tu en as d'ailleurs envie ! Si tu crois que ça ne se voit pas...

« Moi, tu comprends, c'est l'idée que son machin m'enfonce une grosse fille dans la tripaille qui me fait de l'effet... Tiens, rien que d'en parler, je suis trempée... Et une fille qui aurait sa jolie petite gueule de brute... Allons, c'est dit. Il sera le prochain Époux.

Cora demanda, faussement désinvolte :

– Et l'autre ?

– Toi, je te vois venir ! N'y compte pas, ma petite ! L'autre, je me le garde aussi. Pour plus tard... Et puis, tu m'as dit qu'il a mis un tabou sur son outil. Tu ne pourrais rien en tirer.

– Ça, c'est à voir. La difficulté m'excite... Mais bon, tu as parlé, Déesse.

– Un peu, que j'ai parlé !

Cora se demandait par quel bout commencer. Elle se lança :

– Voilà. Vous, les filles, vous êtes des sujettes d'entre les libres sujettes de la Déesse. Cela veut dire que vous allez avoir chacune une maison, la Déesse vous prêtera autant d'hommes qu'il en faudra pour les construire, puis vous vous choisirez des bonshommes parmi les prisonniers non encore marqués : il y en a pas mal de disponibles, nous avons fait ces temps derniers quelques razzias dans les environs, il y a eu de beaux arrivages. Vous en ferez ce que vous voudrez, des esclaves ou des maris. Il n'y a d'ailleurs pas grande différence.

Ala s'écria, les yeux brillants :

– Je n'ai qu'à taper dans le tas, et ceux que je choisis, ils sont à moi ?

– Tout à fait. Mais il ne faut pas qu'ils soient marqués. S'ils portent une marque, c'est, soit celle de la Déesse, et alors ce sont des esclaves publics, soit celle de l'une d'entre nous, et alors ils sont la propriété de cette femme, qui peut vous les échanger contre n'importe quoi ou vous en faire cadeau, à vous de vous faire des amies.

Noun, soucieuse, demanda :

– Et pour manger ? Les hommes chasseront pour nous ?

– Aucun souci. Toute la nourriture est donnée par la Déesse. La terre lui appartient, et aussi tout ce qui pousse dessus, et aussi le bétail qui paît dessus, et aussi les hommes qui font pousser le grain dans la terre et qui soignent le bétail. La Déesse donne à chacune ce qu'il lui faut. Si tu n'as pas assez, tu en redemandes. Mais elle interdit qu'on gaspille, car gaspiller, c'est insulter la terre et blasphémer le nom de la Déesse... Pourquoi es-tu triste, Noun ?

Noun soupira :

– Parce que Ogh, l'enfant que j'ai mis au monde, n'est ici qu'un esclave, alors que, chez ceux de l'Élan, c'était un tailleur de silex habile de ses doigts et respecté de tous.

– Noun, sache qu'ici un esclave est respecté de tous, s'il se tient à sa place. Sache aussi qu'il est beaucoup plus heureux que le plus brave des chasseurs d'un clan de chasseurs.

– Oui, mais il est esclave.

– Noun, Noun, ne vois-tu pas que ton fils est esclave de son plein gré ? Il est esclave dans sa tête, il est esclave dans sa chair. Il serait esclave n'importe où. Esclave de la Déesse. Esclave d'amour. Il l'était déjà là-bas, chez ceux de l'Élan, depuis qu'il avait vu son image. Tu sais cela, Noun, puisque c'est cet amour qui vous a menés jusqu'ici.

Noun dit, sombrement :

– Le jour où il a vu cette image fut un jour de malheur. Et je sens venir de plus grands malheurs.

– Tu blasphèmes ! Ogh a retrouvé la statuette perdue, il l'a rapportée à la Déesse. C'est un grand bonheur pour nous toutes. Et la Déesse l'a choisi. Ton fils ne remuera pas la terre, ne portera pas de choses lourdes, ne fera aucun travail sale et fatigant... Et toi, tu seras servie et honorée, tu choisiras selon ta fantaisie l'homme qui te pénétrera, tu seras aimée et caressée, tes caprices seront sacrés... Chez ceux de l'Élan, tu étais déjà une vieille, tu étais battue, défoncée, traitée comme une merde dans laquelle on vient de marcher... Allons, Noun, ma chérie, te plaindre serait insulter aux bienfaits de la Déesse.

Noun cependant demeurait préoccupée :

– Ogh a couru tous ces dangers par amour pour la Déesse, pour se donner à elle. Or, c'est Ghal, son frère d'amitié, qui sera l'Époux. Ogh souffre dans son âme.

Cora regarda Noun avec embarras. Elle fut sur le point de dire quelque chose, puis, se ravisant, elle soupira seulement :

– C'est vrai. Ce ne sera pas lui l'Époux.

Une tristesse passa dans ses yeux. Elle se secoua et dit gaiement :

– D'autres questions, les filles ?

Ala leva le doigt.

– Tu nous as expliqué que vous n'avez d'enfants que

lorsque vous avez décidé d'en avoir. Bon. Déjà, hein... Mais je regarde autour de moi et je ne vois, en fait d'enfants, que des petites filles. Toi-même, tu as deux filles, et pas de garçon. Êtes-vous donc également maîtresses de faire que ce qui mûrit dans votre ventre ait un membre ou une fente ?

Cora rit de bon cœur.

– Non. Nous ne savons pas faire cela.

– Alors, vous ignorez ce qui sortira de votre ventre ?

– Malheureusement.

– Donc, une fois sur deux, c'est un mâle ?

– A peu près.

– Qu'en faites-vous ?

– Nous l'offrons à la Déesse, qui le confie à des esclaves chargés de le nourrir et de l'élever.

– Et que deviendront-ils, ces enfants mâles ?

– Des esclaves, des maris, que sais-je ?

– Tout comme ceux que vous raflez dans vos expéditions de guerre ?

– Oui, bien sûr. Nous avons besoin d'hommes, pour faire le travail et pour nous aimer.

– Et les enfants de la Déesse ?

– Les enfants de la Déesse... ?

– Ben, oui. Les petits mâles. Eux aussi ?

– Eux aussi, cela va de soi. Qui est mâle n'est rien, chez nous... Mais nous les traitons bien.

– Hm...

Ala sembla chercher dans sa tête. En fait, elle se demandait si ce qu'elle allait dire était un blasphème ou violait un gros tabou. Elle se décida :

– La Déesse Mère, c'est toujours la même ?

Cora ne s'offusqua pas – Ouf ! Ce n'était pas un blasphème ! Elle répondit :

– Que veux-tu dire ?

– Eh bien, je me demande... Elle est là depuis les temps d'avant les temps? Elle ne meurt pas?

Le visage de Cora devint grave :

– Il y a toujours une Déesse Mère.

– La même?

– Quand la Déesse Mère sent que son temps va finir, elle désigne la Déesse Mère qui viendra après elle, lui transmet ses pouvoirs de Déesse et lui donne le monde avec tout ce qu'il y a dessus, dessous et autour.

– Ah, oui? Et où la prend-elle?

– Sache que dans la maison de la Déesse il existe plusieurs chambres que vous n'avez pas vues. Dans certaines de ces chambres grandissent des fillettes nées du ventre de la Déesse et qui, lorsqu'elles sont en âge, secondent la Déesse dans ses nombreuses tâches. L'une d'elles sera la nouvelle Déesse Mère.

– C'est donc fatalement une fille sortie du ventre de la Déesse?

– En effet. Mais cela ne suffit pas. Les pouvoirs ne se transmettent pas seulement par le ventre, mais aussi par les Signes. Seule une Déesse Mère peut transmettre, par le ventre et les Signes, les pouvoirs à une Déesse Mère.

– Et qui apporte la graine d'enfant dans le ventre de la Déesse?

– L'Époux.

– Elle n'en a qu'un?

– Elle n'en a qu'un. Il ne sert qu'une fois.

– Disons « un à la fois », alors. Il lui faut donc autant d'Époux que d'enfants?

– Sauf si elle a des jumeaux, ce qui se produit souvent, car le ventre de la Déesse est fécond comme la terre à qui elle commande.

Cora ajouta :

– En dehors de l'Époux, la Déesse a des maris, pour le

plaisir des caresses et de la copulation, et aussi des esclaves. Et tous nos maris sont ses maris, et tous nos esclaves sont ses esclaves. La Déesse est souveraine maîtresse de nos biens comme de nos personnes. Mais elle ne peut engendrer que par la copulation sacrée de l'Époux.

Ghal, futur Époux, était dispensé de tout travail. Il ne portait pas la marque de la Déesse sur l'épaule, ainsi que les autres hommes, mais au milieu de la poitrine, comme les femmes-soldats de la garde particulière de la Déesse. Il s'étonnait de n'avoir pas encore été convié à copuler avec la Déesse. Il en avait demandé la raison à Cora, qui lui avait expliqué :

– La copulation de la Déesse avec l'Époux est chose grave et solennelle. La nature entière y participe. Elle ne peut se faire que lorsque les Signes dans le ciel, dans les eaux et sur la terre le permettent. Car elle a pour but d'introduire dans le ventre de la Déesse le germe d'une possible future Déesse Mère.

– Qui juge si les Signes sont favorables ?

– La Déesse Mère, bien sûr. Personne n'est au-dessus d'elle. Personne ne peut juger pour elle. Elle est toute science comme toute sagesse.

Cora s'était tue, pieusement, en réalité pour s'efforcer de détourner ses regards de ce membre sauvage qui tant lui faisait envie et qui pendait, tentateur et nonchalant, hors de la touffe sombre du bas-ventre de Ghal. Elle ajouta :

– J'ai remarqué qu'il s'écoule en général une lune pleine après le sevrage de son dernier enfant avant que la Déesse ne consulte de nouveau les Signes en vue d'une copulation avec l'Époux choisi.

Ghal avait bondi :

– Mais elle a encore ces jumelles pendues aux

mamelles ! Il se passera donc au moins une lune entière avant que je ne sois appelé à ensemencer le ventre de la Déesse ? C'est bien cela ?

– C'est bien cela.

– Sans copuler ?

– Sans copuler.

– Mais mon membre est affamé ! Depuis trop longtemps il se dresse dans le vide ! Et toutes ces femelles insolentes autour de lui, toutes ces croupes, ces mamelles, ces fentes, qui l'appellent et le provoquent ! Je ne pourrai pas tenir ! Tiens, en ce moment même, je me retiens à grand'peine de te plier sous moi et de te pénétrer jusqu'au plus profond de ton ventre. Vois : il se dresse, il te veut !

Disant cela, Ghal avait saisi Cora à la taille et l'avait présentée de dos devant lui, ployant son échine de sa main puissante et fouillant de son membre l'entrefesses sans défense. Il s'était retrouvé sans savoir comment le nez dans les cailloux, le bras tordu dans le dos, incapable de bouger. Il avait regretté d'être sorti sans le loup gris.

Cora, d'une voix qu'elle eût voulue sévère mais que son propre trouble altérait, dit :

– Ne recommence jamais ! Ma fente t'est interdite. Toutes les fentes te sont interdites, même celles des brebis et des génisses. Tu es l'Époux. Toucher à une autre femelle que la Déesse serait le Grand Sacrilège, pour toi et pour la femelle. Vous seriez suppliciés et mis à mort. Le village devrait subir les rites de la purification. Et, si telle était la colère de la Déesse, le feu du ciel descendrait sur le village et il n'en resterait rien.

Ghal se releva, frottant son bras.

– Tu m'apprendras ça ?

Cora sourit :

– Ce serait trop dangereux pour nous deux. Tu as très bien vu dans mes yeux que mon désir de ton membre est aussi fort que ton désir de ma fente. Évitons les occasions de tentation. D'accord ?

Ghal grogna :

– Je ne voyais pas les choses comme cela, quand j'ai quitté ceux de l'Élan et la caverne des Puissances.

Cora dit :

– Dix nuits avant la nuit de la copulation sacrée, tu seras mis dans une chambre bien gardée de la maison de la Déesse afin d'être purifié dans ton âme, dans ta tête et dans ton corps. Tu seras nourri de viandes fortifiantes et d'herbes stimulantes, car ton membre doit se montrer digne de la Déesse.

Ghal, plissant le front, mettait toutes ces choses dans sa tête. Ce n'étaient pas des choses réjouissantes, même si l'idée de la copulation dans cette fente fabuleuse excitait sa curiosité. Il demanda :

– Et après ?

– Après quoi ?

– Après tout cela. Quand j'aurai enfoncé l'enfant là où il doit être enfoncé, j'aurai fini ma tâche, non ?

– Quand il sera certain que l'enfant est là et bien en vie, c'est-à-dire quand la Déesse l'aura senti bouger dans son ventre, alors seulement ton rôle sera terminé. Tu ne seras plus l'Époux.

– Je serai libre de nouveau ? Je pourrai chasser ? Je pourrai plonger mon membre dans toutes les fentes ?

Cora ne répondit pas.

Ghal s'ennuyait. Il aurait aimé chasser. Il avait demandé à une des filles de la garde de la Déesse où il pourrait se procurer un javelot, une sagaie, une lance, quelque chose, enfin, avec du pointu au bout. La fille avait ri de bon cœur :

– D'où sors-tu, toi ? Pas d'armes pour les hommes. Tu ne le sais pas encore ?

– Mais je suis...

– Tu es l'Époux, je sais. Et alors ? Je te respecte en tant qu'Époux, mais tu n'en es pas moins homme, et il est strictement interdit qu'un homme puisse même approcher d'une arme. Tu es mignon, seulement, la consigne, c'est la consigne.

Ghal, désœuvré, errait par le village, cherchant son frère d'amitié. Il le trouva sous un toit de roseaux posé sur quatre poteaux, s'initiant à la taille de cette drôle de pierre noire et lisse dont étaient faites, ici, les pointes des flèches et des javelots. Un homme âgé lui montrait comment s'y prendre, et Ogh œuvrait, tirant la langue, parmi plusieurs jeunes hommes qui, eux aussi, apprenaient le métier.

Il était présentement en train de frotter une lame de cette pierre noire sur un bloc de pierre tendre que Ghal reconnut pour du grès. Le frottement de la lame usait le grès, qui prenait la forme d'une fente de femme entrouverte. Ghal se dit qu'il voyait des fentes partout... Ogh y mettait toutes ses forces. Un garçonnet faisait couler un filet d'eau sur la lame. L'eau s'écoulait le long de la fente du grès faisant gouttière.

Ogh fut réjoui de voir son frère Ghal. Ils s'accolèrent virilement, à la façon des chasseurs du clan de l'Élan. Ogh dit :

– Tu vois cette pierre noire ? Ils appellent ça de l' « obsidienne ». On n'en trouve pas, par chez nous. Ça se travaille plus facilement que le silex. C'est léger, ça coupe mieux que le silex, mais c'est plus tendre. Le fil s'use vite, alors il faut frotter la pierre sur le grès. Ça lui donne une surface bien lisse, ça pénètre mieux dans le bois. Dans la viande aussi. Tu as vu ces pointes de flèches ? Ça rentre tout seul, pas besoin d'arc !

Ogh riait. Ghal s'émerveilla de ces choses nouvelles. Il remarqua deux femmes-soldats, appuyées aux poteaux de bois, qui semblaient surveiller leurs gestes. Ogh expliqua :

– Elles craignent qu'on chipe des lames ou des pointes, tu comprends. Elles les comptent. Elles nous fouillent, jusque dans la bouche et dans le trou du cul. C'est la consigne, quoi.

Ghal hocha la tête. Il dit :

– Viens avec moi te promener. Mon âme s'ennuie. A quoi bon tailler des armes dont nous ne nous servirons pas ?

Ogh rit et dit :

– Mais c'est ce que j'ai toujours fait ! J'aime tailler pour tailler, polir pour polir. Je suis content quand de mes mains sort un bel objet... Tu veux que je te montre l'endroit où ils font les pots ? Il y a un four, c'est merveilleux ! Je veux apprendre à façonner la terre verte et à la cuire. Elle obéit à la main, va où veut la main, monte, tourne, se creuse...

– Une autre fois. Marchons.

Ils marchèrent. Le loup gris trottinait devant, attentif et silencieux. Ghal demanda :

– Que font ces hommes penchés sur la terre ?

– Ils la préparent pour recevoir le grain.

– Il ne suffit donc pas de laisser tomber le grain sur la terre, comme celui des plantes sauvages ? Il pousserait et mûrirait, puisque les plantes sauvages poussent et mûrissent.

– Ce n'est pas si simple. Ces hommes m'ont expliqué. S'ils ne préparaient pas la terre, le grain pousserait, certes, mais les plantes sauvages pousseraient plus vite et l'étoufferaient. C'est pourquoi il leur faut briser la terre et la casser en petites mottes.

– C'est se donner beaucoup de fatigue, et de la fatigue triste. Vois-les, courbés, suant, ahanant, frappant le sol de leurs outils de bois !

– Ah, ce serait moins pénible avec des outils de silex ou d'obsidienne, mais les femmes ne permettent rien qui pourrait se transformer en arme... Dis donc, il me vient une idée ! Tu vois cette branche d'arbre cassée, avec ce coude au milieu et ce bout pointu qui dépasse ? J'attache deux hommes à un bout avec de longues cordes de lianes. A l'autre bout, un homme appuie de toutes ses forces pour enfoncer le bout pointu dans la terre. Je peux même poser dessus une grosse pierre, pour aider. Les deux gars, devant, tirent, le gars de derrière appuie, ça grattera la terre mieux que leurs haches de bois et ça ira plus droit. J'essaie dès demain !

Ghal n'écoutait pas. Il demanda :

– As-tu vu des femmes vieilles ?

– Des femmes vieilles ? Qu'est-ce que tu veux dire ?

– Des vieilles, c'est tout. Vraiment vieilles. Écoute. Ici, les femmes commandent. Elles ne sont pas battues, défoncées, accablées de travail et de gosses et crevant de faim, comme chez les chasseurs. Là-bas, Cora et les femmes de son âge seraient des sacs d'os horribles. Ici, non. Elles restent belles, et fraîches, et lisses. Toujours jeunes. Des femmes qui ont vécu sept ou huit fois cinq hivers ont des tailles et des mamelles de jeunes filles. Seul, le visage montre que ce ne sont pas des jeunes filles. Or, suis-moi bien, je n'ai jamais vu ici une seule femme dont le visage montre, disons, dix fois cinq hivers, ou davantage. Pourtant, avec la vie heureuse qu'elles mènent, il devrait y en avoir de beaucoup plus vieilles encore. Alors ? Qu'en font-elles, des vieilles ?

Ogh ne savait pas.

Ghal s'arrêta net, face à son ami.

– Et des anciens Époux, hein ? Tu en as vu, des anciens Époux ?

Non, Ogh n'en avait pas vu. A vrai dire, il ne s'en était guère préoccupé.

Ils marchèrent un moment en silence. Comme ils traversaient une prairie où paissaient des mouflons laineux surveillés par un jeune esclave, ils virent un groupe de femmes en armes qui faisaient l'exercice de la guerre. Cora les commandait. Les filles, toutes grandes et fortes, lançaient le javelot à pointe d'obsidienne contre des bottes de paille, manquant rarement la cible. Puis elles se battirent entre elles, deux à deux, avec une violence, une férocité, qui stupéfièrent Ghal. Il dit :

– Ces femelles sont plus ardentes au combat que nos chasseurs du clan de l'Élan ! Eux se sont laissés prendre. Celles-là se seraient fait massacrer jusqu'à la dernière.

Il retint le loup gris, que la fureur du combat attirait. Cora aperçut les deux frères d'amitié. Elle cria « Repos ! » et, quittant pour un instant sa troupe guerrière, s'avança, souriante. Après les léchages et effleurages qu'exigeait la politesse, elle demanda :

– Alors, on s'habitue ? Tu sais, Ghal, quand tu seras l'Époux en fonction, je devrai me prosterner devant toi, car ton membre sera sacré. Et tu auras une escorte d'honneur.

– Une escorte de femmes ?

– Évidemment ! Des esclaves ne peuvent faire honneur. L'honneur exige des armes, et seules les femmes sont dignes de les porter.

Ghal grinça des dents. Ogh dit :

– Je donnerais ma vie pour être l'Époux, même un seul jour.

Cora, soudain songeuse, regarda Ogh, sans rien dire. Enfin, elle se secoua :

– Bon. Faut pas laisser refroidir mes nénettes. Salut, les hommes !

Ils reprirent leur promenade. Ogh dit :

– Je veux aller voir la maison de Noun.

Ghal donna un coup de pied dans un caillou. Le loup gris sauta et attrapa le caillou entre ses crocs. La tête de Ghal était pleine de choses désagréables. Il dit :

– Dans la maison de Noun, il y a Noun.

– J'espère bien ! Mon âme a besoin de voir Noun. Noun est ma mère, n'oublie pas.

– Noun est une femme, n'oublie pas. Et Noun est entrée dans ma tête, avec toutes ses choses de femme, et elle emplit ma tête, et elle obsède mon âme. Quand je la verrai, mon membre se dressera et voudra la pénétrer. Or, je suis l'Époux. Je serai mis à mort pour cela, et Noun aussi, et toi aussi, peut-être.

– Pénètre-la. Qui le saura ? Toi aussi tu es entré dans la tête et dans l'âme de Noun, ses yeux le disent.

– Ogh, mon frère Ogh, tu es un enfant. Ces femmes savent tout. Les yeux de la Déesse sont partout. Ils voient à travers les murs. Je ne veux pas que Noun meure. Je ne veux pas mourir supplicié par des femelles.

– Alors ?

– Alors, allons-y ! Mon âme veut voir Noun. Elle a soif de voir les yeux de Noun. Aide-moi, frangin, à ne pas céder à mon membre !

– Je t'aiderai.

La maison de Noun se trouvait tout au bout de la rue, juste avant les champs. Celle d'Ala se dressait en face. Quand on avait besoin d'une maison nouvelle, on l'ajoutait à la queue des autres. Ainsi le village gagnait sur la campagne et la rue s'allongeait.

Ils trouvèrent Noun agenouillée sur une peau de mouflon. Un tout jeune homme était couché sur cette peau, la joue posée sur les cuisses de Noun. L'eau coulait de ses yeux. Il reniflait. Il n'avait pas entendu les visiteurs entrer, car leurs pieds nus ne faisaient aucun bruit sur le sol de terre battue. Noun vit son fils passer la porte. Elle eut un grand sourire et dit, tapotant l'épaule du garçon :

– Allons, relève-toi, nous avons de la visite.

Le garçon sauta sur ses pieds et, s'inclinant au passage devant Ogh et devant Ghal, il quitta la pièce. Ils avaient eu le temps d'apercevoir la marque sur son épaule. Noun dit, toute fière :

– C'est mon esclave.

Ogh apprécia :

– Tu as des esclaves ?

– Deux. Ils sont mignons. Mais ils ne savent rien faire. Je dois tout leur apprendre... En fait, c'est moi qui fais le travail. Ils ont été capturés il y a deux lunes de ça, ils ne s'habituent pas. Si je veux qu'ils me pénètrent, je dois tout leur montrer. Et après, ils pleurent et me parlent de leur pays, de leur maman. Alors je les berce, je les console. Je crois qu'ils m'aiment bien, pauvres petits.

Ogh dit :

– Qui ne t'aimerait ?

Ghal ne dit rien. Le loup gris non plus.

Noun sentit la gêne. Vite, elle dit, joyeuse :

– Ils portent ma marque ! Vous avez vu ?

– Euh... Pas très bien. C'est quoi ?

– Ah, voyons ! Une coccinelle ! Vous ne l'avez pas reconnue ?

– Maintenant que tu le dis... C'est pourtant vrai que « noun » veut dire « coccinelle », chez ceux du clan de l'Élan.

Le loup gris dressa l'oreille, grondant sourdement. La

peau de bête fermant la porte fut brutalement soulevée. Un esclave parut. C'était un grand gaillard farouche. Il ne s'inclina pas comme il aurait dû le faire, mais resta là, planté sur le seuil, ses bras velus croisés sur sa poitrine. Une voix véhémente et bien connue se fit entendre derrière lui :

– Et alors ? Tu vas rester là, sans bouger ? Comment j'entre, moi ?

Ogh s'écria, tout joyeux :

– Ala !

L'esclave fit un pas, se rangea sur le côté de l'ouverture. Un deuxième esclave, tout aussi raide et maussade que le premier, passa le seuil à son tour et vint se placer de l'autre côté. Ala fit son entrée entre cette garde d'honneur. Elle se tenait bien droite, se voulait très digne, mais ses yeux pétillaient. Elle finit par éclater de rire :

– Vous avez vu mes esclaves ? Vous ne les reconnaissez pas ? Regardez-les bien.

Ghal sursauta :

– Hé, mais... c'est Ghor ! Et celui-là, c'est Voughil !

– Exactement ! Figurez-vous que je suis tombée sur deux des nôtres ! Je veux dire, sur deux de l'Élan, de ceux qui nous avaient pris au filet, sale race !

Ghal prit Ghor aux épaules afin de lui donner l'accolade virile des chasseurs. Mais Ghor se dégagea avec violence, détourna le visage et cracha à terre :

– Tu as trahi le clan. Tu es libre, ici. Donc, tu as choisi. Tu es des leurs.

Ghal voulut répondre, et puis il se dit que ce serait trop compliqué à expliquer. Il haussa les épaules :

– Et merde...

Ala dit :

– Tu ne vas pas les plaindre ? Ce n'est pas leur faute si tu es vivant ! Moi, je les fais marcher avec ça.

Elle cingla les fesses du grand gaillard d'un coup d'une chose souple et dure. Le gars serra les dents.

– C'est fait avec un membre d'aurochs séché, découpé en lanières et tressé. Ça fait vachement mal, tiens !

Elle cingla les fesses de l'autre esclave.

– Pas faire de jaloux !

Noun dit :

– Tu as de la chance ! Au moins ceux-là comprennent ce que tu leur ordonnes.

– Tu parles d'une chance, oui ! Pour eux, je suis toujours l'épouse des Puissances. Un peu comme la Déesse Mère pour ceux d'ici, mais en plus petit, si tu vois.

– C'est merveilleux ! Ils te respectent.

– Ils me respectent un peu trop ! Ils refusent absolument de pénétrer l'épouse des Puissances. Sacrilège ! Tabou terrible ! Et moi, pauvre petite chose délaissée, je me traîne sur le ventre comme une bête en chaleur, je lève mon cul tout neuf, je leur promène sous le nez ma triste fente affamée... Rien à faire ! Ils se détournent, ils se cachent les yeux, ils me supplient de ne pas les inciter à mal faire... J'ai beau leur répéter que je ne suis plus l'épouse des Puissances, que j'ai trahi, violé tous les tabous, renié ma race et mon peuple, que Celui qui marche en premier a proclamé, juste avant de mourir, que tous les chasseurs pouvaient me passer dessus et m'infliger tout ce qui leur viendrait en tête, rien à faire ! Ces deux-là sont des culs-bénits comme on n'en fait plus, des bigots de la pire espèce... Une épouse choisie par les Puissances est Leur épouse pour tous les temps d'après les temps, jusqu'à la fin des temps. Ah, je suis bien tombée ! Comme tu dis, j'ai de la chance... Tiens, vois, en ce moment, ils nous écoutent, ils comprennent tout ce que je raconte... Tu crois que ça leur fait quelque chose ? Hé, Machin, ça te fait quelque chose, ce que je dis de toi ?

Coup de nerf d'aurochs sur les mollets. Grimace muette.

– Réponds quand je te parle, esclave !

L'homme laissa tomber de son haut :

– Tu es l'épouse des Puissances. Je ne connais aucune autre Puissance au monde que les Puissances du clan de l'Élan. Ce qu'a dit Celui qui marche en premier est comme si cela n'avait jamais été dit. Celui qui marche en premier n'a pas le pas sur les Puissances. Je crache, je pisse et je chie sur la Déesse Mère des femelles.

Ala dit, découragée :

– Voilà. Vous avez entendu ? Des fanatiques. Ils se feront tuer un jour ou l'autre. D'ailleurs, je me demande si ce n'est pas ce qu'ils cherchent.

Noun dit, toute triste :

– Il faut les comprendre. Être esclave chez les femmes quand on a été un libre chasseur, ce doit être terrible.

Ala explosa :

– Et moi, alors ? Qui me comprendra ? Qui me plaindra ? Qui se souciera de ma pauvre petite fente, toujours intacte ? Ogh ne veut pas, Ghal ne peut pas... Je prends des esclaves en me disant que ceux-là, hein, ils sont à moi, tête, bras et membre... Surtout membre ! Et il faut que je tombe sur ces châtrés par dévotion !

Noun examinait l'épaule d'un des esclaves. Ala se rengorgea :

– C'est ma marque. Elle te plaît ?

– Elle est très belle. Ça représente quoi ?

– Toi, alors... Tu ne vois pas ? Je ferai fouetter l'esclave tatoueur ! Regarde mieux. C'est un loup, voyons. Un loup gris, mais on ne voit pas qu'il est gris, on ne peut tatouer qu'en noir.

– « Ala » ne veut pas dire « loup » !

– Je sais. Ala veut dire « invasion de sauterelles ». Mais le gars m'a dit que c'était trop difficile à dessiner. Alors, je lui ai dit de tatouer un loup, pour faire plaisir au loup gris. Il est pas ressemblant ?

– Beh...

– Demandons au loup gris. Baisse-toi, esclave ! Loup gris, regarde.

Le loup gris flaira l'épaule avec beaucoup d'attention, puis se tourna vers Ala et lui passa la langue sur le visage.

– Tu vois ? Il s'est reconnu !

Ce matin-là, Ogh était content. Il avait bien travaillé. Il avait abattu et mis à l'essai plusieurs grosses branches et il avait enfin trouvé celle qui possédait exactement la forme qui convenait. Il avait alors affûté et rendu pointu le bout qui devait pénétrer dans la terre pour l'ouvrir, il avait attelé avec de longues cordes de fibres deux solides gaillards, il avait appuyé de tout son poids complété par une grosse pierre sur le bout pointu, et quand, à son commandement, les gars s'étaient mis à marcher en tirant, le bout pointu avait ouvert la terre, et maintenant la chose avançait, laissant derrière elle une blessure bien droite, et c'était comme une fente femelle courant à l'infini, béant avidement pour être fécondée par le grain.

Les esclaves laboureurs courbés sur la glèbe lâchèrent leurs outils de bois et accoururent voir la merveille. Ils poussèrent des cris de joie et congratulèrent Ogh.

Une femme surveillante, intriguée, quitta l'ombre fraîche d'un bouquet de noisetiers où elle jouait aux osselets avec une collègue en buvant une espèce d'eau de joie qui se faisait avec le jus de certaines baies sucrées qu'on laissait fermenter. Traînant les pieds et oscillant du cul, javelot au poing, elle vint voir ce qui se passait. Elle regarda avec attention cette longue fente dans la terre ainsi que la machine qui l'avait ouverte. Ogh, tout joyeux, l'interpella :

– Tu as vu ça? Ça travaille comme deux fois cinq hommes avec leurs houes de bois et ça fait un beau sillon bien propre. On gagne du temps, on se fatigue moins, et le travail est mieux fait. Merveilleux, non?

La fille ordonna à un esclave qui comprenait le parler de ceux de l'Élan de lui traduire ce charabia en langage humain.

Quand ce fut fait, elle hocha la tête, regarda une fois encore le sillon, regarda l'engin, regarda Ogh, se gratta la nuque et demanda :

– C'est toi qui as inventé ça?

– C'est moi.

– Faut que j'en parle à la cheffe.

Quand la cheffe arriva, Ogh avait ouvert deux autres sillons. C'était une femme maigre, à la peau terne, aux lèvres serrées, à l'œil sans tendresse. Elle observa attentivement comment la terre s'écartait sous l'effort de la pointe de bois. Elle dit enfin, s'adressant à la surveillante :

– Arrête ça. Tout de suite.

La surveillante courut se placer devant les deux esclaves qui tiraient, attelés aux cordes. Elle leva le bras, hurla :

– Halte!

Ils se figèrent sur place. Ogh accourut de derrière l'engin.

– Qu'est-ce qui te prend?

Elle fit le signe sans réplique qui veut dire : « Suis-moi! » Ogh la suivit. Tout excité par le succès de son invention, il s'écria, parvenu devant la cheffe :

– Et tu sais, on peut faire beaucoup mieux encore! Si, au lieu de mes deux gars, on attelait, par exemple, un aurochs, un des châtrés que vous élevez pour la viande, on abattrait le travail de quatre fois cinq houes!

Elle dit :

– Tu n'attelleras pas d'aurochs. Tu n'attelleras plus

d'hommes. Cet engin sera détruit. Épargner la peine des esclaves, dis-tu ? Gagner du temps ? Mais c'est justement ce que nous ne voulons pas... Pardon : ce que la Déesse Mère ne veut pas. L'esclave doit être accablé de travail et de fatigue, ses journées doivent être remplies à ras bord, afin qu'il n'ait ni la force ni le temps de penser, de combiner, bref : de songer à se rebeller. Ton engin, là, il en a existé de tels, autrefois. La Déesse Mère les a fait détruire, tous. Et quiconque conçoit l'idée d'un tel engin doit être supprimé. Allons, je t'emmène.

Le garçon au double langage traduisit ces paroles afin qu'Ogh les comprenne. Quand il eut terminé, Ogh eut un mouvement de révolte. Aussitôt il sentit sur son ventre la pointe d'un javelot, tandis qu'une sagaie le piquait entre les omoplates. Il suivit la cheffe.

La surveillante hurla :

– Retournez à votre travail, les autres !

Son fouet claqua, striant quelques dos au hasard, pour l'exemple.

8

Deux fois cinq jours dans ce lieu clos!

Cora lui avait expliqué :

– Tu ne dois pas bouger, afin de ne pas te fatiguer. La bonne nourriture t'apportera des forces. Tu devras les amasser dans ton corps et ne pas les dépenser. Ainsi une énergie terrible descendra dans tes couilles et dans ton membre, qui déborderont de bon jus d'amour tout grouillant de graines d'enfants pleines de vigueur. Tu ne mangeras que des viandes crues provenant d'animaux femelles, afin de produire davantage de graines de filles. Ces femelles devront être des bêtes sauvages tuées à la chasse, car le sang du libre gibier a plus de force que celui des bêtes de nos paisibles troupeaux. Nos filles chasseresses ont repéré les traces d'une ourse solitaire et aussi celles d'une famille de léopards. Elles isoleront une ou deux louves d'une meute qui rôde aux alentours et qui nous a égorgé quelques mouflons laineux au pâturage ainsi que le petit esclave qui les gardait... Tout ce que tu mangeras sera assaisonné d'herbes et d'épices qui font rougir et se dresser le membre.

« Sois patient. Surtout, que l'échauffement de ces nourritures sur ton membre depuis longtemps privé ne te conduise pas à faire quelque folie, comme, par exemple, sauter sur une des filles qui te serviront, ou encore te satisfaire dans ta main en semant la graine précieuse sur le sol! Tu sais quel serait le châtiment?

– Le supplice et la mort! Depuis le temps que tu me le répètes!

– Sois sage.

Et donc cinq jours avaient passé. Et encore cinq jours... Et ce jour était le Jour.

Ghal avait tracé des semblants de bâtons sur la terre durcie du sol, dans un coin où il ne risquait pas de les effacer en marchant de long en large. Un jour, un bâton. Il venait de tracer le dernier bâton. A moins qu'il ne se soit trompé.

Mais non! Soudain, la lumière du soleil entra à flots. Le trou carré, dans le toit – la cellule n'avait pas de porte – que les filles entrebâillaient trois fois par jour pour tendre à Ghal la nourriture, ce trou était maintenant béant. Le ciel bleu l'emplissait. Une échelle faite de bambou lié par des croisillons de lianes fut descendue. Ghal, sans hésiter, y monta. Son visage parut au jour, yeux clignotants, puis son torse. Un immense cri d'allégresse emplit l'horizon. Ghal acheva de grimper, posa le pied sur le toit de roseaux, s'y maintint debout, mains aux hanches. Toutes les femmes du village étaient là, contenues par les guerrières en armes. Ghal ne savait quoi faire. A tout hasard, il salua d'un geste large. Aussitôt, toutes plongèrent et se prosternèrent, à plat ventre, nez dans la poussière.

Ghal n'avait plus sous les yeux qu'un océan de croupes offertes, toutes splendides dans leur diversité. Il aperçut alors les quatre guerrières aux bijoux bleus, une à chaque angle du toit, qui semblaient attendre son bon vouloir.

Des griffes crissèrent sur les roseaux, une gueule rose apparut au bord du toit, et deux formidables paires de crocs. Un éclair gris. Le loup retrouvait Ghal ! On les avait séparés, non sans combat et plaies béantes, car le loup gris, étant une louve, aurait pu se prêter à la pénétration de Ghal, cette pénétration désormais sacrée due à la Déesse seule. Et donc on l'avait enfermé dans un lieu clos et sourd, d'où ses longs hurlements parvenaient quand même, affaiblis, aux oreilles de Ghal qui, à son tour, poussait vers la lune le cri de la meute, afin que son ami sût qu'il ne l'oubliait pas.

Le loup lécha le visage de Ghal. Ghal lécha le nez du loup. Tous deux en furent rassérénés. Les quatre filles, cependant, attendaient, droites, immobiles.

Il sembla à Ghal que la première chose à faire était de descendre de ce toit. Il le fit comprendre par signes. Une des filles lança un ordre. Deux d'entre elles sautèrent souplement à terre et, réunissant leurs mains en un siège, vinrent se placer à l'aplomb du bord du toit. Les deux restantes s'approchèrent de Ghal, s'inclinèrent très bas puis, le prenant sous les aisselles avec une fermeté pleine de respect, le firent glisser le long du mur jusqu'à ce que ses fesses portent sur les mains unies des deux filles réceptrices. Les deux autres, à leur tour, sautèrent du toit, en même temps que le loup gris.

Ghal, levant la tête, se trouva face à face avec Cora, qui semblait diriger la cérémonie. Elle lui sourit et lui confia :

– Je dois maintenant me prosterner devant toi. Je ne pourrai me relever que sur ta permission. Je t'en prie, ne me fais pas trop attendre.

– Quel est le mot pour « Relève-toi » ?

Elle le lui dit.

Ghal eut plaisir à voir ainsi vautrée dans la crotte cette femme orgueilleuse dont la croupe avait tant de fois en vain fait dresser son membre. Et justement... Mais ce n'était vraiment pas le moment !

Le loup gris, qu'intriguaient tous ces corps allongés comme des cadavres, les reniflait, méfiant, s'assurant qu'ils vivaient. Cora sembla lui convenir davantage. Il se plaça bien à l'aise, s'accroupit, lui pissa sur la tête. Ghal estima qu'interrompre l'assouvissement d'un besoin aussi pressant serait discourtois. Il permit donc au loup gris de vider bien à fond sa vessie avant de prononcer le mot libérateur.

Cora se releva, le visage dégoulinant d'urine de louve mêlée à l'eau de ses yeux. Impassible, elle dit à mi-voix, sans bouger les lèvres, dans le parler de ceux de l'Élan :

– Tu m'as humiliée. Tu es content ?

Ghal se retenait de rire.

– Oh, juste une petite blague du loup gris...

– Tu as raison. Amuse-toi.

Ghal trouva qu'elle avait dit cela d'une drôle de façon...

Cora frappa dans ses mains. Toutes ces croupes dardées vers le ciel reprirent visages de femmes. Les filles en armes mirent de l'ordre. Le cortège s'organisa.

Ghal fut invité à s'asseoir sur un siège assez semblable aux palanquins de fortune bricolés naguère dans la forêt pour transporter Noun et Ala, mais beaucoup plus soigné, orné de plumes d'oiseau bleues aux quatre coins et d'ornements faits de pierres bleues percées et enfilées en festons qui pendaient et bringuebalaient un peu partout pour faire joli. Au dernier moment, Cora s'approcha et posa sur la tête de Ghal une haute couronne de plumes. Ghal, effaré, reconnut une coiffure toute semblable à celle que portait Celui qui parle aux Puissances lors des cérémonies du clan de l'Élan, coiffure qu'il savait avoir appartenu, dans les temps d'avant les temps, aux adorateurs des Déesses Mères massacrés par les ancêtres de ceux de l'Élan.

Le cortège se mit en route. Guerrières en armes, toutes

ornées de bleu, sur deux rangs devant le siège surélevé, guerrières en armes derrière, puis la foule des femmes en extase. A vingt pas en avant du cortège, une guerrière d'élite portait haut et droit un long bâton d'où, accrochée à un bâton plus court lié en travers, pendait une peau bien tannée où s'étalait, triomphal, le contour sacré de la Déesse Mère.

Encore plus en avant marchait le loup gris, qui ne tolérait pas que quiconque pût le précéder.

Cora frappa deux fois dans ses mains. Jailli de toutes les poitrines, l'hymne à la Déesse déroula sa fervente mélopée. Des femmes musiciennes accompagnaient le chant. Deux d'entre elles soufflaient dans des os longs percés de trous que Ghal reconnut pour provenir des jambes de devant de jeunes chevreuils. Il en sortait un son aigu qui dansait et gambadait au-dessus du chant, comme un oiseau moqueur. Quatre autres femmes frappaient du plat de la main des peaux tendues sur des choses rondes et creuses de terre cuite, assez semblables à des pots et produisant un bourdonnement saccadé qui prenait aux entrailles.

Ghal n'avait pas aperçu Ogh, ni Noun, ni Ala. Il fut inquiet de cela.

La rue de terre jaune s'allongeait, rigide, sous le soleil. Devant chaque maison, les esclaves attendaient. La fille porte-étendard aboyait à intervalles réguliers un ordre bref. Dès qu'apparaissait la tête du cortège, les esclaves plongeaient au sol et restaient prosternés jusqu'à ce que la queue du cortège fût passée. Ainsi parvint-on devant la maison de la Déesse Mère.

Face à cette maison, située au centre du village, il ne s'en trouvait aucune autre. Cela ménageait un espace vide, assez vaste pour contenir toutes les femmes du village rangées en rond tout autour. Ghal avait appris que cet espace s'appelait la « Place ».

Ce jour-là, au centre de la place s'érigeait une butte d'apparat semblable à celle qui se trouvait dans la maison de la Déesse. Sur cette butte s'entassaient de semblables fourrures noires et blanches, peut-être celles-là mêmes, sorties pour l'occasion. La Déesse Mère y gisait, le dos soutenu par des coussins, les avant-bras mollement posés sur d'autres coussins, dans la pose inchangée où Ghal l'avait vue lors de la présentation. Ghal ne savait pas que la Déesse Mère, tout au moins aux yeux de ses peuples, était censée ne jamais quitter cette immuable posture, posture tout à la fois d'abandon et de majesté, posture de la fécondation et de la mise bas, posture où la fente colossale, la fente dévorante et prodigue, mangeuse de vies et créatrice de vies, la fente qui était la Déesse même, s'offrait en plein, béance souverainement obscène qui fascinait le regard, réduisant le reste de la femme, pourtant plus qu'imposant, à n'être qu'un simple accessoire de cette fente.

Les quatre porteuses de palanquin s'arrêtèrent face à la butte. Les yeux de Ghal plongeaient droit dans la fente sacrée. Des gouttelettes en suintaient, limpides, faisant luire doucement le coquillage de nacre rose. Ghal vit que la fente palpitait à mouvements lents, comme une bête vivant sa propre vie.

Sur un ordre de Cora, les femmes en armes s'étaient rangées en deux carrés, l'un à droite, l'autre à gauche du palanquin. Les femmes ordinaires s'étaient répandues à la périphérie de la place. Le palanquin fut alors approché de la butte jusqu'à la toucher, bord à bord. Cora sauta sur la butte, s'inclina devant la Déesse, s'inclina devant Ghal et, avec grande déférence, lui prit la main.

– Lève-toi.

Il se leva, quitta son siège par l'avant et se tint debout sur la butte, proche à les toucher des petits pieds joints de la Déesse. Les peaux tendues se mirent à battre sourdement, à un rythme rapide. Les cuisses colossales, lentement, s'écartèrent. Les genoux s'élevèrent.

Cora souffla :

– Avance !

Ghal avança entre ces deux montagnes. Il avança vers ce gouffre.

Il était déconcerté. Ceux de l'Élan ne connaissaient qu'une façon de pénétrer les femmes : la façon des bêtes, par-derrière. Ils les pliaient brutalement sous eux, la fente d'elle-même venait à eux, leur membre était pour ainsi dire happé. Ghal n'aurait jamais imaginé qu'on pût copuler en se faisant face. C'est pourtant bien ce que semblait attendre la Déesse. La retourner eût été sacrilège, certainement, et d'ailleurs six chasseurs n'y eussent pas suffi.

Cora s'impatientait :

– Ne reste pas comme ça ! Ne la déçois surtout pas !

Ghal, affolé, chercha du regard. Par-delà la fente, par-delà le ventre, par-delà les mamelles, par-delà ces monceaux, il vit deux yeux. Ses yeux. Qui le regardaient sans ciller. Et ce qu'il y vit fit basculer son âme.

Ghal comprit alors ce qu'avait ressenti Ogh devant la statuette, car c'était cela qu'il ressentait. Ghal n'avait pas de mot pour « amour », il n'en existait pas dans la langue de ceux de l'Élan, mais ce tourbillon qui soudain l'engloutissait n'avait pas besoin de mots... Ces yeux donnaient tout l'amour du monde, exigeaient tout l'amour du monde. Ces yeux l'attendaient, lui, Ghal, l'attendaient depuis les temps d'avant les temps, lui, le seul, l'espéré, l'Époux, l'Amant.

Et Ghal n'eut plus à se demander comment s'y prendre. Ghal s'abandonna. Ghal plongea corps et âme dans ces yeux-là, Ghal se laissa tomber sur ce ventre, se laissa enfermer dans ces bras, se laissa engloutir par le gouffre sans fond, se laissa dissoudre dans la tiédeur odorante des sucs.

Il ne sut même pas comment cela s'était fait. Il ne sut pas que, pour la première fois, il avait pleuré son plaisir, pleuré à faire écrouler le ciel, et qu'elle aussi avait pleuré, elle, la Déesse, ce qui était un Signe très favorable. Le menu peuple des femmes avait hurlé sa joie et, mises en appétit, toutes ces honnêtes sujettes de la Déesse avaient vite couru chacune chez soi en faire autant avec son mari ou avec son esclave préféré.

La cérémonie publique de la Fécondation solennelle avait été une éblouissante réussite. Ce n'était pas toujours le cas. Les charmes envoûtants de la Déesse opéraient à coup sûr, mais l'Époux ne se révélait pas forcément capable d'emmener la Déesse avec lui dans sa vertigineuse ascension vers les paroxysmes... Cette fois, l'extase avait été mutuelle, simultanée et cataclysmique. C'était d'heureux augure. Nul doute qu'une future Déesse Mère ne fût déjà en train de mûrir dans les entrailles sacrées. Ghal gisait sur les fourrures, au côté de la Déesse. Plutôt, il gisait sur la Déesse, sur le flanc étalé de la Déesse, la nuque bien calée contre l'abondante toison de l'aisselle, la tête appuyée à l'épaule opulente. Elle ne tolérait plus qu'il la quitte. Ghal n'en avait d'ailleurs nulle envie. Il découvrait l'amour. Il apprenait la femme. Il se gorgeait sans se lasser de l'ineffable bonheur émanant du corps féminin. Il se noyait en elle, léchait ses replis, buvait ses sucs et ses sueurs, tétait ses mamelles, engloutissait sa langue et lui livrait la sienne... Ses yeux lui étaient un océan sans horizon, sa voix le pénétrait jusqu'aux racines de son âme. La copulation n'était plus le but, mais l'aboutissement obligé et presque déploré, bien que leurs extases fussent toujours ravageuses.

Cora se tenait devant la butte aux fourrures, désormais promue couche nuptiale. Elle venait de faire son rapport quotidien. Elle attendait les ordres. Ghal s'étant absenté – il est des besoins qu'on ne satisfait que dans la solitude –, la Déesse s'étira. Tout le bonheur du monde brillait dans ses yeux. Cora sut qu'il n'était pas temps de parler service. Elle rit :

– Toi, je sais ce que tu veux que je te demande !

– Ah, oui ? Essaie toujours, pour voir.

– D'accord. Es-tu heureuse ?

– Tu es vraiment la courtisane parfaite ! Tu sais toujours exactement ce qu'il faut demander, au moment exact où il faut le demander.

– Et je sais attendre la réponse.

– La réponse, ma Cora, la réponse... Jamais, vois-tu ! Jamais je n'ai connu ça, ni rien qui y ressemble.

– A ce point ?

– Tu le sais, je les ai aimés, chaque fois. Je les ai aimés tellement fort, tous ! Et j'ai tant pleuré, chaque fois... Que j'ai donc pleuré ! Tu sais cela, toi, Cora.

– Je sais cela.

– Eh bien, celui-là, vois-tu, celui-là... C'est le premier, voilà. Avant lui, je n'ai rien connu. Cora...

– Oui, Déesse ?

– Celui-là...

– Celui-là, tu ne veux pas... ?

– Je veux le garder, Cora ! Je veux le garder !

– Allons, ma Déesse, allons...

Cora fit deux pas, s'assit de biais sur la butte, attira à elle la tête sacrée, l'appuya doucement sur sa poitrine, la berça. Des yeux de la Déesse l'eau coulait à flots sur ses joues. Des sanglots soulevaient les augustes mamelles.

– C'est un enfant, Cora. Un tout petit enfant. Une sale petite brute d'enfant sauvage. Tout ce qui vient de moi le ravit. Il s'abandonne complètement. Je pourrais l'étrangler comme un oisillon, il serait content.

– Et il pourrait t'en faire autant, tu serais contente.

– Voilà.

La voix céleste se fit suppliante :

– Celui-là, Cora...

– Tu sais ce que je dois te répondre. Je souffre parce que tu souffres. Je souffre autant que toi. Tu es la Déesse Mère, tu es notre mère à tous, de toi provient toute vie. L'ordre du monde ne peut être changé. Ce serait ta mort et ce serait notre mort, celle de ceux qui croient en toi comme celle de ceux qui t'ignorent. Le soleil s'éteindrait, la terre refuserait le grain, les rivières et les lacs s'assécheraient. Toute vie cesserait. Tu n'as pas le droit. Aucune Déesse Mère, jamais, depuis que la première créa ce monde, n'a failli. Tu ne failliras pas.

– Elles n'ont jamais aimé !

– Crois-tu ? Elles ont souffert, comme tu souffres, peut-être plus que tu ne souffres. Elles ont pleuré. Elles ont tenu. Puisque nous sommes là et que ce monde de lumière est là, autour de nous, elles ont tenu. Tu tiendras.

Cora caressa la joue d'infinie douceur.

– Aime. Sois aimée. Goûte le moment qui passe. Goûte-le à fond. Ne pense pas au-delà. Et que ce qui doit être soit.

Le loup gris dressa l'oreille. La peau précieuse qui fermait la porte se souleva. Ghal revenait.

Chaque soir, quand les étoiles montaient dans le ciel de printemps, les cris mêlés de la Déesse et de Ghal emplissaient la nuit du tumulte de leur délire amoureux. Et le loup gris, assis sur sa queue, lançait à la lune son hurlement d'allégresse. Dans chaque maison, sur chaque couche, une femme écoutait, fervente, cet hymne à la vie, et se réjouissait dans son cœur.

Certes, l'Époux était un fameux Époux ! La Déesse était comblée. Tout le jour, son bonheur éclatait aux yeux de toutes, et la nuit à leurs oreilles. Or cela était bon. La félicité de la Déesse ruissellerait en bénédictions sur l'univers entier, multipliant les épis lourds et les grappes vermeilles, accumulant dans les pis le bon lait crémeux et la grasse viande rouge autour des os, exterminant l'insecte dévorant et le miasme mortel, faisant se dresser fier et dru le membre de l'homme et mûrir la fillette au ventre de la mère.

Quand la Déesse était heureuse, la nature chantait.

Ogh aussi entendait les éclats de ce bonheur. Comment ne pas les entendre ? Et, sur sa botte de paille, parmi les esclaves abrutis de fatigue, solitaire dans cette allégresse, il souffrait. Il était venu, envers et contre tous, poussé par un instinct qui lui criait que là-bas se trouvait l'être unique dont dépendait sa vie. Il avait tout quitté, défié la mort, surmonté les périls et les désespoirs, pour constater, au bout de la route, que son rêve fou ne mentait pas, qu'elle existait, Elle, telle qu'il l'avait pressentie... Et pour s'apercevoir qu'elle n'était pas pour lui.

Ogh était triste. Il n'était pas amer. Il n'y avait pas place en lui pour la jalousie. Il ne déplorait pas que Ghal, son frère d'amitié, fût aimé de la Déesse. Simplement, il aurait voulu l'être aussi. La Déesse n'avait-elle pas deux bras, deux flancs, deux mamelles ? Et quels bras, quels flancs, quelles mamelles ! Il se disait qu'il y avait place pour lui contre l'autre flanc.

Ogh était malheureux, mais pas désespéré. Il savait que le règne de l'Époux n'avait qu'un temps. Quand l'enfant attendu aurait frémi dans les entrailles sacrées, la Déesse devrait congédier l'Époux. Car deux éventuelles futures

Déesses ne pouvaient procéder du même père. Sauf s'il naissait des jumelles, mais Ogh ne savait pas comment on réglait ce problème. Ainsi le voulait la loi, la grande Loi qui gérait l'orbe des sphères et les combinaisons des nombres, et si la Déesse était au-dessus des saisons et des germinations, la Loi était au-dessus de la Déesse.

Ogh savait qu'après Ghal il aurait son tour. Et que ce tour, lui aussi, n'aurait qu'un temps. Ce temps lui suffisait. Ce moment serait à ce point ardent qu'il ne pourrait durer. Qu'il ne devait durer. Connaître cela, et puis... Et puis ? Ogh ne savait pas, ne voulait pas savoir. Quand on touche au sommet, on ne peut que redescendre. On ne s'installe pas au sommet, ou alors ce n'est plus le sommet. La brièveté du moment en fait l'intensité. Ogh eût aimé qu'il n'y eût pas d'après.

Ghal, lui, s'installait dans l'après.

Le loup gris s'ennuyait. La chasse lui manquait. Les loups n'aiment pas chasser seuls, or Ghal, son compagnon de meute, dormait le jour et hurlait la nuit. Le loup hurlait aussi, par sympathie et pour le plaisir de la musique, mais cela ne suffisait pas à satisfaire son besoin d'activité. Alors il avait, forçant sa nature, tenté de chasser seul. Il avait remarqué, dans l'immédiate proximité du village, d'importants rassemblements d'aurochs, de chèvres et de mouflons à laine. Caché dans les herbes, rampant sur le ventre et prenant bien soin de se tenir sous le vent de la proie, il s'était approché d'un jeune mouflon qui broutait, stupidement écarté de la horde. Parvenu à bonne distance, il avait bondi, avait planté ses crocs dans la nuque offerte, brisant d'un seul coup les os vitaux qui se trouvent là, puis il avait traîné sa chasse pour la dépecer dans un endroit tranquille dès longtemps repéré.

C'est alors qu'un esclave pâtre l'avait vu, avait crié : « Au loup ! » en faisant de grands gestes terrifiés. Aussitôt avaient jailli de partout des hommes esclaves brandissant des morceaux d'arbre très durs et pleins de nœuds, ainsi que des femmes soldats armées de ces choses pointues qu'elles projetaient loin devant elles en grande fureur. Le loup gris avait fait face, tous crocs dehors, mais ils étaient trop, il ne pouvait que mourir en espérant en égorger quelques-uns. Déjà un javelot avait cloué une de ses pattes au sol, quand une des filles avait crié :

– Arrêtez ! C'est le loup gris ! L'ami de l'Époux !

La ruée avait cessé net. Une femme-médecine, avec beaucoup de respect et de patience, avait soigné la blessure de sa patte. Cora lui avait longuement expliqué que ces mouflons n'étaient pas des proies, que c'étaient les troupeaux de la Déesse et qu'il n'était nullement nécessaire de les chasser : on les abattait suivant les besoins de viande, sans avoir à courir après.

Le loup gris avait écouté cela avec beaucoup d'attention, puis il avait léché le visage de Cora. En fait, il n'avait rien compris à ce beau discours, sinon qu'en ce curieux pays, lorsqu'on chasse le mouflon on récolte des javelots.

Il décida d'aller rendre visite à Noun, sa vieille amie des mauvais jours. Ça ferait toujours passer un moment. Clopinant sur trois pattes, il souleva du nez le rideau fermant la porte et entra sans façon. Il fut aussitôt très heureux, car Noun était là, et Ala aussi était là. C'était une très bonne visite, vraiment.

Noun se tenait noblement accroupie sur une chose faite de cordes de fibres tressées ensemble, le dos appuyé à des coussins d'une matière semblable. Ses deux jeunes esclaves étaient accroupis à ses côtés, l'un à sa droite, l'autre à sa gauche, bien que cela fût contraire aux usages et à la discipline, ainsi que Cora lui en avait fait mainte fois la remarque. Noun avait répondu qu'elle avait besoin de tendresse, pas de respect, et que d'abord la tendresse entraînait le respect, et que ce genre de respect-là était plus doux à son âme. Cora avait objecté : « Mais, l'exemple... » Noun avait indiqué à Cora en quel endroit de sa personne elle pouvait mettre l'exemple au chaud. Il s'en était suivi un certain froid dans les rapports entre Noun et Cora...

Et donc les deux adolescents captifs encadraient Noun, assis, ou, pour mieux dire, vautrés sur la chose tressée, la tête de l'un s'abandonnant sur les blanches cuisses de Noun, ses narines plongées dans la touffe odorante, la joue du deuxième orphelin posée sur une mamelle de Noun, le bout de sa langue léchouillant nonchalamment la pointe dressée de l'autre. Noun souriait, ébouriffant une tignasse, caressant du dos de la main un membre juvénile endormi sur son lit de mousse.

Jurant avec la sérénité de ce paisible tableau du bonheur domestique, Ala, debout, parlait fort et gesticulait beaucoup.

Au moment où le loup gris fit son entrée, elle suppliait, mi-humble, mi-rageante :

– Enfin, dis-moi, où est le problème ? Puisque je ne peux toujours rien tirer de mes deux fanatiques, même en les fouettant au sang, prête-moi un des tiens, c'est tout simple ! Un esclave, tu lui dis : « Je te prête à la dame », il obéit. C'est fait pour ça, un esclave : obéir. Enfin, quoi !

Ala fit quatre pas dans un sens, quatre pas dans l'autre, se cognant aux murs, serrant les poings. Soudain, elle s'arrêta. Une idée lui était venue :

– Mais dis donc ! Toi, tu n'es pas l'ex-épouse des Puissances ! Le tabou n'est pas sur ta fente ! Oh mais, oh mais... C'est une affaire, ça ! Mes deux rescapés du clan de l'Élan peuvent te défoncer à s'en péter les os du dos ! Rien ne les en empêche ! Alors, écoute. On fait l'échange. Tu me prêtes les tiens, je te prête les miens. D'accord ? Allez, tout de suite !

Noun dit :

– Bon. D'accord. A une condition.

– Dis vite !

– Qu'eux aussi soient d'accord.

– Mes deux machins, tu veux dire ?

– Oui. Et aussi les miens.

– Un esclave, on ne lui demande pas son avis.

– Moi, si.

– Eh bien, demande-leur. Ils sont là. Pourquoi ils ne voudraient pas ? Je suis mignonne, non ?

Elle fit saillir ses petites mamelles naissantes, leva ses bras graciles, fit osciller ses fesses à fossettes sous sa taille de fillette.

– Et, sans vouloir vexer personne, je traîne un sacré paquet d'hivers en moins.

Elle ajouta, argument suprême :

– En plus, je n'ai jamais servi. Avis aux amateurs... Bon, on se décide ?... Qu'est-ce qu'il faut pas faire pour s'envoyer un esclave !

Noun pencha la tête vers l'adolescent de droite, celui dont la joue reposait sur sa mamelle :

– Qu'en penses-tu ?

L'eau vint aux yeux du garçon :

– Tu ne veux plus de moi ?

Elle le serra contre sa poitrine.

– Mon tout-petit ! Peux-tu demander !... Tu as entendu. Veux-tu aller chez Ala, pour quelques jours seulement ? Je te prête à elle, tu comprends ? Tu sais ce que veut dire « prêter » ? Si tu t'y plais, on verra plus tard. Mais je ne te prête à elle que si tu es d'accord.

– Je ne suis pas d'accord.

– Tu sais, ça ne me causerait aucune peine. J'aime Ala.

Elle est malheureuse. Moi, je suis heureuse, par vous. Ce n'est pas juste.

– Son malheur est à elle. Te quitter serait mon malheur. Si tu me dis : « Va ! » j'irai. Elle est belle, Ala, et jeune, c'est vrai. Mais c'est ton corps qui a su éveiller mon corps, c'est ton âme qui a su rassurer mon âme. C'est avec toi, en toi, que je suis bien. Tu es ma mère, et ma sœur, et ma femelle. C'est tout.

Des yeux de Noun aussi, l'eau coula. Elle s'adressa au deuxième esclave :

– Et toi ?

Il répondit, boudeur :

– Tu ne devrais pas nous demander de telles choses. Ala est belle. Peut-être l'aurais-je aimée si nous nous étions rencontrés, elle libre et moi libre. Mais il en a été autrement. Et c'est quand je pense à toi que mon cœur cogne et que mon membre se dresse. Si tu veux me prêter, il ne faut pas me demander mon accord.

Il se leva, jeta les bras autour du cou de Noun, la regarda droit dans les yeux et dit :

– Je ne connais qu'une Déesse Mère. C'est toi.

Noun ouvrit les bras. Les deux garçons s'y blottirent. L'eau des yeux se mêlait sur les trois visages, les rires la buvaient. Le loup gris ne voulut pas rester à l'écart de cette profusion d'allégresse. Dressé sur ses pattes de derrière, il lécha d'abondance, puis, prenant conscience de la petite Ala restée toute seule avec ses gros problèmes, il vint à elle et y alla généreusement de la langue. Ala se laissa tomber à terre, morne :

– Et moi, qu'est-ce que je deviens, dans tout ça ?

Ogh attendait son tour. Le jour de la présentation, certains regards de la Déesse lui avaient appris qu'elle n'était pas indifférente à la passion qu'elle avait suscitée, à travers le temps et l'espace, dans l'âme limpide du tailleur de silex. Ogh était beau, d'une beauté forte et placide, à l'opposé de la sauvage séduction de son frère d'amitié. La Déesse avait été subjuguée par Ghal, mais Ogh savait qu'elle l'avait rangé, lui, Ogh, dans un repli secret des cavernes de sa tête, et que ce serait lui l'Époux d'après.

Ogh avait dans le village un statut privilégié. En principe, il n'était qu'un esclave d'entre les esclaves publics de la Déesse et aurait donc dû être employé aux travaux pénibles et salissants de la communauté. Mais la protection de Cora était sur lui. Il allait et venait à sa guise, s'initiant aux coutumes et aux façons de travailler de ces gens, ne pouvant s'empêcher de chercher à améliorer les outils et les méthodes malgré l'œil toujours vigilant des gardes-chiourme.

Cora avait elle aussi noté l'intérêt pour Ogh dans les yeux de la Déesse. Cora savait arranger les choses et préparer l'avenir. Elle pousserait Ogh dans la couche sacrée, sans en avoir l'air, quand seraient venus les jours du grand chagrin. Elle prévoyait que, cette fois, ce serait un chagrin encore jamais vu dans les temps des temps, un chagrin d'épouvante et de catastrophe. Elle craignait le pire. Que la Déesse se rebelle, veuille tromper la Loi, d'une manière ou d'une autre. On ne trompe pas la Loi. Si l'on essaie, la Loi se venge. Et c'est l'horreur.

Les destins devaient s'accomplir selon les rites. Ils le seraient. Cora mettait son espoir dans Ogh. Si elle manœuvrait avec doigté, en s'aidant de certaines herbes dont les femmes-médecine tiraient un suc de paix et d'oubli, elle ferait en sorte que la Déesse franchisse le cap périlleux. Ogh l'aiderait à adoucir l'abominable. Passé un temps, après l'amour ouragan, cette ferveur concentrée viendrait à point.

Et le temps s'écoulait, et les jours gagnaient sur les nuits, et le soleil dans sa gloire flambait au ciel d'été, et les épis mûrissaient en haut des tiges serrées, tendues vers l'astre roi comme une armée de lances.

Vint l'époque de la moisson. Tous les esclaves de la Déesse furent occupés à cette tâche qui couronnait une année de travaux et d'espoirs. Même les esclaves particuliers furent requis, car la moisson devait absolument être achevée et le grain mis à l'abri avant qu'un orage ne le jette à terre et que la récolte ne fût perdue. Il fallait couper les tiges, rentrer le grain encore en épis en prenant garde qu'il ne s'égrène, puis le battre pour faire tomber les grains, puis le frotter entre les mains pour le séparer de la balle, et enfin le laisser couler de haut dans le vent qui emportait le superflu et laissait l'essentiel. Ce n'est qu'une fois le grain enfermé dans les hauts silos de poterie aux lourds couvercles scellés qu'on pouvait enfin souffler et rendre grâces à la magnanimité de la Déesse.

Ogh, bien qu'il n'y fût pas obligé, participait à tous ces travaux. Il fut émerveillé par l'outil que ces gens-là appelaient « faucille », croissant de bois garni de petits éclats tranchants d'obsidienne ou de silex solidement fichés dans le bois, dont les moissonneurs se servaient avec grande dextérité. Incorrigible, il se dit qu'en allongeant la partie tranchante et en la munissant d'un long manche, le faucheur pourrait travailler à deux mains, en y mettant toute sa force et en avançant sans s'arrêter pour ramasser chaque poignée d'épis tranchés, et qu'ainsi seraient épargnés temps et fatigue... Et puis lui revint en tête ce qu'il en avait été de son engin à labourer, alors il se dit « Bof ! » et pensa à autre chose.

Il y eut la fête de la Moisson Heureuse. La Déesse y triompha, flanquée de l'Époux. Le bonheur qui rayonnait de ces deux-là ruisselait sur le peuple des femmes, de leurs maris, de leurs esclaves. La félicité de la Déesse était la félicité de tous, et quand, dans la nuit douce, s'élevait de la demeure sacrée le chant éperdu de l'amour comblé, de chaque maison s'élevait en écho un chant modulé selon les diverses façons de lancer vers le ciel le cri de l'irrésistible survenue de l'extase. Le village entier chantait l'amour.

Le loup gris – qui, ne l'oublions pas, était une louve – mêlait sa voix au concert voluptueux, adressait ses hurlements à la lune. Son chant, hélas, n'était pas le chant du désir accompli, mais bien celui du rut inassouvi... Il arriva qu'au loin un hurlement répondit au sien. Un hurlement de loup affamé d'amour. De loup mâle. Cette nuit-là, le loup gris se glissa hors du village et courut là où son ventre lui ordonnait de courir.

Cora se tenait devant la Déesse. L'Époux était sorti pour, ainsi qu'il le disait avec un sourire et un léchage de lèvres, « se dégourdir un peu les jambes, aller voir ce que devenait son frère Ogh et, surtout, raviver son besoin du corps fougueusement chéri par une petite privation ». La Déesse mordait dans un fruit rafraîchissant. Cora était bien ennuyée. Ce qu'elle avait à dire n'était pas facile. La Déesse n'avait aucune intention de l'y aider. Pourtant, ces choses devaient être dites. La gêne s'épaississait. Cora prit enfin son parti, fixa son regard sur le mur, loin au-dessus de la tête de la Déesse, respira un grand coup et lança, d'un seul trait :

– Tu sais de quoi je dois te parler, Déesse. Alors, je t'en prie, ne finassons pas.

Le regard de la Déesse se durcit. Le moment était donc venu... Elle jeta le fruit entamé, croisa ses mains sur son ventre afin de maîtriser le tremblement de ses doigts, et dit seulement :

– Parle.

– Ce que je vais dire ne t'apprendra rien, mais puisque tu fais comme si tu l'ignorais, je vais donc te l'exposer tout au long.

– Parle. Mais d'abord, la prosternation.

– Que je... Moi ?

– Toi. Tu n'es pas venue me parler en amie, tu es venue me parler de la Loi. Alors, observe les rites.

– Je suis venue te parler de la Loi, mais t'en parler en amie.

– L'amie disparaît quand il s'agit de la Loi. Faisons les choses dans les règles. Je suis la Déesse Mère. Tu es ma créature. Prosterne-toi. Je te bénirai. Puis tu t'agenouilleras, et c'est à genoux que tu me diras ce que tu crois avoir à me dire. Et c'est à genoux que tu entendras ce que j'estimerai devoir te donner à entendre.

– Déesse...

– J'ai dit.

Cora comprit qu'il faudrait qu'elle en passe par l'humiliation. Petite vengeance préalable et puérile avant l'inéluctable. Elle s'allongea, attendit l'ordre de se relever, puis, à genoux, attendit qu'il lui fût intimé de parler.

– Je t'écoute.

– Déesse, voilà maintenant que six lunes pleines se sont succédé depuis que tu as ouvert tes cuisses sacrées au membre sacré de l'Époux. Même si la Pénétration solennelle n'a pas été suivie de fécondation immédiate, cette fécondation n'a pas manqué de se produire depuis, vous avez l'un et l'autre amplement fait ce qu'il faut pour cela, le peuple en est témoin. Et aujourd'hui le peuple s'étonne de ce que tu n'aies pas encore annoncé qu'un enfant, peut-être la future Déesse Mère, mûrit en toi.

Cora marqua un temps. Poursuivre devenait délicat.

– Tes abondances charnelles, Déesse, rendent difficile

l'appréciation par la vue de la croissance de ton ventre. Cependant, je sais que ton sang lunaire n'a pas coulé depuis longtemps. Je puis même dire exactement depuis combien de lunes. Déesse, l'enfant est là.

Pas de réponse.

– Déesse, ce n'est pas une question. J'affirme respectueusement que l'enfant est dans ton ventre. Maintenant, voici la question : a-t-il bougé ?

Silence.

– Déesse, tu dois répondre. Si l'Époux a fait son œuvre, tu sais ce qui doit s'ensuivre. S'il ne l'a pas faite, si son membre stérile a craché dans ton ventre sacré un jus dépourvu de graines fécondantes, alors tu sais aussi ce qui doit s'ensuivre.

Cora, quittant le ton hiératique, fut de nouveau l'amie inquiète :

– Ma chérie, ma bien-aimée, je ne t'ai pas tout dit. Les femmes grondent déjà. Elles parlent de trahison, d'abandon. Elles craignent que tu ne déchaînes la colère des forces de la Loi. Elles se réunissent, s'excitent, la panique commence à gagner. Elles ont vu des signes. La montagne chauve crache de la fumée. Des enfants sont morts, en pleine santé. Le matin, ils couraient, roses et rieurs. Ils étaient noirs et putréfiés avant le soir. Dans les silos, le blé se change en pourriture. Des hordes de rats énormes, surgis de nulle part, dévorent les orteils des bébés... Que sais-je ?

Un bruit imprévu fit lever la tête à Cora. La Déesse sanglotait.

Cora sauta sur ses jambes, courut à la Déesse, prit entre ses mains la chère tête sacrée, lécha tendrement l'eau salée qui ruisselait sur les joues plus douces que joues d'enfant. Une toute petite voix, une voix de fillette terrorisée, prononça ces mots à peine audibles :

– Je veux mourir, Cora. Je veux mourir.

Cora parla comme on parle à un petit enfant :

– Mais non, ma Déesse, tu ne veux pas mourir. Tu as du chagrin, un chagrin monstrueux, un chagrin comme aucune créature n'en pourrait supporter, un chagrin de Déesse. Tu te dis que tu préférerais mourir que l'endurer, mais ce n'est pas vrai. Tu te trompes toi-même. Tu ne veux pas mourir. Tu veux ne pas souffrir... Et tu ne peux pas mourir, tu le sais. Tu es la vie. Tu es notre vie. La vie du monde et de tout ce qui vit dessus. Cette vie, tu ne peux que la transmettre à Celle qui viendra après toi, sortie de ton ventre, et que les Signes t'auront aidée à reconnaître.

« Je suis là, Déesse, et je serai là, avec toi, toujours. Bois ceci.

Cora tendait un petit récipient de poterie fermé d'un morceau de l'écorce d'un chêne-liège. Elle l'ouvrit. La Déesse regarda Cora, renifla, eut un essai de sourire et, docile, but.

Elle garda le flacon à la main, l'air absent, puis le rendit à Cora, sans un mot. Soudain, dans un soupir, les yeux baissés, elle avoua :

– Il a bougé, Cora.

Elle eut un hurlement. Elle l'avait dit ! Elle ne pouvait plus rattraper cela ! Cora se jeta dans les bras immenses, s'affala sur les mamelles nourrisseuses de mondes et, mêlant leurs sanglots, il n'y eut plus que deux sœurs pleurant sur l'insoutenable horreur de la vie.

Quand Ghal poussa le rideau de la porte, il les trouva ainsi, enlacées. Il s'étonna de cette tristesse, mais il avait dès longtemps renoncé à comprendre les femmes et décidé d'en prendre l'agréable en laissant le reste. Il lança :

– Ma Déesse, ma toute-belle, tu as du chagrin. Nous allons le chasser, ce vilain chagrin ! Je connais le remède !

Il rit de toutes ses dents de jeune sauvage.

La Déesse dit, à voix basse :

– Encore une nuit, Cora. Une toute petite nuit...

Cora sourit :

– Bien sûr, ma chérie. Une toute petite dernière nuit.

Noun remarqua :

– Il me semble qu'on n'entend plus aussi fort les ébats amoureux de la maison sacrée.

Ala ricana :

– Toi, alors ! Voilà cinq nuits qu'on ne les entend plus. Et toi, tu t'en rends seulement compte ! A croire que tes nuits sont tellement bien remplies que tu en perds l'ouïe !

– La nuit, je dors, sache-le.

– Comme une femelle repue.

– C'est exactement ça.

– Eh bien, moi, je ne dors pas.

– Je te plains de tout mon cœur.

– Je ne dors pas parce que...

– Parce que tu as le feu au cul et personne pour l'éteindre. On le saura !

– C'est pas gentil, de te moquer.

– Je ne me moque pas... Mais, j'y pense...

– A quoi ?

– A ceci. La Déesse a fait annoncer officiellement que l'enfant a bougé en elle ?

– Oui. Même qu'il y a eu de grandes réjouissances dans le peuple, et des cortèges d'actions de grâces. Mais toi, tu ne vois rien, tu planes sur ton nuage entre tes deux mignons...

– Tu te trompes. Je me fais du souci pour Ogh.

– Eh bien, tu n'auras plus à t'en faire. Il se pourrait bien que, de ce côté, tout s'arrange d'ici peu.

– Puisses-tu dire vrai ! Mais j'en reviens à mon propos.

Il me semble bien me rappeler que, suivant leur Loi, l'Époux ne doit servir qu'une fois. Je veux dire : son rôle est terminé dès qu'il est prouvé qu'un enfant de lui mûrit dans le ventre de la Déesse. Je me trompe ?

– Non. C'est bien ça.

– Donc, Ghal n'est plus l'Époux. Il est de nouveau libre.

– C'est pourtant vrai !

– Et il est à toi, si tu veux de lui.

– Tu parles, si j'en veux !

– Et si tu sais t'y prendre.

– Compte là-dessus !

– Passer derrière une Déesse, tu imagines ?

– Peuh ! Après toute cette abondance, je suis sûre qu'il rêve de fraîcheur innocente et de petites fesses dures qui remplissent la main ! Mais dis donc...

– Oui ?

– Si maintenant Ghal est libre, comment se fait-il qu'on ne l'ait pas encore vu par ici ? Il nous aime, Ghal. On est sa famille.

– Tu as raison. Peut-être est-il allé d'abord trouver Ogh ?

– Et on le trouve où, Ogh ?

– Ça... Il traîne à droite à gauche. Tu n'as qu'à chercher. Là où est Ogh, Ghal n'est jamais bien loin.

Cora trouva Ogh à l'endroit où les esclaves gardiens de troupeaux trayaient chaque soir le lait des aurochses et des brebis mouflonnes.

Ogh, curieux de toute chose, avait questionné ces gens qui lui avaient expliqué que l'on avait ôté leurs petits à ces femelles afin de détourner le lait de leurs mamelles au profit des humains. Ce lait était ensuite battu et malmené de diverses façons pour en faire sortir une graisse jaune et légère ou pour le transformer en certaines nourritures délectables qu'ils nommaient « fromages ».

Ogh observait cela avec grand intérêt, et en même temps il estimait qu'il était déloyal de faire naître et mûrir des petits dans le ventre des mères pour les leur ôter afin de dérober le lait que leurs mamelles continuaient à produire pour les nourrir. On entendait mugir et bêler en grande détresse certaines mères dont le petit venait de leur être enlevé. Ogh avait fait remarquer cela à la jeune femme en armes qui surveillait le travail des esclaves. Elle avait haussé les épaules. « Elles pleurent, c'est normal. Mais ça leur passera. Elles finissent par oublier. » Et que faisait-on des petits ? « On les mange, pardi ! » lui fut-il répondu avec un grand rire vorace. « Ou bien on les châtre, afin qu'ils perdent leur impétuosité de mâles et que leurs os s'entourent de bonne viande rouge et de graisse savoureuse. »

Ogh avait trouvé que ces femmes paisibles étaient plus cruelles mille fois que les farouches chasseurs du clan de l'Élan.

Cora vint à Ogh, qui s'inclina devant elle à la façon des esclaves. Elle rit :

– Tu n'as pas à t'incliner. Ni devant moi, ni devant personne d'autre ici que la Déesse.

– Je suis un esclave.

– Tu vas et tu viens en toute liberté. Il ne t'a pas été assigné de tâche, ni de poste de travail. Tu n'as à obéir à personne qu'à la Déesse.

Après un temps, elle ajouta :

– Et à moi.

Ogh demanda :

– Les réjouissances publiques du Premier Mouvement sont passées. L'enfant a remué dans le ventre de la Déesse. L'Époux a rempli sa mission. Il n'est donc plus l'Époux, selon votre Loi. Il est libre de nouveau. Or voici des jours que j'attends mon frère Ghal. Pourquoi n'est-il pas encore venu me trouver? Toi qui sais tout parce que tu régentes tout, peux-tu me le dire? L'as-tu vu?

Cora expliqua, posément :

– Après la séparation d'avec la Déesse, l'ex-Époux est chargé de fluides divins qui se sont accumulés en lui par son long contact avec le corps sacré. Or, rien de ce qui émane de la Déesse ne doit être dissipé dans le monde extérieur. Selon les rites, Ghal doit donc être purifié et désacralisé avec soin avant qu'il lui soit possible de pénétrer à nouveau une femme. Il est enfermé dans un lieu secret que je ne puis t'indiquer. Là, les femmes-médecine font sur lui les signes et les incantations.

– Cela doit prendre encore beaucoup de jours?

– Nul ne peut le dire. C'est aux femmes-médecine d'apprécier quand Ghal sera totalement pur... Les copulations de Ghal avec la Déesse furent d'une telle intensité et d'une telle durée qu'il est certain que l'imprégnation ne peut être qu'exceptionnelle.

– J'attendrai. Je sais attendre.

Prenant Ogh par le bras, Cora l'entraîna dans la pâture, là où nul ne pouvait les entendre.

– Ogh, le temps est venu de parler sérieusement.

Ogh fut surpris. Mais il savait que ce moment arriverait. Il répondit placidement, bien que son cœur cognât contre ses côtes :

– Je t'écoute.

– Tu sais ou tu ne sais pas, en tout cas je te l'apprends, que, jusqu'à ce que l'enfant soit sorti du ventre sacré, il n'y aura plus d'Époux. Car la semence crachée par un nouvel Époux se mêlerait à la semence de l'ancien, et l'enfant ne serait plus tout à fait le produit pur de la copulation solennelle. La Déesse doit donc s'abstenir de toute pénétration, et même de tout contact avec un homme.

– Mais quand l'enfant sera sorti...

– Alors commencera l'allaitement. Un nouvel enfant conçu trop tôt dans son ventre tarirait le lait de la Déesse. Si celui qu'on attend est une fille, elle boira le plus longtemps possible le lait jailli des mamelles sacrées afin de bien s'imprégner de la divine substance. S'il sort un garçon, le sevrage se fera aussitôt, car la déception des femmes sera terrible et la Déesse devra très vite être à même de prendre un nouvel Époux qui lui apportera, espérons-le, de la graine de fille.

– La copulation de Ghal fut la copulation de l'aurochs plein de sève. La Déesse mûrit dans son ventre au moins deux filles et deux garçons !

Cora plissa les yeux :

– Sait-on jamais ?

Chez ceux de l'Elan, les choses allaient à rebours : la naissance d'un mâle était bénédiction. Ogh, oubliant où il se trouvait, s'écria fièrement :

– Peut-être même quatre garçons !

Cora, en toute hâte, traça dans l'air le signe de la grande conjuration.

– Tu blasphèmes ! Et tu attires le malheur en l'évoquant ! Ne parle surtout pas ainsi devant d'autres que moi !

Ogh s'excusa, piteux :

– Ça m'a échappé... L'habitude...

– Étrangle tes habitudes ! Elles pourraient te coûter la vie. Et provoquer de grands malheurs. Déjà, si ma conjuration n'a pas couru assez vite jusqu'au ventre de la Déesse et si tes paroles y sont arrivées avant elle, peut-être les destins sont-ils changés... S'il naît un garçon, tes paroles en seront la cause. Il se peut qu'à l'instant même où elles se sont envolées hors de ta bouche l'enfant femelle tant désiré se soit changé en mâle par l'action de leur force mauvaise ! Alors, malheur sur nous...

Ogh s'inquiéta :

– Tu me dénoncerais ?

Cora sourit, passa le dos de sa main sur la joue d'Ogh, puis, légèrement, sur son membre candidement endormi. C'étaient là des signes de courtoisie et de bonne amitié. Ogh fut rassuré. Cependant, Cora semblait arranger des choses dans sa tête. Ogh attendit. Elle dit enfin :

– Parle-moi de cette histoire du tabou sur ton membre.

Ogh s'étonna :

– Il n'y a rien à en dire que tu ne saches. Là-bas, dans le pays lointain où sont les territoires de chasse de ceux de l'Elan, j'ai consacré ma vie et mon membre à la Déesse. J'ai dit sur mon membre les paroles du tabou. Il ne peut pénétrer aucune autre femme que la Déesse. Vous avez un nom pour cette chose...

– Oui. Nous appelons cela l'amour.

– Voilà. Il y a l'amour entre la Déesse et moi. Un jour, elle verra cet amour et elle l'acceptera. Ce jour-là viendra, je le sais. L'amour ne peut pas se perdre dans le vent... J'ai tout mon temps.

– Ce jour-là n'est peut-être pas aussi lointain.

– Ne dis pas n'importe quoi pour adoucir l'attente.

– Je parle sérieusement. Écoute. S'il naît un mâle, le peuple des femmes sera déçu, mais elles se soumettront à la Loi, qui aura voulu cela. La Loi ne se trompe jamais. La Loi agit pour l'harmonie et le bien de tous, même quand ce bien apparaît d'abord au peuple comme un mal. La Loi sait. Quand la copulation de l'époux ne donne pas de future Déesse, cela signifie que cet époux n'était pas selon la Loi et que sa semence fut dédaignée.

Cora se tut. Elle posa ses deux mains sur les épaules du garçon, le regarda droit dans les yeux et, lentement, elle dit :

– Tu seras le prochain Époux.

Ogh dit seulement :

– Je suis prêt.

– S'il naît une fille, tu devras attendre la fin du sevrage. Sinon, cela ira très vite.

– La Déesse m'a choisi ?

– La Déesse t'a remarqué. Elle te choisira.

– Tu sais les choses avant qu'elles ne se produisent ?

– Je les sais. Je sais aussi les aider à se produire.

– La Déesse ne m'a vu qu'une fois.

– Une fois suffit. La Déesse n'oublie pas.

– Tu l'aideras à ne pas oublier ?

– S'il le faut.

– Mon âme a besoin de la voir. Même de loin.

– Ton âme la verra. De très près.

– Quand ?

– Dès demain. Viens chez moi. Nous irons ensemble.

Une des deux filles aux bijoux bleus passait, avec une infinie douceur, un peigne de bois dans l'admirable chevelure. La seconde fille, placée de l'autre côté de la Déesse, plongeait une espèce de balai minuscule et pointu dans un petit pot de terre où elle puisait un liquide d'un bleu intense qu'elle déposait en couches concentriques autour du mamelon sacré, donnant par là à savoir au monde que la Déesse entrait officiellement dans la période d'abstinence précédant la mise bas. Les femmes pieuses du village, par solidarité, s'orneraient pareillement les mamelles, mais de mauvaises langues insinuaient que, si elles s'abstenaient en effet d'user des membres de leurs époux et de leurs esclaves, c'était pour mieux user de ceux des époux et des esclaves de la voisine... Le monde est si méchant !

La Déesse dit :

– Tu es donc là, ma Cora ? Viens près de moi. Mon âme est triste.

Cora se releva. En présence des filles qui veillaient au culte, elle respectait le rituel de la prosternation. Elle vint s'asseoir de biais tout contre le flanc opulent. La déesse passa son bras autour de ses épaules. Une des deux bleues eut un bref rictus de jalousie.

La déesse ordonna :

– Laissez-nous, petites.

L'eau de ses yeux coulait sans bruit sur les joues divines. Cora fit la langue pointue et lécha tendrement cette eau salée. Elle dit, dans un murmure :

– Bientôt, tu ne seras plus triste, ma Déesse. Tu aimeras de nouveau.

– Je suis triste à tout jamais, Cora. Celui-là, vois-tu, celui-là...

Des sanglots la secouèrent, dévastateurs. Cora berça ce terrible chagrin, psalmodiant comme pour calmer un bébé :

– Tu aimeras, ma Déesse. Tu le sais déjà à travers ta peine. Tu ne peux pas ne pas aimer. Tu es ainsi faite. Tu aimeras encore, et enfanteras encore, et souffriras, encore et encore... Tu es faite pour vivre et donner la vie. Tu es faite pour aimer.

La Déesse renifla, sembla méditer ces paroles. Elle dit, d'une toute petite voix qui ne demandait qu'à être convaincue :

– Tu crois ?

– J'en suis absolument certaine. En attendant, tu négliges les affaires.

– Peuh... Les affaires, tu sais...

– Le monde a besoin de toi. Tu te dois à ceux qui existent par toi.

– C'est dur, d'être Déesse, Cora.

– Très dur. Mais c'est grand.

– Et puis, on n'a pas le choix, n'est-ce pas ?

– On s'y met?

Gros soupir :

– On s'y met.

– Avant tout, il faudrait que soit réglée une petite question embarrassante. Il s'agit d'un esclave qui t'appartient et dont personne ne sait que faire. Je n'ai pas voulu t'importuner avec ça pendant tous ces jours, mais puisque le temps est venu de mettre un peu d'ordre... Je l'ai amené. Veux-tu le voir?

– Pourquoi devrais-je le voir? Je ne me mêle pas de l'emploi des esclaves.

– Celui-là a un statut spécial. Il a été attaché à ta personne lors de sa capture, et...

– Bon, bon... Fais-le entrer.

Cora passa le seuil, revint en tirant Ogh par la main. Elle souffla :

– La prosternation!

Mais Ogh ne se prosternait pas. Ogh était sourd, Ogh était muet, Ogh était pétrifié... La consigne patiemment inculquée par Cora était sortie de la tête d'Ogh comme en était sorti tout ce qui n'était pas Celle qu'il contemplait maintenant, tremblant, bouche bée.

Cora s'affolait. Appuyait des deux mains sur les épaules puissantes du garçon pour lui faire plier les genoux, suppliait, bafouillait :

– Déesse, je suis désolée!... Quel outrage! C'est un sauvage, un de ces chasseurs... Ça n'a pas de manières...

C'est alors que Cora prit conscience qu'elle parlait dans le vide. La Déesse n'écoutait pas. La Déesse était sourde, muette, pétrifiée. La Déesse avait vidé sa tête de tout ce qui n'était pas celui qu'elle contemplait maintenant, bouche bée...

Cora regarda l'une, regarda l'autre, et elle se dit qu'il semblait que le feu du ciel fût tombé sur ces deux-là en même temps.

Ogh rougit, Ogh pâlit, Ogh se prit à trembler.

La Déesse rougit, pâlit, trembla... Cora n'avait jamais rien vu de tel. Elle jeta un regard vers le membre d'Ogh. Il était rencoquillé comme celui d'un petit enfant. Cora avait eu mainte occasion de le contempler, déployé dans toute sa majesté, qui n'était certes pas des plus humbles. Voyant cela, elle comprit que cet amour serait plus dévastateur encore que le précédent, que tout ce qu'on pouvait imaginer.

Il n'y avait rien à dire. Les choses marchaient toutes seules. Cora constata qu'on n'avait plus besoin d'elle. Elle s'inclina pour se retirer. La déesse, sans quitter Ogh des yeux, dit, d'une drôle de petite voix :

– Cora... Ce sera lui, Cora. Ce sera lui !

9

Le javelot se planta dans la cible. L'esclave courut l'arracher et le rapporta à Noun. Ala apprécia le coup :

– Pas mal, pour une vieille... A moi !

Tirant la langue, elle lança de toutes ses forces le javelot à pointe d'obsidienne.

– T'as vu ça ? En plein milieu ! Ce serait un bonhomme, il serait bien malade !

L'esclave qui lui rapporta l'arme était l'un des deux irréductibles anciens du clan de l'Élan. Il riait de bon cœur :

– Ton bonhomme, il l'aurait reçu entre les jambes, à hauteur des genoux ! C'est toi qui serais à présent bien malade, car il t'aurait aussitôt sauté dessus et ouvert la tripaille avec sa sagaie, ou peut-être le crâne avec sa massue ! Tiens, regarde plutôt !

Vif comme l'éclair, d'un même geste le gars se retourna et lança le javelot, sans viser. La pointe pénétra dans la lourde cible de fibres tressées, avec une telle violence qu'elle la jeta à terre. Il commenta :

– Voilà le travail ! Tu as vu ? Juste à bonne hauteur. Là, ton bonhomme, il l'a en plein cœur.

– Oui, mais moi, si la cheffe t'a vu, je suis bonne pour la taule ! Et toi pour la femme-bourreau. Combien de fois faudra-t-il te répéter que tu ne dois pas toucher aux armes, pas même t'en approcher, et que je suis responsable de toi ?

L'ancien de l'Élan baissait le nez, penaud.

– Ça a été plus fort que moi... Je suis un chasseur, moi, quoi, merde !

Noun intervint :

– Ala, c'est notre faute, à toi comme à moi. Nous voulons nous exercer aux armes et nous aguerrir, comme les femmes d'ici, mais nous sommes trop paresseuses pour aller ramasser nos javelots ou nos flèches. Nous y envoyons nos esclaves.

– Tu as raison. La vie d'ici nous a ramollies.

L'esclave ricana :

– Chez nous, chez les vrais hommes, vous ramassiez notre merde, vous preniez nos membres dans le cul et quelques bons coups de pied dans le ventre en récompense.

Ala n'allait pas laisser passer ça :

– Seulement, nous sommes ici, pas là-bas... Nous sommes trop bonnes avec vous. Tu n'aurais pas dû m'y faire penser. Je vais vous traiter comme vous nous traitiez. Pour commencer, tu auras le fouet dès que nous serons rentrés.

Il ricana de plus belle :

– Avec ces bras-là ? Ça me fait même pas mal !

Ala se tourna vers Noun :

– Comment t'y prends-tu, toi ? Ils te respectent, les tiens.

– Parce qu'ils m'aiment.

– Mais ces deux sournois-là ne veulent pas m'aimer ! Ils me respectent, si on veut, mais à cause du tabou. « Tu es l'épouse des Puissances », ils n'ont que ça à la bouche... Et toujours tintin pour la chose du machin dans la fente !

L'esclave croisa les bras, soudain austère :

– Tu es l'épouse des Puissances. Ta fente est sacrée.

– Et merde pour les Puissances !

– Tu blasphèmes. C'est affaire entre toi et les Puissances. Cela ne me concerne pas. Tu es et tu resteras toujours l'épouse des Puissances.

Ala n'en pouvait plus. Elle se jeta dans les bras de Noun :

– Et tu ne connais pas la meilleure ! Figure-toi que j'ai surpris ces deux cochons-là l'un dans l'autre ! S'enfilant jusqu'au trognon, parfaitement ! Un coup pour toi, un coup pour moi...

Noun compatit :

– Pauvres petits, comme ils doivent être privés !

– C'est ça, plains-les !

Ala soupira :

– Ah, si Ghal était là !... Au fait, il devrait être sorti, non ? C'est bien long, cette désacralisation, je trouve... Ogh ne t'en a rien dit ? Il est tout le temps fourré là-bas, il doit savoir les choses.

– Ogh ? Je ne le vois plus. Il passe ses jours aux pieds de la Déesse et ses nuits je ne sais où. Cora m'a raconté qu'ils restent des journées entières à se regarder, les mains dans les mains, une lumière dans les yeux et un sourire idiot sur les lèvres. Les filles d'honneur sont présentes, car la Déesse est en période d'abstinence. C'est la Loi.

Ala dit, sentencieuse :

– C'est l'amour.

Un gémissement monta depuis le sol. C'était le loup gris. Ala se baissa, prit dans ses bras la grosse tête frémissante d'inquiétude.

– Toi aussi, loup gris, tu es en peine de Ghal. Il est ton frère d'amitié. Tu le cherches.

Le loup émit une plainte modulée. Ala pâlit. Elle se releva, dit à Noun :

– Il est arrivé malheur à Ghal. C'est cela, loup ?

La plainte se fit plus aiguë. Le loup gémissait à petits coups saccadés, comme s'il voulait faire comprendre quelque chose.

– D'accord, loup. Écoute. Le soir tombe. A la nuit noire, nous irons ensemble, toi et moi, chercher la piste de Ghal.

Deux ombres se glissent dans la nuit, de buisson en buisson, à la limite entre les maisons serrées en troupeau, les terres cultivées et les pâtures, l'une trottinant sur ses quatre pattes, l'autre courbée, les mains rasant le sol. Ala et le loup gris mènent leur chasse, prenant bien garde à ne pas attirer l'attention des femmes en armes postées à la lisière extrême des terres du village afin de veiller à toute surprise venue d'ailleurs, ni celle des petits esclaves pâtres, censés, eux, protéger le bétail contre les hordes de loups toujours affamés qui égorgent sans bruit la génisse imprudente dormant à l'écart.

Le loup gris trotte devant, flaire l'herbe, hume le vent, hésite, revient sur ses pas, tournaille sur lui-même, et puis, nez à terre, suit sans plus hésiter une piste zigzagante qui le ramène peu à peu vers l'amas des maisons alignées... Soudain, avec un cri de gorge étranglé, il file droit devant lui.

Ala suit comme elle peut, sans plus tenter de se cacher. Elle ne veut pas perdre le loup de vue. Et voici qu'il arrête sa course au mur de derrière d'une maison dont la porte, comme celle de toutes les autres demeures du village, ouvre en façade, de l'autre côté, sur la rue unique. Cette maison est plus grande que les autres. Plus haute, aussi... La maison de la Déesse.

Le loup maintenant gratte frénétiquement la terre au

pied du mur de pisé, comme s'il voulait creuser un tunnel pour passer dessous. Il retrousse ses babines, découvrant les crocs. La plainte aiguë fuse du fond de sa gorge, contenue toutefois afin que ceux d'au-delà du mur ne puissent l'entendre. Ala comprend : Ghal est là, de l'autre côté de ce mur, dans cette maison. C'est donc là qu'on le tient enfermé et qu'il subit le rituel de la... Comment disent-ils, déjà ? Ah, oui : désacralisation.

Ala voudrait bien voir à travers ce mur. De la terre battue mêlée à de la paille hachée, ce ne doit pas être trop difficile à percer. Oui, mais, cela ne se ferait pas sans bruit, et puis Ala sait que de gros pieux de bois dur sont noyés dans la masse. Elle lève le nez, et elle constate que, là où le toit de roseaux porte sur le sommet du mur, il y a certainement moyen d'écarter doucement les épaisseurs de feuillage pour glisser l'œil entre mur et toiture. Oui, mais c'est haut. Il faudrait pouvoir grimper sur quelque chose. Le dos du loup gris, par exemple. Mais le loup gris n'est plus là. Ala l'appelle, tout bas, il a l'oreille fine. Pas de loup gris. Où a-t-il bien pu filer ? Ala cherche du regard alentour, avise un billot à fendre le bois, le roule jusqu'à l'endroit favorable, se hisse dessus.

Bien doucement elle écarte les roseaux secs, jusqu'à ce qu'un rai de lumière l'avertisse que le passage est fait. Perchée sur la pointe des pieds, elle peut plonger le regard de haut en bas dans la maison.

Ala voit tout d'abord que Ghal n'est pas là. Pas dans cette partie de la maison, en tout cas. Non qu'elle soit inoccupée : la Déesse en personne y trône. Il semble qu'elle se prépare à prendre un repas. Deux femmes sont là, qui s'empressent, déférentes, et qu'Ala reconnaît pour des femmes-médecine, elles en portent les marques peintes sur le visage et sur le corps. Et il y a Cora.

Les femmes-médecine, suivant un rituel de respect, disposent devant la Déesse, sur un plateau de vannerie tressée, trois écuelles de terre cuite recouvertes par d'autres écuelles renversées. Cora fait un signe. Les femmes-médecine s'écartent. La Déesse est triste. Il y a de l'eau sur ses joues, un peu. Ala se dit que son amour tout neuf pour Ogh n'a pas encore entièrement effacé le chagrin de la séparation d'avec Ghal. Ala comprend cela. Elle a pitié de la pauvre Déesse. Cora parle :

– Allons, ma chérie.

La Déesse s'essuie les yeux, renifle, fait de la tête un « Oui » résigné. Cora découvre une des écuelles. Ce qu'il y a dedans, autant qu'Ala puisse voir, semble être un foie. Un beau foie de cerf rouge violacé, tout cru. Ce qu'il en reste, plutôt, car il est fort entamé. Cora, de sa fine lame d'obsidienne emmanchée de corne, sépare habilement une tranche de ce foie, la prend entre deux doigts, l'élève avec respect jusqu'à la bouche de la Déesse. Elle dit tendrement :

– Mange, ma Déesse. Il le faut. C'est le dernier repas, tu le sais.

La Déesse prend la tranche de foie, la porte à sa bouche maussade, y mord, d'abord sans entrain, puis à belles dents, puis en grand appétit. Elle mastique. Des caillots noirâtres lui pendent aux commissures.

Cora dit :

– C'est bien ! C'était un gros foie. Tu as été très raisonnable. Nous laisserons le reste. Maintenant, le cœur.

Elle soulève le couvercle de la seconde écuelle. Ce qui reste d'un cœur apparaît. Un cœur de mouflon, peut-être bien. Cora procède de la même façon. La Déesse, mise en train, dévore. Elle ne laisse rien du cœur.

Cora la félicite. Ce bel appétit est de bon augure. Vient le tour de la troisième et dernière écuelle. Cora, cette fois, y met quelque solennité.

– Ma Déesse, ma toute chérie, c'est le dernier repas rituel. Le festin ultime. Tu as, depuis trois jours, empli ton ventre et fortifié ta divinité par le cœur, qui est la force et le courage, et par le foie, qui est la joie. Le cycle doit s'achever par le bien suprême, qui est la fécondité.

Elle découvrit l'écuelle. Ala faillit hurler. Ce qui était là, joliment présenté sur un lit de verdure et entouré de fleurs des champs, c'était un membre. Un membre d'homme, avec ses organes accessoires. Pas un membre d'aurochs ou de bélier. Un splendide membre d'homme jeune et plein de sucs généreux.

Alors Ala se dit que le foie et le cœur, eux aussi, certainement... Elle se força à regarder. La Déesse avait un gros chagrin. Elle gémit :

– Non, Cora ! Pas ça...

– Il le faut. C'est l'essentiel. Tout le reste n'est rien. C'est dur, ma chérie, je sais. Allons, fais un effort. Après, c'est fini.

Cora saisit respectueusement le membre par le gland, entre deux doigts, les boules pendantes, et le présenta à la Déesse. Qui, soudain, prenant son parti, en engloutit d'un coup la moitié de la longueur et mastiqua, d'abord avec rage, puis avec un plaisir qui faisait briller la gourmandise dans ses yeux.

Ala, épouvantée, sauta à bas de son billot. Elle se cogna au loup gris. Elle trébucha, tendit les mains pour se cramponner au cou du loup, heurta quelque chose que le loup tenait en sa gueule. Entre-temps, la lune s'était levée. Dans la pâle lumière, Ala vit que cette chose était une tête que le loup tenait par les cheveux. Une tête d'homme. La tête de Ghal.

Les yeux d'Ala plongeaient dans les yeux morts de Ghal. Elle enfonça son poing dans sa bouche et le mordit pour ne pas crier. Le loup gris ne grondait ni ne gémissait plus. Il avait retrouvé son ami. Il crochait fièrement dans l'épaisse chevelure. La tête pendait. Et souriait. La mort avait été donnée à Ghal alors qu'il rêvait à des choses heureuses.

Ala se déchira les joues de ses ongles. Son sang coula. C'était sa manière à elle de hurler son malheur, car l'eau de ses yeux ne savait pas couler. Elle tomba de son long sur la terre dure et resta là, longtemps. Le loup gris paradait autour d'elle, content d'avoir mené à bien sa mission. La tête se balançait, semant des gouttes de sang noir.

Un bruit fit se dresser Ala. Elle risqua un œil à l'angle du mur. Elle vit Cora. Celle-ci venait sans doute de sortir par la porte donnant sur la rue. Elle marchait, se dirigeant vers sa maison. Sans escorte. Ala, dissimulée derrière les maisons, l'accompagna, suivant dans l'herbe une trajectoire parallèle. Elle prenait bien soin de ne pas heurter du pied quelque débris sonore. Le loup gris la précédait, son fardeau en gueule.

Les pas de Cora la portaient vers la limite du village. Il lui fallait donc passer devant chez Noun. Ala ramassa en chemin une bûche de bois de chêne qui traînait près d'un billot. Elle la soupesa. C'était juste ce qui convenait. Elle fit signe au loup de ne pas bouger. Le loup s'assit sur sa queue. Ala se glissa dans l'intervalle vide entre deux maisons, risqua un œil prudent, déboucha dans la rue, le dos collé au mur, complètement cachée par l'ombre du toit débordant. La rue était déserte, à l'exception de Cora, marchant de son pas souple de guerrière.

Comme Cora passait devant la maison de Noun, Ala bondit. Le coup fit peu de bruit sur le haut chignon, mais il fut efficace. Cora s'écroula, retenue par les bras de la petite promptement tendus. Ala coucha Cora par terre, eut un rapide regard à droite et à gauche, empoigna à deux mains l'opulente chevelure maintenant poissée de sang, tira Cora jusqu'à la porte de la maison de Noun, franchit le seuil sans prendre la peine d'écarter la peau d'aurochs et, se relevant, cracha à la figure de l'amie de la Déesse, puis dit à Noun et aux deux esclaves, avant qu'ils n'aient ouvert la bouche :

– Je vous expliquerai... Cette salope... C'est épouvantable... Ghal...

Elle n'eut pas à en dire davantage. Le loup gris faisait son entrée, exhibant son trophée.

Ils étaient tous réunis dans la pièce de derrière, en rond autour de Cora toujours sans connaissance : Noun, Ala, les deux esclaves de Noun, ceux d'Ala – les gars de l'Élan – et Ogh, venu justement prendre des nouvelles de son frère d'amitié, si par hasard on en avait. Maintenant, on en avait.

Ala avait raconté ce qu'elle avait vu. Ogh avait écouté, sombre, sans un mot. Noun s'était dressée, blême d'épouvante. Elle était allée à son fils Ogh, l'avait entouré de ses bras. Ses yeux brillaient, plus sauvages que ceux du loup gris. Elle dit :

– Voici donc ce que devient l'Époux. Elle le dévore.

Ogh hocha la tête :

– Il faudrait savoir. Ghal était insoucieux des rites. Il aura commis quelque sacrilège.

Ala s'emporta :

– Cette grosse truie t'a déjà dévoré le dedans de la tête ! Un sacrilège ! Même chez ceux de l'Élan, on ne punit pas un sacrilège en mangeant le bonhomme !

– Tu es sûre d'avoir bien vu ?

Ala désigna la tête, toujours pendant de la gueule du loup :

– Et ça, je l'ai rêvé ? Tiens, tu me mettrais en colère, si je n'avais pas tant de chagrin.

Un des deux de l'Élan dit, en donnant un coup de pied à Cora :

– Faudrait demander à celle-là. Elle, elle sait.

Le coup de pied semblait avoir réveillé Cora. Elle ouvrit les yeux. Voulut remuer. Elle s'aperçut alors qu'elle était ficelée comme une botte de roseaux. Ala s'écria :

– Elle a ouvert les yeux !

Noun s'accroupit tout près de la tête de Cora. Elle prit cette tête par les deux oreilles, la souleva, dit seulement :

– Parle.

Les yeux de Cora étaient pleins d'étonnement.

– Pourquoi ne parlerais-je pas ? Il était inutile de me frapper et de m'attacher. Il suffisait de me demander. Seulement, maintenant que vous m'avez fait cela, il me faudra sévir. On ne devrait jamais faire confiance aux femmes sauvages. Ce me sera une leçon.

– Eh bien, nous te le demandons. Explique-nous.

– Je parlerais mieux si j'étais à mon aise. Vous ne voulez vraiment pas me détacher ? Tant pis. Vous n'auriez pas un peu d'eau ? J'ai soif. Et j'ai mal à la tête, aussi.

Un des esclaves de Noun présenta un pot à eau aux lèvres de Cora. Ayant bu, elle commença :

– La Loi est au-dessus de tout et de tous.

Ala s'énervait :

– Pour le sermon, on reviendra une autre fois. Au fait !

Cora la regarda froidement et reprit :

– La Loi est au-dessus de tout et de tous.

Ogh demanda :

– Même au-dessus de la Déesse ?

– Même au-dessus de la Déesse. La Déesse tient ses

pouvoirs de la Loi. Elle ne peut transgresser la Loi. La Déesse est le principe femelle, le principe supérieur, celui qui donne la vie et l'abondance, qui fait croître les enfants dans les ventres et les moissons dans la terre. Elle est infiniment au-dessus du principe mâle. Le mâle n'est rien. La Loi a voulu que les êtres fussent femelles et mâles. La Loi sait ce que nous ne savons pas, comprend ce que nous ne pouvons comprendre. La Loi est la Loi. La Déesse est infiniment au-dessus du mâle, mais elle a besoin de lui pour être fécondée. Le mâle est le déclencheur. La pénétration de l'Époux dans la fente sacrée donne le signal. Le ventre de la Déesse sécrète l'enfant et le forme à sa propre image.

« La Déesse ne meurt jamais. La Déesse n'a pas commencé. Elle était avant le commencement des temps et sera quand les temps ne seront plus. Elle passe d'un corps dans un autre corps, qu'elle a formé elle-même puis choisi elle-même. Le corps change, mais c'est la même Déesse.

« La Loi dit que la Déesse doit absorber les organes nobles de l'Époux après la copulation réussie, afin que les vertus mâles passent dans la future Déesse. Car la Déesse est à la fois mâle et femelle dans un corps femelle... Mais ce sont là choses trop hautes pour vos têtes de sauvages !

Ala bondit :

– Ma tête de sauvage est capable de comprendre que mon bien-aimé n'est plus, que tu l'as assassiné, que ta Déesse de merde l'a dévoré... Horreur ! Je l'ai vue, cette grosse immonde, mastiquer le membre merveilleux que ma pauvre petite fente délaissée espérait depuis si longtemps... Ghal, où es-tu, Ghal ? Dans le ventre de cette truie, en train de te changer en merde, voilà où tu es ! Crève, salope !

Ala empoigna une lourde hache d'obsidienne polie appuyée au mur, l'éleva au-dessus de sa tête et, de toute la force de ses bras nerveux, l'abattit sur la face impassible de

Cora. Le bras d'Ogh saisit le manche au vol et arrêta la hache en pleine trajectoire. Ala grinça, étincelante de fureur :

– Qu'est-ce qui te prend ? Tu la défends ? Ghal était ton frère d'amitié, il me semble ? C'est toi qui devrais lui fendre la gueule en deux !

Ogh dit, sombrement :

– Elle agit selon les coutumes d'ici. Nous sommes des étrangers. Nous n'avons pas à juger.

La voix de Cora s'éleva, calme, pleine de mépris.

– Vous n'avez pas à nous juger, en effet. Mais vous aurez à payer. Vous, esclaves, pour avoir osé porter la main sur une femme. Vous, les femmes, pour avoir osé porter la main sur moi, qui suis autant au-dessus de vous que la Déesse est au-dessus de moi. Je passe sur les blasphèmes et sacrilèges... Vous mourrez tous dans les supplices. Sauf toi, Ogh, qui es aimé de la Déesse et qui es l'Époux choisi.

Noun bondit, courut se placer devant Ogh comme pour empêcher que ces paroles d'épouvante n'arrivent jusqu'à lui. Elle cria :

– Non ! Non ! Pas lui !

– La Déesse l'a élu. C'est un grand bonheur pour toi, femme, qui l'as formé dans ton ventre.

– Il sera l'Époux... Puis il sera massacré, et dévoré ! Et le loup gris m'apportera sa tête, c'est cela ?

– Il en sera comme il en doit être.

Ala s'impatientait.

– Qu'attendez-vous ? On est peut-être déjà à sa recherche. Les salopes en armes vont être ici d'un instant à l'autre... Tuons-la et sauvons-nous vite d'ici !

Cora ouvrit la bouche. Il en sortit un long ululement bizarrement modulé, qu'on n'aurait su attribuer à aucun animal connu. Ala le lui renfonça dans la gorge d'un bon coup de talon, puis renvoya Cora là d'où elle venait tout juste de sortir en se servant de la bûche appliquée au même endroit que précédemment.

– Voilà ! On a gagné ! Toute l'armée va nous tomber dessus !

A peine avait-elle dit que, peut-être pas toute l'armée, mais une solide patrouille de quatre guerrières faisait irruption, javelots pointés. Déjà les deux anciens de l'Élan s'étaient postés de part et d'autre de la porte. Ils laissèrent entrer les quatre femmes à la queue leu leu et, faisant de deux bûches massues, assommèrent tranquillement les deux dernières de la file tandis qu'Ogh brisait sur son genou le javelot de la première arrivée et que les deux esclaves de Noun, blondinets pleins de bonne volonté mais peu entraînés à ces ébats, se jetaient sur la fille intermédiaire, la bâillonnant du gras du bras et l'étranglant de bon cœur.

Tout ce petit monde, dûment endormi à la bûche de chêne, fut aligné bien proprement à terre aux côtés de Cora. Un des jouvenceaux de Noun, décidément mis en appétit, demanda, en se frottant les mains :

– Et maintenant ?

Ala avait la réponse :

– Maintenant, on m'égorge tout ça vite fait et on file. Allons, qu'on se dépêche !

Ogh léchait son poing que la femme-soldat, avant de s'écrouler, avait mordu au sang. Il dit :

– On file ? Oui. On égorge ? Non.

– Toi, alors, t'as vraiment pas de rancune ! Ces cannibales...

Noun intervint :

– Je dis comme mon fils Ogh. Pourquoi tuer ? Ramassons des armes, des provisions, et filons.

– Bon, bon. Je me soumets. D'autant qu'égorger les

gens, ça me dégoûte un peu. Mais ça nous portera malheur, moi je vous le dis... Hé, vous deux, là, ne vous gênez surtout pas pour nous !

Ceci s'adressait aux deux de l'Élan qui, pendant cette discussion de haute moralité, avaient tranquillement retourné deux des farouches guerrières et les traitaient selon la façon gaillarde dont ils avaient coutume d'en user avec les femmes, là-bas, au vieux pays. Ils parvinrent avec ensemble au résultat ardemment recherché et, avec le même ensemble, émirent un ample soupir de bonheur :

– Ah... Ça fait du bien !

Ala, en rage, leur botta les fesses :

– C'est vraiment délicat de votre part de faire à ces salopes, sous mon nez, ce que vous avez toujours refusé de faire pour moi !

– Ce ne sont pas des épouses des Puissances.

Le petit trapu plein de poils partout demanda :

– Maîtresse, j'ai toujours eu envie de celle-là.

Il désignait du doigt Cora la superbe.

– Tu vois : mon membre n'en a pas encore assez. Il se dresse pour elle. Je peux ?

Ala lui répondit par un sec coup de bûche sur ce membre insatiable.

– Non, tu ne peux pas ! On n'a pas le temps.

Il la prit par le bras, sans douceur.

– Tu m'as fait mal ! Seulement, n'oublie pas que, sortis de ce pays de gonzesses, nous ne serons plus tes esclaves. Les choses vont se remettre en place. A leur vraie place : la femme dessous.

Ogh, Noun, Ala et les deux jeunots s'activèrent. Bientôt, chacun eut son baluchon ficelé et son javelot au poing. Ils se faufilèrent hors du village, évitant les sentinelles. Le loup gris les précédait, toujours portant par les cheveux la tête de son ami, laquelle, à vrai dire, commençait à attirer les mouches. A toute tentative pour le persuader de s'en séparer il répondait par un grondement du fond de la gorge qui disait clairement qu'il était prêt à tuer.

Ils avaient marché toute la nuit, puis tout le jour.

Ils avaient couru quand le terrain le permettait, traversé des rivières à la nage, rampé dans des marécages grouillants de sangsues et de bêtes sans forme et sans couleur. Ils s'étaient nourris sans arrêter leur course. Ils ne savaient pas où ils allaient. Ils n'avaient qu'une hâte : fuir le plus loin possible des territoires de la Déesse Mère. Ils n'avaient qu'une crainte : tourner bêtement en rond. Ils s'étaient guidés d'abord sur les étoiles, puis sur le soleil.

Une seconde nuit était tombée. Ils s'étaient enfin abattus sous le couvert d'un petit bois de bouleaux qui couronnait une éminence d'où ils pouvaient surveiller la campagne environnante. L'un des deux anciens de l'Élan, le velu aux épaules puissantes, dit en se massant les mollets :

– Si elles avaient dû nous rattraper, ce serait fait. On les a semées.

Il ricana :

– Ces gonzesses !

Ala, affalée sur le dos, les bras en croix, objecta :

– Si elles sont aussi tenaces que vous autres de l'Élan, elles n'abandonneront pas.

Le velu cracha son mépris.

– Qu'elles arrivent ! On s'en charge, avec Ghor. Elles ne nous auront pas par surprise, cette fois. Et on a des armes. Pas vrai, Ghor ?

Ghor approuva :

– Sûr !

Noun, toujours pratique et raisonnable, dit :

– Il faut monter la garde. Tu prends le premier tour, Ghor.

– Ah, oui ? C'est toi qui le dis ?

– Qu'est-ce qui te prend ?

– Il me prend qu'il n'y a plus ici des maîtresses et des esclaves, mais des chasseurs et des femelles. Le bon vieux temps est revenu. Tu n'es qu'une saloperie de flaque de chiasse de femelle. Tu prends la première garde, pisseuse. L'autre sauterelle prendra la suite. Et mon poing sur la gueule si vous n'êtes pas contentes. On obéit et on la ferme. J'ai dit.

Ala saisit l'occasion :

– Tiens donc ! Je ne suis plus l'épouse des Puissances, on dirait ? Alors, plus de tabou sur ma fente ?

– Tu es pour toujours l'épouse des Puissances. Le tabou est pour toujours sur ta fente. Mais seulement sur ta fente. Pour tout le reste, régime des femelles.

Ogh n'avait rien dit, perdu dans un rêve lointain. Il se leva sans hâte, s'avança vers Ghor, le prit d'une main à la gorge et le souleva de terre. Il gronda :

– Les temps de l'Élan ne reviendront jamais.

Il se tourna vers les deux esclaves de Noun :

– Vous, ramassez les armes. Que rien ne traîne à portée de main de ces deux-là.

Le velu, un javelot dans chaque main, marcha sur Ogh.

– Lâche mon copain, lavette ! Tu as trahi une fois, tu trahiras toujours.

Preste, il leva un javelot, visant le ventre. Ala, sans bruit, s'était postée derrière lui. Le javelot tomba mollement dans l'herbe aux pieds du velu au moment même où la bûche s'abattait sur son crâne. Il s'écroula.

Au bout du bras tendu d'Ogh, le visage de Ghor devenait bleu, puis noir. Ogh ouvrit la main. Ghor s'affala. Se tenant la gorge, il réussit à croasser :

– Nous ne sommes plus frères d'aventure. Votre route n'est plus notre route. Vous êtes pourris par les façons des femelles. Voughil et moi, nous retournons chez les vrais hommes. Nous chercherons la piste qui nous ramènera aux territoires du clan de l'Élan. Et nous reviendrons nombreux vous donner la chasse. Ou alors, tuez-nous.

Ogh haussa les épaules :

– Foutez le camp.

Ghor ricana :

– Gonzesse !

Ogh précisa :

– Tout de suite. Sans armes. Sans provisions.

– C'est ça ! Tu nous tues, mais sans que ça saigne. Gonzesse ! Gonzesse ! Gonzesse !

Ogh ajouta seulement :

– Si les gonzesses vous attrapent, vous saurez ce que ça peut faire, une gonzesse !

Ala ranima le nommé Voughil de quelques coups de bûche dans les côtes. Les deux de l'Élan s'enfoncèrent dans la nuit. Ala voulut les accompagner de quelques sarcasmes cinglants, mais Ogh leva la main :

– N'humilie pas le vaincu.

Et donc on s'organisa pour la nuit, répartissant au mieux les tours de veille. Mais chacun savait que la meilleure garde était celle du loup gris, bien qu'il ne fît pas parade de sa vigilance. Assis à l'écart, il léchait avec adoration le visage de son ami, dont il tenait la tête entre ses pattes, face à lui.

Cela faisait maintenant plus d'une lune et une demi-lune qu'ils allaient. Ils avaient traversé des territoires déserts et d'autres où le flair du loup gris avait décelé le passage de la bête à deux pieds. Ils avaient vécu de choses immondes qu'ils n'osaient faire cuire à cause de la fumée traîtresse, et aussi, à l'occasion, de la chasse de Noun ou d'Ala dont l'adresse à lancer le javelot et à tendre l'arc s'améliorait à l'usage. Les deux jeunes esclaves de Noun coopéraient de leur côté à la quête de la pitance, mais leur chasse restait encore bien chétive. Le loup gris ne chassait pas. Il restait à contempler et à lécher le visage de son ami Ghal. Une lassitude alourdissait son trottinement.

Ogh le taciturne, après avoir failli de peu éventrer Ala, avait été décrété trop maladroit pour se servir des armes. Il taillait, polissait et affûtait les pointes et les lames de silex ou d'obsidienne, réparait les fourrures à l'aide d'un fil fait de nerfs tressés ensemble qu'il enfilait dans une aiguille prélevée sur un os de lapin habilement percé.

Ce soir-là, Noun déclara :

– Voilà bien des jours que nous n'avons croisé la piste d'aucun chasseur ni vu fumer le moindre feu. Il semble que ces territoires sont délaissés par l'homme.

Ala s'esclaffa :

– Tu parles ! Depuis autant de jours nous n'avons tué aucune proie et le loup gris n'a flairé aucune piste ! Là où il n'y a rien à manger, il n'y a pas d'hommes.

Kto, le plus jeune des esclaves de Noun, dit :

– Nos pieds sont noirs jusqu'au mollet. Le sol ici a été brûlé. Sous cette herbe chétive, il n'y a que cendres. Les quelques arbres qui restent debout sont des squelettes sans vie. Certainement un grand feu a dévoré forêts et savanes. Les proies ont fui ou bien sont tombées dans le feu. Les villages ont péri. Les hommes survivants sont partis au loin.

Ogh approuva :

– Tes yeux ont vu juste, ta tête aussi. Le feu a tout détruit. C'est un grand malheur. Mais sais-tu que la terre qui a subi le feu nourrit mieux le grain, car la force des flammes s'est enfoncée en elle ? Il y aurait ici de belles récoltes pour celui qui y sèmerait. J'ai appris cela là-bas.

D'un geste vague, il désigna les territoires de la Déesse Mère.

Noun dit :

– Nous avons beaucoup marché. Nous avons semé beaucoup d'espace et de vent entre nous et les femmes guerrières de la Déesse, et encore davantage entre nous et les territoires de ceux de l'Élan, qui se trouvent à l'opposé. Nos jambes sont lasses. Arrêtons-nous ici.

Ogh hocha la tête.

– Trouvons un point d'eau.

Chto, l'autre esclave, qui, du haut d'un tronçon d'arbre calciné, examinait les environs, s'exclama :

– Là-bas ! De l'eau ! Je vois un ruisseau ! Et il y a même un petit lac !

Tous dégringolèrent la pente jusqu'au petit lac. Ils plongèrent avec des cris heureux, s'éclaboussant et riant.

Ce soir-là, ils osèrent allumer un petit feu caché et purent manger des racines cuites sous la braise ainsi que de ces menus animaux qu'on trouve sous les pierres au bord de l'eau. Noun décréta :

– Nous dormirons ici. Au matin, nous visiterons avec soin les environs. Si personne ne vit ni ne chasse sur ce territoire, nous le prenons.

Ogh approuva de la tête. Les deux esclaves se jetèrent sur la poitrine de Noun et lui léchèrent le visage et les lèvres. Ala boudait. Noun demanda :

– Ala, tu n'es pas d'accord ?

– Toujours pareil ! Vous arrangez vos petites affaires, c'est bien gentil, mais moi, hein ? Qui s'occupera de ma fente, à moi ? Je devrai me tourner et me tourner sur ma couche et traîner mon ventre sur la terre en hurlant à la lune pendant que, toi, sous mon nez, tu te feras remplir la fente et tous les trous par tes deux jouvenceaux en rut perpétuel ! Tu parles d'un avenir !

Noun réfléchit, hésita, regarda les deux jeunes gars blottis sur ses mamelles et soupira :

– Il y a deux solutions.

– Ah, oui ?

– Ou bien nous les mettons tous deux en commun, ou bien nous nous les partageons.

– Tu... Tu ferais ça ?

– S'ils sont d'accord, bien sûr.

Ala secoua Kto :

– Qu'est-ce que tu préfères ? Être à moi toute seule ou être à toutes les deux ?

Kto leva vers Noun un regard incrédule :

– Tu ne veux plus de moi ?

Elle le serra comme si elle craignait de le perdre.

– Comment peux-tu croire...

Chto, d'avance, assena :

– Moi, je ne te quitte pas !

– Il n'en est pas question, mon amour. Écoute, Ala. Entre deux sacrifices, je choisis le moins pénible. Ils seront à moi et ils seront à toi, voilà.

– Un jour chez moi, un jour chez toi ?

– Mais non ! Nous habiterons ensemble. Nous allons chercher s'il y a une caverne pas trop moche, dans le coin. Sinon, nous construirons une maison. Nous ne nous quittons plus. Tu sais que je t'aime, Ala ?

Touchée au cœur, Ala se mit à beugler. Elle se jeta dans les bras de Noun, déjà bien encombrés, et ce fut un méli-mélo de mamelles, de joues, de bras, d'aisselles et de tignasses d'où l'eau des yeux coula à flots. Ogh, dans son coin, affûtait un épieu avant de le durcir au feu.

C'est à cet émouvant instant que des bruits étranges se firent entendre. Tous soudain firent silence et se tournèrent vers l'endroit d'où semblaient provenir ces bruits. Ils virent vaguement, dans le crépuscule, grouiller quelque chose. Ogh, à quatre pattes, le couteau prêt, se risqua jusque-là. Il rit et appela :

– Venez vite !

Ils accoururent. Et voilà : le loup gris léchait éperdument six minuscules louveteaux au museau rose accrochés à ses deux rangées de mamelles, chancelant, se bousculant et couinant à voix suraiguë quand, dans leur avidité brouillonne, ils laissaient échapper le mamelon nourricier.

Quelques lunes avaient cru et décru dans le ciel. Ogh avait mis en pratique son idée d'instrument capable de retourner la terre mieux que ne pouvait le faire la houe de bois ou même de pierre, et à moindre fatigue. Il y avait attelé les deux garçons et il avait pesé sur le bout pointu qui éventrait la terre grasse en y incorporant les cendres des arbres calcinés. Les femmes avaient couru au loin la campagne, secouant les épis sauvages pour en récolter le grain. Ils avaient semé ce grain, avaient en tremblant guetté les premières pousses vertes... Puis l'herbe avait grandi, hissant haut vers le soleil ses épis serrés, et maintenant le grain était mûr, la moisson rentrée.

Ogh avait trouvé, près du ruisseau, un filon de cette terre verte qui se laisse modeler entre les doigts et que le feu rend dure et imperméable. Il avait édifié un four. Après bien des essais ratés, il se trouvait en possession de quelques grands pots de terre cuite servant de silos à grain ainsi que de toute sorte d'ustensiles.

Ils avaient découvert une caverne assez commode, ancien repaire d'une famille d'ours qui avait fui devant le grand feu. Ils l'avaient aménagée, mais plus tard ils construiraient une maison de terre et de paille semblable à celles des femmes de la Déesse Mère.

Le petit gibier, peu à peu, revenait, avec le regain de la

verdure. Kto avait suggéré qu'on capturât des femelles avec leurs petits afin de les engraisser et d'avoir de la viande sans être obligés de chasser, mais Ogh avait piqué la grande colère, disant que c'était là lâcheté et cruauté, et qu'il fallait avoir l'âme bien féroce pour égorger celui qu'on avait fait naître, qu'on avait élevé et qui vous aimait.

Ainsi allaient les choses. Noun et Ala aimaient les garçons, les garçons les aimaient, elles s'aimaient à travers les garçons et aussi, à l'occasion, sans intermédiaire... Le bonheur ? Quelque chose comme ça.

Et le loup gris ? Ah, le loup gris... Eh bien, le loup gris, redevenu pleinement louve grise, elle était partie un soir avec sa nichée pour aller là où l'herbe est haute et la proie inconsciente du danger. Car, maintenant, elle avait une famille. Et les enfants, on ne les éduque jamais trop tôt. Adieu, loup gris !

10

Par la force des choses, Ogh occupait dans le groupe une place quelque peu à l'écart. Les invites pressantes d'Ala, qui, s'étant rendu compte que le plaisir de sa fente copieusement et souvent comblée ne suffisait pas à son bonheur, avait reporté sur le grand garçon calme et fort son éperdu besoin d'amour, n'avaient pu décider Ogh à rompre le tabou qu'il avait jadis mis sur son membre. Ogh était donc le seul homme sans femme dans cette petite communauté essentiellement unie par le fait que certains étaient mâles, d'autres femelles, et tiraient de cela leur bonheur et leur raison de vivre.

Son humeur n'en était pas altérée. Il était toujours Ogh, le taciturne au chaleureux sourire, veillant à tout, cherchant sans cesse à améliorer outils et procédés, aimant à enseigner ses découvertes, tendre fils avec Noun, grand frère protecteur avec Ala, frère d'amitié de Kto et Chto.

Ils s'étaient accoutumés à prendre leurs repas ensemble, l'un vers le milieu du jour, l'autre à la nuit tombante. Ainsi la nourriture était-elle préparée et cuite en une seule fois pour tous. Ce jour-là, ils étaient accroupis en rond à distance du feu, car le soleil était haut dans le ciel et ses rayons brûlaient. Ils dévoraient de bon cœur une viande rouge fraîchement tuée. Le gros gibier commençait à se montrer dans le territoire dévasté où la grasse verdure nourrissante couvrait de nouveau le sol. Noun remarqua :

– Ogh n'est pas avec nous.

Kto dit :

– Je l'ai vu partir avant le lever du jour. Il portait sur l'épaule des armes et un sac.

Noun fut aussitôt en alerte :

– Vers où ?

– Par là.

Kto désignait l'endroit de l'horizon où le soleil descend pour regagner les cavernes du repos.

– Il ne t'a rien dit ?

– Il ne m'a même pas vu. Maintenant que tu m'y fais penser, je dirais que c'était comme s'il préférait qu'on ne l'ait pas vu.

– C'était donc pour aujourd'hui...

Noun était blême. Ses lèvres se mirent à trembler. La nourriture tomba de ses mains. Ala, inquiète à son tour, la pressa :

– Tu ne veux pas dire... ?

– Si.

– Il faut le rattraper ! Le ramener ! Kto, Chto, vous êtes encore là ? Vous n'êtes bons qu'à vous remplir la panse ! Courez, allons !

Elle-même était déjà debout et empoignait un javelot. Noun dit :

– Vous ne le rattraperez pas. Et si vous le rattrapiez, vous ne le ramèneriez pas.

Elle ajouta, tout bas, pour elle seule :

– Ou peut-être ramèneriez-vous sa tête...

Ogh avait parcouru la longue route. Il s'était guidé sans trop de peine, grâce à sa puissante mémoire qui avait cueilli et rangé dans les cavernes de sa tête les paysages traversés et les lieux remarquables : tel arbre géant, tel rocher d'allure cocasse... Grâce aussi aux marques qu'il avait semées, à l'insu des autres, lors de la grande fuite.

Il avait marché, sombre et résolu, sans jamais regarder en arrière. Et maintenant il était là, tapi dans l'herbe derrière un buisson, examinant la grande fille en armes qui montait la garde et marchait de long en large, ses yeux sans cesse en alerte fouillant l'espace tout autour. Ogh prit son parti.

Il se dressa de toute sa taille, quitta l'abri du buisson et marcha droit à la sentinelle. Elle leva le bras, le javelot pointé sur le cœur d'Ogh. Il tendit ses deux mains vides, ouvertes en signe de paix. Il avait laissé ses armes et son bagage derrière le buisson : il n'en avait plus besoin, le voyage était terminé. La fille le reconnut. Elle baissa le bras, mais maintint la pointe du javelot dardée sur le nombril d'Ogh. Elle dit :

– Te voilà revenu, connard ? Ça va être ta fête ! Et les autres ? Ils te suivent ? Vous êtes tous cinglés, ou quoi ?

Ogh dit seulement :

– Je suis l'Époux.

Alors la fille se souvint de la terrible détresse où sombrait la Déesse. Depuis la fuite d'Ogh, elle avait refusé tout autre Époux. Le chagrin de la Déesse était le chagrin de l'univers. Tout basculait. Le grain n'avait pas levé. Les fruits pourrissaient sur l'arbre avant de mûrir. Le bétail mourait en masse, frappé par une peste inconnue. Des mouches vertes envahissaient les maisons et gâtaient tout. Les rats dévoraient jusqu'aux roseaux des toits. Les femmes avortaient ou donnaient le jour à des choses sans nom, des monstres, des mort-nés... Événement horrible, calamité des calamités : la Déesse maigrissait !

La fille se jeta face contre terre et dit :
– Va. Elle t'attend.

Comme si déjà la nouvelle était parvenue jusque-là, les deux guerrières de garde à la porte se prosternèrent sans un mot. Ogh poussa le rideau de peau d'aurochs marqué du signe. La femme brune à la toison exubérante se jeta à terre. Comme Ogh allait franchir le seuil ultime, le rideau s'écarta de lui-même. Cora parut. Elle tint le rideau fermé derrière elle, considéra Ogh sans surprise et constata, d'une voix égale :
– Tu es l'Époux.
– Je le suis.
– Tu l'es... jusqu'au bout ?
– Jusqu'au bout.
Un fugace éclair de cruauté passa dans les yeux de la femme :
– C'est moi qui te tuerai.
– Toi ou une autre...
– Je ne serai pas tendre.
Ogh ne répondit pas. Du bras, il écarta Cora. Il franchit le seuil.

Il ne vit que les yeux immenses, les yeux admirables où étincelaient la fièvre et l'incrédulité.
Elle ouvrit les bras.
Il s'y jeta.
Il rentrait à la maison.

Du même auteur

Aux Éditions Albin Michel

LA GRANDE ENCYCLOPÉDIE BÊTE ET MÉCHANTE
LA NOUVELLE ENCYCLOPÉDIE BÊTE ET MÉCHANTE
NOS ANCÊTRES LES GAULOIS
LE TEMPS DES ÉGORGEURS
LETTRE OUVERTE AUX CULS-BÉNITS
LES RITALS
LES RUSSKOFFS
BÊTE ET MÉCHANT
LES YEUX PLUS GRANDS QUE LE VENTRE
MARIA
L'ŒIL DU LAPIN
LES ÉCRITURES
LOUISE LA PÉTROLEUSE *(théâtre)*
ET LE SINGE DEVINT CON *(L'Aurore de l'humanité I)*
LE CON SE SURPASSE *(L'Aurore de l'humanité II)*
LES FOSSES CAROLINES
LA COURONNE D'IRÈNE
LE SAVIEZ-VOUS ?
LES AVENTURES DE NAPOLÉON
MIGNONNE, ALLONS VOIR SI LA ROSE...
COUPS DE SANG
CŒUR D'ARTICHAUT

Chez d'autres éditeurs

Éditions Hara-Kiri
4, RUE CHORON

Jean-Jacques Pauvert
STOP-CRÈVE
DROITE-GAUCHE, PIÈGE À CONS

Julliard
(Collection « Humour secret »)
CAVANNA

L'École des loisirs
(Adapté en vers français par Cavanna)
MAX ET MORITZ, *de Wilhelm Busch*
CRASSE-TIGNASSE *(Der Struwwelpeter)*

Hors Collection
MAMAN, AU SECOURS !
LES GRANDS IMPOSTEURS
DIEU, MOZART, LE PEN...
TONTON, MESSALINE, JUDAS...

L'Archipel
LA BELLE FILLE SUR LE TAS D'ORDURES
DE COLUCHE À MITTERRAND

Hoebeke
(Avec Robert Doisneau)
LES DOIGTS PLEINS D'ENCRE
LES ENFANTS DE GERMINAL

Cet ouvrage a été réalisé par la
SOCIÉTÉ NOUVELLE FIRMIN-DIDOT
Mesnil-sur-l'Estrée
pour le compte des Éditions Albin Michel
en décembre 1996

Imprimé en France
Dépôt légal : janvier 1997
N° d'édition : 15950 – N° d'impression : 34864